KB233140

'여류'의 기원과 정체성

- 50~60년대 여성문학 연구 -

'여류'의 기원과 정체성

- 50~60년대 여성문학 연구 -

박 정 애 著

한국학술정보[주]

책머리에

　기자가 되려고 신문학과에 진학했는데, 어쩌다 보니 소설을 쓰고 싶어졌다. 소설은 간절히 쓰고 싶은데, 소설을 향해 덜컥 덤벼들기는 겁이 났다. 그래서 소설로 가는 징검다리 삼아, 누구 말마따나 공부가 제일 쉬워서, 한국문학 연구를 시작했다. 일단 시작해 보니 내 나름으로는 하는 데까지 해봐야겠다 싶어서 박사논문까지 쓰게 됐다.

　여러 가지 사정상 남보다 빨리 학위과정을 마치는 축이라 시간적으로 여유가 없었다. 공책에다 일일계획표를 만들어 두고 그 계획표대로 일정 분량의 원고를 날마다 반드시 써나가야만 논문심사 날짜에 맞출 수 있었다. 계획표야 하루 만에 빈틈없이 짰다. 그러나 바로 다음날부터 나는 포기할까 말까 고민하고 있었다. 두 아이는 끊임없이 거치적거렸고, 나는 때 없이 자고 싶거나 놀고 싶었다.

　2002년 가을에서 겨울, 3급 장애인인 어머니가 상경하셔서, 가부장제 사회가 두 아이의 엄마이자 주부로서 나의 몫으로 할당한 돌봄 노동을 상당 부분 대신해 주셨다. 딸의 어떤 성취를 갈구하시며 불편하신 몸을 불편하다 말씀 않고 움직여 주신 어머니가 있었기에 나는 그 시절의 가혹한 집필노동을 견뎌낼 수 있었다.

　그러므로 이 책은 나의 것이면서 어머니의 것이다. 어머니께 진심으로 감사드린다.

　그리고 내 평생의 지도교수님. 그지없이 따뜻한 눈길로 그지없이 날카로운 비평을 해 주신, 인하대학교 국어국문학과의 최원식 교수님께 감사 인사를 올린다.

마지막으로, 강압적 남성 질서가 사회 전반을 지배하던 시대에 문학으로 '생존'하신 50·60년대 여성작가 선배님들에게 경의와 감사의 심정을 전한다.

2006년 봄
박정애

목 차

I. 서 론

1. 문제제기

현금의 문단에서 여성작가들의 활약상이 대단하다는 것은, 『문학사상』 2002년 4월호의 기획특집 「문단의 '여성시대' 오고 있다」에 거론된 각종 수치 자료를 확인하지 않더라도, 체감(體感)의 차원에서 알 수 있는 사실이다. 혹자는 이 현상이 "문학제도가 다매체시대라는 격변기에 기왕에 누려왔던 문화적 주도권을 유지하기 위해 조장한 새로운 시장이자 테마"[1]일지 모른다는 의구심을 보이지만, 필자는 그보다 문학작품이 한 시대의 내적 본질을 반영한다고 보는 문학사회학적 입장에서 90년대 이후의 시대정신이 여성문학을 통하여 보다 잘 드러날 수 있었다고 보거나 여성문학의 특질이 90년대 이후의 시대성과 보다 잘 결합할 수 있었다는 해석 쪽에 무게를 두고자 한다. 90년대 이후에 산출된 여성작가의 문제작들은 대개 작가 자신의 체험과 긴밀하게 결부된 주제의식에 서사적 거리가 적절히 확보된 작품인데, 그러한 주제의식은 '엄숙주의의 붕괴'와 '억압된 것들의 귀환'이라는 90년대의 시대적 키워드와 행복하게 맞아떨어졌다.

자본주의 시민사회에 대응하는 제도로서의 문학, 특히 소설은 흔히 '성숙한 남성의 형식'[2]으로 인식되곤 한다. 서양 근대의 뛰

---

1) 김경수, 「여성주의는 다시 시작되어야 한다」, 웹진 『대산문화』 6호.
2) Georg Lukács, *The Theory of the Novel*, trans. by Anna Bostock,

어난 여성 소설가들, 가령 조지 엘리엇, 조르주 상드, 커러 벨(샬롯 브론테의 필명)이 남성의 이름으로 문필활동을 시작한 이유는, 여성은 애당초 소설 쓰기라는 이지적 활동에 적합하지 않다는 사회적 통념에서 벗어나고 싶은 심리와 직접적인 상관관계를 가진다. 물론 남성적 필명을 사용하는 것으로 여성이 소설을 쓰는 일에 관련된 여러 가지 문제들이 쉽사리 해결되는 것은 아니다. 버지니아 울프는 샬롯 브론테나 조지 엘리엇이 자신들의 사고방식과는 소원(疎遠)한 문체적 전통, 즉 남성의 스타일을 따라가느라 마치 외국어로 글을 써야 하는 것과 같은 어려움을 겪었다고 말한다. 제인 오스틴만이 자기 고유의 문장을 고안해내어 이를 고수함으로써 작가적 재능은 브론테나 엘리엇에게 뒤지면서도 훨씬 많은 이야기를 할 수 있었다는 것이다.3) "아주 어릴 때부터 나의 언어란 침묵하기와 악쓰기밖에 없었어요. 나는 다른 언어를 배우지 못했어요"4)라는 90년대 한 여성작가의 고백처럼 '여성 언어' 혹은 가부장제 사회가 여성에게 허락한 언어는, '침묵'과 '고함'의 두 가지 종류로 흔히 상징화된다. 가부장제 이데올로기를 체화한 여성들의 언어가 '침묵'이라면, '고함'은 수잔 구바와 산드라 길버트의 서명(書名)으로 유명해진, 소위 "다락방의 미친 여자"들의 언어라 할 수 있다. 그리고 이 역시 상징적인 차원에서 자본주의 가부장제(Capitalist Patriarchy)가 상대적으로 공고화(鞏固化)한 시대의 여성문학이 '침묵' 쪽에 가깝다면 운동과 변혁의 시대에는

MIT Press, 1971, p.85.
3) 조세핀 도노반, 「페미니스트 문체 비평」, 『페미니즘과 문학』, 문예출판사, 1993, pp.91-103 참조.
4) 조문경, 『시(詩)를 짓듯 죄를 짓다』, 동녘, 1993, p.237.

여성문학 또한 종종 '고함' 쪽에 가까운 경향을 보인다고 할 수 있다. 50-60년대와 90년대의 여성문학은 침묵 쪽에, 초기 신여성과 80년대의 여성문학은 고함 쪽에 근연(近緣)을 가진다는 범박(汎博)한 구분도 이런 맥락에서 가능할 듯하다.

50-60년대 여성문학의 실체를 논하고자 하는 이 자리에서 90년대 여성문학의 현황에 대한 언급으로 서두를 뗀 것은, 복원된 일상성의 시대인 90년대와 강요된 일상성의 시대인 50-60년대의 여성문학이 이데올로기나 정치, 계급투쟁 등 거대서사에 대한 염오(厭惡), 일상의 작고 사소한 이야기에 대한 천착 등 매우 다르면서도 근본적으로는 유사한 특징들을 보여주고 있다는 필자 나름의 판단 때문이다. 한국문학사상(韓國文學史上) 유례없는 활약상을 선보이고 있는, 그러면서도 진정한 개화(開花)를 위해서는 많은 문제점들을 지양해 나가야 하는 오늘의 여성문학에 대한 현재적 관심과 애정이야말로 어제의 여성문학에 대한 본 연구를 추진시키고 의미를 부여하는 거점인 것이다.

자신들의 모임을 '한국여류문학인회'라고 이름 짓고 기관지의 명칭을 '여류문학'이라고 한 것에서 알 수 있듯이 50-60년대 여성 작가들은 자의에 의해서건 타의에 의해서건 스스로의 정체성을 '여류'라는 수사의 함의 안에 가두는 경향을 보인다. 신문학 초기의 선구자적 여성문인들의 경우, '여류'로서의 정체성은 선택적인 것이 아니라 강제적인 것이었다. 그들이 그 강요된 정체성에 안착하지 못한 결과는 삶과 문학에서 동시에 추방되는 것이었다. 30년대에 등장한 박화성,[5] 강경애, 최정희, 김말봉, 이선희, 백신애, 장

---

5) 1925년에 이광수 추천으로 단편 「추석전야」를 『조선문단』에 발표함으로써 20년대에 데뷔했다고 할 수 있으나, 이후 일본여자대학

덕조, 임옥인, 노천명, 모윤숙 등 십여 명의 여성문인들은, 선각자가 되어 조선 여성을 노예의 처지에서 구해내리라 외치던 탄실(彈實), 정월(晶月), 일엽(一葉)의 스캔들과 세간의 들끓는 비난을 십대의 여학생 시절에 지겹도록 보고들은 세대였다. 이들은 개별 작가마다 다양한 양상을 띠고 있고 박화성, 강경애가 중심인 30년대 전반과 최정희가 중심인 후반의 경향이 뚜렷이 구별되는 것 또한 사실이지만, 큰 테두리에서는 '여류'의 포즈를 거부하지 않음으로써 '생존'하여 여성문학의 명맥을 잇는다.6) 소설 분야에서는 박화성과 최정희, 김말봉, 임옥인이 수(壽)를 누리며 문학적 이력을 쌓는데, 여기에 손소희와 한무숙이 부가되었을 뿐.7) 50년대 중반까지도 여성소설가는 일단 수적으로 매우 희귀한 존재였다. 그러던 것이 전쟁의 혼란상이 진정되기 시작하고 문인을 지망하는 여성의 숫자가 늘어나면서 박경리, 구혜영, 송원희, 한말숙, 손장순, 이정호, 최미나, 송숙영 등이 잡지 추천을 통해 잇달아 등단하

에서 학업에 전력하다가 31년에 장편 『백화』를 동아일보에 연재하면서 문단에 이름을 알렸으므로 통상 30년대에 등장한 작가로 꼽힌다.

6) 백신애는 예외적인 경우라 할 수 있다. 조선여성동우회 상임위원으로서 혁명적인 여성해방사상을 외쳤고 26세에 강제로 결혼당했다가 이혼 후 32세에 신병(身病)으로 요절(夭折)한 그녀는, 선배 여성문인들의 비극과도 다르고 30년대 여성작가 일반의 경향과도 다른 길을 걸었다.

7) 손소희는 1946년 『백민』지에 「맥에의 결별」, 『신문학』에 「도피」를 발표하며 등단했고, 한무숙은 1948년 국제신보사 장편소설 공모에 『역사는 흐른다』가 당선되면서 등단했다. 한무숙의 경우, 해방 전에 경성일보 내의 신시대(新時代)사 현상 장편소설 모집에 일본어 소설 『燈を持つ女』이, 단막의 희곡 작품 「마음」, 4막 5장의 「서리꽃」이 조선 연극연구회 작품 모집에 당선된 바 있으나 통상 등단작으로 인정되는 것은 장편소설 『역사는 흐른다』이다.

고 이석봉, 이규희, 김의정, 전병순 등이 신문사 장편소설 현상모집에 당선되고 정연희, 이세기, 박순녀 등이 신춘문예의 관문을 통과하는 등 "50년대 후반부터 60년대 초·중반까지 문단에 진출한 여성들의 숫자가 백 단위를 넘어서게 되"[8]었다. 이들 '여류작가' 군(群)은, 1954년 4월 대한민국 초대(初代) 예술원 선거에서 "개표가 끝났을 때 끔찍하게도 문학 부문의 여류는 한 사람도 당선의 관문을 깨뜨리지 못했다"[9]는 손소희의 증언에서 짐작할 수 있듯이, 문단 권력의 주변부 신세를 면치 못하면서도 PEN 대회 같은 특수한 장소에서는 곧잘 이채(異彩)를 발하곤 하여 한국문단의 구색을 맞춰 주었다.[10]

'여류'의 포즈를 취함으로써 생존한 30년대 여성작가들을 정신

---

8) 정규웅, 『글동네에서 생긴 일-60년대 문단 이야기』, 문학세계사, 1999, p.165.

9) 손소희, 「부산했던 1954년의 봄풍경」, 『韓國文壇人間史』, 행림출판사, 1980, p.196.

10) 이들 중 권력에 보다 가까이 접근할 수 있었던 사람들은, 당시로는 드물게 유창한 영어실력과 세련된 사교술을 가졌던 이화여전 문과 출신들이었다. 1954년 초대 예술원 선거가 있던 해, 여성으로는 가장 유력한 후보였으나 끝내 피선(被選)에 실패한 모윤숙은 그해에 국제 펜클럽 한국본부의 창립을 주도하면서 부회장으로 활동했고, 1957년에는 마침내 소원하던 예술원 회원이 되었다. 그리고 58년 유네스코총회 한국대표와 아시아 여성단체연합총회 한국대표로, 60년 펜클럽 한국위원장, 70년 서울에서 개최된 국제펜클럽대회 준비위원장, 71년 8대 국회 공화당 전국구 대표, 73년 한국현대시인협회장, 74년 통일원 고문, 77년에는 펜클럽 한국본부 회장 등 수많은 공직을 역임하며 남한 반공주의 정권의 얼굴 마담 역할을 수행하였다. 모윤숙의, 이화여전 문과 후배인 전숙희와 조경희도 펜클럽 한국본부에서 30여 년에 걸쳐 주도적인 활동을 펼쳤는데, 전숙희는 1991년 한국인 최초로 국제 PEN 종신 부회장으로 선임되기도 했다.

적 지주로 하여 성장하였던, 그리고 남성 질서가 새로이 공고화되던 시대의 지배이데올로기에서 결코 자유롭지 않았던 이들 전후 여성작가들은 '여류'라는 규정성(規定性) 안에서 피에르 부르디외(Pierre Bourdieu)가 정의한 바 "지속성을 지니면서도 다른 것으로 전이될 수도 있는 취향/성향(taste/disposition)의 체계"로서 일종의 아비투스(habitus)를 형성한 것으로 보인다.[11]

등단 지면, 개인적 친분 관계 등을 통해 이미 여러 크고 작은 장(場)에 소속되어 있었으되 '여류'로서의 아비투스를 공유한 50-60년대 여성작가들은 마침내 1965년 '한국여류문학인회'라는 그들만의 독특한 장(場)을 결성하여 기관지 『여류문학』을 발간했다. 50-60년대 여성작가들은 이렇게 여류의 아비투스를 공유하고 그들의 장을 결성하고 여류문학이라는 상징자본을 추구하면서 일레인

---

[11] 아비투스는, 개인의 타고난 성향이 아니라 개인의 실존적 조건에 근거한 특정 계급과 그에 관련된 조건들에 의해 만들어지는 것이다. 물론 이때의 취향/성향은 한편으로는 구조화되어 굳어진 것이면서도 동시에 끊임없이 구조화를 계속하는 변화 가능한 것이다. 계급적 기반에 의해 만들어지는 문화적 성향은 단순히 개인의 성향과 취향을 결정하는 것에 그치지 않고 그 개인의 문화적 자본으로 작용하여 삶의 다양한 영역에서 그 모습을 드러내게 된다. 이 문화자본 혹은 상징자본은 계급을 재생산하고 문화를 재생산하는 데에 기여한다. 아비투스를 가진 인간들은 크고 작은 규모의 장(場, field)에 소속된다. 내적인 규칙과 가치개념이 다른 이들 장과 장 사이에는 투쟁적 관계가 성립하는데, 이러한 투쟁을 통해 장은 역동성을 띠고 변화를 거듭하게 된다. 아비투스를 공유하는 자들은 그들의 세를 과시하고 문화활동을 할 변별적 영역으로서 자신들의 장을 만들고자 하는 동기를 가진다. 이상 부르디외의 이론에 대해서는 이영욱, 「부르디외: 문화 자본과 아비투스」, 박명진 외 역, 『문화·일상·대중』(한나래, 1996)과 현택수·정선기·이상호·홍성민 공저, 『문화와 권력: 부르디외 사회학의 이해』(나남출판, 1998)를 주로 참조했다.

쇼월터(Elaine Showalter)가 말한 바 소위 "여성적인(feminine) 단계"에 머물러 있었다. 이에 비해 70년대의 여성작가 오정희와 박완서는 도시의 중산층 여성으로서 자기 계급에 대한, 그리고 여류의 아비투스에 대한 냉정하고도 성찰적인 비판을 수행함으로써 80년대의 "여성주의자(feminist) 단계"로 가는 길을 열었다. 그렇다면 90년대 이후의 여성문학은 "여성의(female) 단계"[12]에 도달했는가. 혹은 90년대 이후 우리 사회의 제도적·의식적 기반이 "여성의 단계"를 허용할 만큼 성숙했는가. 필자로서는 이 물음들에 긍정적인 응답을 할 만한 이유가 어느 정도는 있다는 것을 인정하지만 전체적으로는 부정적으로 대답할 수밖에 없다고 판단한다.

80년대의 "여성주의자 단계"는 90년대 이후에도 여성주의자로서의 자기정체성을 더 깊고 넓게 확장하며 발전해야 했다. 그런데 90년대 이후 상업주의의 각광을 받게 된 여성작가들이 현존 체제 하에서 자신의 자유를 극대화할 수 있게 되면서, 페미니즘은 정치에 상관없이 누구나 선택할 수 있는 일종의 라이프스타일로 오도되었다. 성차별주의는 여전히 종식되지 않았지만, "그들은 그들이 하고 싶지 않은 지저분한 일들을 해줄, 착취당하고 종속되어 있는 하층 계급의 존재에 기댈 수 있었다. 노동계급과 빈민 여성의 종속을 용납하거나 사실상 공모함으로써 그들은 현존하는 가부장제

---

12) 일레인 쇼월터는, '여성적인 단계', '여성주의자의 단계', '여성의 단계'로 여성 글쓰기의 발전과정을 구분했다. 이 중 '여성의 단계'는 자기 발견의 단계로서 이 시기의 여성작가들은 가부장적 가치들에 대한 단순한 반발과 저항에서 벗어나 자기의 내면을 성찰하면서 고유하고 독립적인 여성정체성을 확립하기 위해 노력한다. 팸 모리스, 강희원 역, 『문학과 페미니즘』, 문예출판사, 1997, pp.117-118. p.152. 참조.

와 그 공범인 성차별주의와 제휴할 뿐만 아니라 그들 스스로에게 이중적인 삶을 살도록 하고 있다."13) "자신의 이름에 단순히 페미니즘이라는 '브랜드'를 달았을 뿐"14) 전 지구적 자본주의 가부장제 체제에 대한 근본적인 문제제기와 변혁의지를 배제한 채 개인주의화하고 상업화한, 90년대 이후 우리 여성문학의 주류로서의 라이프스타일 페미니즘은 여성의(female) 단계보다는 차라리 페미닌 단계에 친연(親緣)을 가지는 것이다. '여류'를 키워드로 50-60년대 여성문학에 대하여 문화론적으로 접근하려는 본고의 시도는, 이러한 맥락에서 90년대 이후의 여성문학에 대한 현재적 관심과 연결되어 있다.

2. 연구사 검토

여성문학 연구는 80년대 이후 괄목할 만한 발전을 보이기는 했으나 여전히 한국문학 연구의 전반적 성과에 비하여 상대적으로 부진한 편인데, 그중에서도 50-60년대 여성문학은 가장 소외된 부분이다. 주지하다시피 한국문학 연구는, 50년대의 경우 손창섭과 장용학을 중심으로 이범선, 김성한, 선우휘, 오상원, 전광용, 이호철 등의 연구에, 60년대의 경우 최인훈과 김승옥을 필두로 이청준, 김원일 등의 연구에 치우쳐 이루어진 것이 현실이다. 전후문학의

---

13) 벨 훅스, 박정애 역, 『행복한 페미니즘』, 백년글사랑, 2002, p.26. 흑인 페미니스트 이론가 벨 훅스는 이런 식의 페미니즘을 "라이프스타일 페미니즘"이라고 명명하면서 강력하게 비판한다.
14) 위의 책, p.246.

인물유형 등 주제론의 경우에도 여성작가의 작품을 배제한다는 점에서는 예외가 드물다. 강신재,[15] 박경리[16]의 이 시기 소설작품을 연구한 학위논문이 있기는 하지만, 각 작가의 개별 작품에 대한 내용 중심의 논의를 넘어서지 못했다. 다만 이정희의 1994년도 경희대 대학원 석사논문 「1950년대 여성작가 연구-전후현실의 수용양상과 여성적 체험의 의미화 양상을 중심으로-」와 강소연의 1999년도 이화여대 대학원 석사논문 「1950년대 여성소설 연구: 손소희, 한무숙, 한말숙 작품의 여성의식을 중심으로」가 50년대 여성문학에 대한 페미니즘 시각의 주제론적 조망을 시도하면서 일정한 성과를 보인 형편이다.

한편 한국문학연구회의 여성학자들이 펴낸 『페미니즘과 소설비평: 현대 편』은 전편인 『페미니즘과 소설비평: 근대 편』에서의

---

15) 「강신재 전후 단편소설 연구」(최명숙, 2000년 경원대 대학원 석사논문), 「강신재 소설 연구: 여성인물의 현실 대응 양상을 중심으로」(박미선, 1996년 慶熙大 大學院 석사논문), 「1950년대 강신재 소설 연구」(이다영, 1995년 延世大 大學院 석사논문) 등이 있다.

16) 이 시대 여성작가들 중에서 단연 인기 있는 연구 대상은 박경리다. 아마도 대하장편소설 『토지』로 얻은 작가의 명망 때문일 것이다. 2000년 이후에 산출된 논문만도 「박경리 소설 연구: 갈등 양상을 중심으로」(장미영, 2002년 숙명여대 대학원 박사논문)를 비롯하여, 「박경리 소설에 나타난 소외의 양상연구: 초기소설을 중심으로」(김영미, 2001년 한성대 대학원 석사논문), 「박경리 소설에 나타난 소외 양상 고찰: 1960년대 작품을 중심으로」(문숙원, 2001년 강원대 대학원 석사논문), 「박경리 전쟁체험소설 연구」(최수진, 2001년 동아대 대학원 석사논문), 「박경리 초기 장편소설의 인물유형 연구」, (김수영, 2001년 서울여대 대학원석사논문) 등 12편에 이르러 염상섭 등 한국문학사의 대표작가에 대한 학위논문 편수(2000년 이후 8편)를 넘어선다. 1988년 정은경의 한양대 대학원 석사학위논문 「朴景利 小說의 人物研究: "金藥局의 딸들"을 中心으로」 이후 박경리 문학을 연구한 학위논문은 총 40여 편 정도이다.

열 사람의 초창기 여성작가(나혜석, 김원주, 김명순, 강경애, 백신애, 박화성, 최정희, 이선희) 연구에 뒤이어 1940-50년대에 등장하여 1960-1970년대까지 지속적인 활동을 한 '분단기[17] 여성작가' 여덟 명(임옥인, 손소희, 강신재, 한무숙, 박경리, 송원희, 한말숙, 정연희)에 대한 본격적인 연구의 결실이다. 이 연구서는 한국문학사의 변방일 뿐만 아니라 여성 중심의 문학사에서도 소외되어온 '분단기' 여성작가들과 그들의 작품세계를, 페미니즘을 공부한 여성연구자들의 시선으로 파악하려 한 최초의 의미 있는 작업으로 평가될 만하다. 그러나 한 작가를 한 연구자가 도맡아 연구한 작가론 여덟 편의 조합이라는 연구서의 형식 때문에 전체를 꿰뚫는 여성문학사적 관점과 문학사회학적 통찰이 부족하다는 점이 본질적 한계로 지적될 수 있을 것이다.

그리고 대상 작가 선정에 있어서도 문제제기의 여지가 있다. 우선 송원희는 여성의식과 문장 운용 능력에서 한무숙, 손소희, 한말숙 등에 비하여 적잖이 떨어지는 작가이다. 그런 송원희가 남성작가와 유사하게 분단과 식민지 등 사회·역사적 소재를 주로 다룬다는 이유에서 "여류작가로서는 드물게 보는 강렬한 주제의식의 소유자"[18]라는 식으로 남성평자들에 의해 자주 언급되었다는 사실이 손장순, 이규희, 구혜영, 김의정 등 또래 작가들을 젖히고 분단기 여성작가 8인 중 한 사람으로 평가되는 근거가 될 수 있는가의 문제를 들 수 있다. 이는 남성평자들의 남근주의적 비평 행태를 비

---

17) 이 연구서에서 쓰고 있는 '분단기'라는 용어는 - 흔히 사용되는 '해방기'라는 용어 또한 그렇지만 - 좀 더 깊이 논의하고 숙고할 필요가 있어 보인다.
18) 구중서, 「1973년 상반기 창작평」, 『경향신문』, 1973. 7. 18.

판하면서도 한편으로는 그것을 준거로 삼는 여성문학 연구의 한 곤경을 보여주는 사례라 할 수 있다. 또한 임옥인을 이 시대의 대표적인 여성작가로 선정한 이유가 임옥인이 "식민지시대와 분단시대를 아우르는 작가"[19]이기 때문이라면, 박화성과 최정희 역시 그러한 작가로 손색이 없다. 작품으로만 보자면 1940년 『문장』지에 발표한 「후처기」, 전후(戰後) 자신의 월남 체험을 소재로 쓴 『월남전후』 이외에는 문제의식이 뚜렷한 작품을 쓰지 못하고 기독교적 교훈주의에 함몰되어 버린 임옥인보다는 중편소설 「찬란한 대낮」, 장편소설 『인간사(人間史)』 등의 문제작을 내놓은 최정희나 1977년도에 창작과비평사에서 소설집 『휴화산』을 내놓을 때까지 고른 수준의 작품을 생산한 박화성이 윗길이라 볼 수 있다. 아마도 이 연구서의 필자들은 『페미니즘과 소설비평: 근대 편』에서 박화성과 최정희를 이미 다루었기 때문에 그 후속 편인 이 연구서에서는 의도적으로 임옥인을 선택한 듯하다.

마지막으로 이 연구서는 65년에 결성되어 현재까지 37년간 그 명맥을 유지하고 있는 한국여류문학인회(현 한국여성문학인회)의 존재와 68년, 69년에 상재된 기관지 『여류문학』의 실체에 대하여 무지했거나 무시했다. 이는 개별 작가론에 딸려 있는 작품연보에 여타 잡지나 신문에 실린 작품 목록은 상세하게 기록되어 있는 반면, 유독 『여류문학』에 실린 작품만은 아예 찾아볼 수 없다는 사실에서 단적으로 드러난다. 『페미니즘과 소설비평: 근대 편』에 실린 박화성의 작품연보에도 『여류문학』에 실린 문제작 「현대적(現代的)」이 누락되어 있는 것을 보면 이 연구서의 필자들이 잡

---

19) 김복순, 「분단 초기 여성작가의 진정성 추구양상」, 『페미니즘과 소설비평: 현대 편』, 한길사, 1997, p.25.

지 『여류문학』의 실체를 인지하지 못했을 것이라는 짐작에 무게가 실린다. 이 점 역시 개별 작가론의 조합이 한 시대의 문학 지도가 될 수 없음을 보여주는 증표가 아닌가 한다.

3. 연구의 목적과 서술 방향

물론 전쟁이 휩쓸고 간 폐허의 50년대와 국가 차원의 경제개발 계획이 시행되어 소기의 성과를 나타낸 60년대는 엄연히 다르며 -50년대 또한 초반과 후반이 다르고 60년대 역시 그런 점에서는 마찬가지이다-당대에 활동한 여성작가들의 면면과 그들의 개별 작품 역시 거의 무한한 다양성을 보이고 있는 것이 사실이다. 그러한 다양성을 무차별적으로 지워버리는 논리적 단순화는 한국 여성문학을 이해하는 데에 도움을 주기는커녕 잘못된 선입관을 강화시킬 뿐이다. 그러나 한국 여성문학사라는 거시적 관점에서 50-60년대 여성문학의 일반적 실체와 의미를 도출해내는 일은, 그 무한한 다양성에 대한 존중 못지않게 여성문학 연구의 발전을 위하여 중요한 일이다. 또한 50년대 문학과 60년대 문학이 한자리에서 논의하지 못할 정도로 커다란 차이를 보이는가 하는 점도 문제시된다.

최원식은 『4월혁명과 한국문학』의 서문에서 50년대와 60년대의 문학은 근본적으로 연속적이라고 주장한다. "4월혁명의 자식으로 태어난 1960년대 문학을 실상에서 파고들면 1950년대와의 급격한 단절이 두드러지게 눈에 띄는 것은 아니다. 4월혁명에 놀란 반공

순수문학은 5·16 이후 안도감 속에 여전히 문단의 지배자로 군림하였으니, 1년여도 안돼 꺾인 어린 공화국이 커다란 문학적 변모를 초래하기에는 너무나 시간이 익지 못했다."[20] 이 시대 여성문학은 우선 40-50년대에 등단하여 70년대 이후까지 문학적 이력을 쌓았으되 50-60년대에 문학적 전성기를 누린 일군의 여성작가들로 대표될 수 있다는 점, 전쟁과 분단이라는 거대한 민족적 불행의 기억·광범위한 영역에서의 실존주의적 허무주의·정치적 실천성의 부재와 일상에의 집착·낭만적 사랑의 추구와 숙명론 등 공통적인 특질을 보유하고 있다는 점, 70년대 박경리의 『토지』와 오정희·박완서의 문학적 성취로 가는 디딤돌 역할을 한다는 점, 그러면서도 최근까지 문학사적 연구의 빈 지대로 남아 있었다는 점 등에서 공시적(共時的) 연구의 의의를 가진다.

문학작품의 내재적 연구에 국한하지 않고 그 텍스트의 생산 과정과 언어, 사회·역사적 조건 등 컨텍스트를 포괄하려고 할 때 문학은 하나의 문화적 산물이거나 문화적 현상으로 이해된다. 본고는 문화적 산물 혹은 문화적 현상으로서 '여류작가'와 '여류문학'이라는 키워드를 가지고 궁극적으로는 한국문학사, 가까이는 한국여성문학사의 이해에 작은 도움이 되기 위하여 이제까지 그 총체적 면모에 대한 본격적인 천착이 이루어지지 않았던 50-60년대 여성문학의 문학적 지도를 그리고자 한다.

상기(上記)한 목표에 다가가기 위하여 2장에서는 이 연구의 키워드인 '여류작가'와 '여류문학'의 정체성을 먼저 묻고자 한다. 문학작품은 그 시대와 사회의 내적 본질을 반영한 상징물이라는 문학사회학의 전제를 끌어들이지 않더라도 어떤 작가든 한 인간으

---

20) 최원식·임규찬 편, 『4월혁명과 한국문학』, 창작과비평사, 2002, p.10.

로서 자신이 속한 시간과 공간의 규정성에서 자유로울 수는 없는 것이다. 그러므로 본 연구의 대상 시기인 50-60년대의 시대적 특징과 여성이 국가의 '자원'으로 재편되는 양상을 우선적으로 살펴본 다음, 1965년에 여성문학인들이 그동안 쌓아온 역량을 모아 결성한 최초의 여성문학인 단체인 '한국여류문학인회'와 기관지 『여류문학』의 내용과 형식을 자료발굴 차원에서 소개하면서 그 특징과 의의에 관한 고찰을 아울러 진행시킬 것이다. 또한 젠더화된 근대 문학제도의 산물로서 '여류'의 기원을 톺아보는 한편으로 그 '여류'들의 심리를 '이원적 착란'이라는 정신분석 용어를 통해 고찰함으로써 3장에서의 본격적 논의를 위한 입론(立論)을 구축한다. 3장에서는 우선 당대 여성작가의 소설과 수필 등을 통하여 부정적인 이미지로 타자화되거나 '여류'의 아비투스 안에서 자기 이미지로 구성된 '여류'를 두루 분석하겠다. 그리고 이 시대에 정력적으로 활동한 여성작가들의 대표작과 평판작을 중심으로 자기 시대의 문제를 형상화하고 문학적으로 생존하기 위하여 그들이 어떠한 서사적 전략을 채택했는지를 탐구해 보기로 한다. 4장에서는 글 쓰는 여자를 주인공으로 하거나 다분히 자전적인 소설들을 대상으로 이 시대 여성작가들이 자신의 창작행위에 대하여 가지는 자의식과 그것을 노출하는 수위, 그리고 그 배면의 다양한 전략적 층위를 구고(究考)한다. 5장은 50-60년대 여성문학의 여성문학사적 위치를 모색하는 자리로서 선행 논의를 토대로 조심스럽게나마 시대와 권력이 의도하지 않은 결과로서의 이 시대 여성문학의 문학사적 의미를 물으려 한다. 6장은 이 연구의 결론으로 앞선 논의들을 요약하고 정리하는 자리이다.

II. 전후의 시대성과 '여류'라는 제도

1. 국가폭력 네트워크와 여성 '자원'의 재편 양상

리타 펠스키(Rita Felski)는 성별(gender)이 "역사적 지식의 사실적 내용에만 영향을 끼치는-무엇이 포함되며 무엇이 생략되는가 하는 점에서-것이 아니라, 사회적 과정의 본질과 의미를 해석하는 토대가 되는 철학적 가정에도 영향을 끼친다"[21]고 주장한다. 기실 남성작가의 문학을 연구하는 일은 구태여 '남성작가의' 혹은 '남성'이라는 수사를 필요로 하지 않는다. '남성' 경찰관이나 '남성' 대통령이 어색하게 들리는 것만큼이나 '남성' 문학도 익숙지 않은 어법이다. '남성작가의' 문학이 곧 문학이고, '남성작가의 문학'을 연구하는 일이 곧 문학 연구인 것이다. 물론 '여성작가의' 문학이란 대개[22] '여성문학'이고, '여성작가의 문학'을 연구하는 일은 문

---

[21] 리타 펠스키, 김영찬 · 심진경 역, 『근대성과 페미니즘』, 거름, 1999, p.22.

[22] '대개'라고 한 것은, 여성작가의 문학=여성문학이라고 보지 않는 견해도 있을 수 있기 때문이다. 가령 생물학적 성별을 떠나 페미니즘 사상의 부각 정도로 여성문학 여부를 판단할 수도 있고, 여성작가가 쓴 페미니즘 문학만이 여성문학이라고 볼 수도 있으며, 여성 독자를 대상으로 한 문학을 여성문학으로 보는 수용자 중심의 개념도 있을 수 있다. 페미니즘 운동이 시발(始發)하기 전의 '여성문학 Frauenliteratur'은, 주로 여성독자층을 대상으로 삼고 있으면서도 현재 존속하고 있는 남성 중심의 사회 체계에 의문을 제기하지 않고 이를 재생산해낸다는 점에서 '대중문학 belletrische Literatur'이나 '통속 문학 Trivialliteratur'과 구별되지 않는 범주였다.

학 연구의 특수한 일 분야로서 '여성문학 연구'일 뿐이다. 그러므로 어느 한 시대의 여성문학을 연구한다고 할 때, 그 시대의 '사회적 과정의 본질과 의미를 해석하는 토대가 되는 철학적 가정'은 "필연적으로 성별 상징성(gender symbolism)의 존재와 그 힘을 드러낼"23) 수밖에 없다. 50-60년대 여성문학의 전모를 궁구(窮究)한다는 목적 아래, 이 글은 먼저 이른바 '전후(戰後)'라는 과거24)의 어느 시기를 성별 상징적 언어로 해석하는 작업부터 시도하고자 한다.

전후(戰後)는 전 세계적으로도 20세기 들어 여성의 위치가 가장 후퇴한 시기였으되,25) 8·15해방 후 벌어진 첨예한 이데올로기 쟁투, 남북의 분단과 6·25전쟁을 내리 겪은 한국에서는 남성 질서의 안정적 재편 현상이 더욱 두드러졌다. 남성 질서의 안정적 재편이란, 우리 현대사에 관하여 진보적 입장을 취하는 일부 학자들이 '국가폭력 네트워크'라고 부르는 현상의 페미니즘적 명명일 테다.

조현연에 의하면 국가폭력이야말로 '한국 현대정치의 악몽'이다. 그는 한국의 국가폭력이 "조선총독부로 상징되는 파시즘적 식민지

---

23) 펠스키, 앞의 책, p.21.
24) 한국사회에서 '전후(戰後)'는 21세기의 초두인 현재에까지도 막대한 영향을 미치는 현재적 과거이다. 당연하게도 전후 여성작가의 문학적 상황 역시 과거의 것이면서 동시에 놀라울 정도로 현재적이다.
25) 참전군인들이 돌아오자 공장에서는 여성노동자들을 대량 해고했고, 여성의 대학진학률은 급락했으며, 20세 이전에 결혼하는 여성의 비율이 금세기 최고 수준으로 상승했고, 가정적·전통적 여성을 찬양하는 메시지를 담은 문화상품들이 쏟아졌다. 심정순·유지나 편, 『섹슈얼리티와 대중문화』, 동인, 1999. 참조

지배체제에 그 기원을 두고 있다"고 본다. 그러던 것이 해방 후 "국가 형성의 시기에 일종의 내전으로까지 비화된 극단적인 대립과 갈등을 통해 본격화되었다. 특히 전쟁의 실체험, 오랫동안 결빙되어 온 남북한의 분단 상황, 일상적인 군사 대결 상황이 국가폭력의 극단화와 전면화에 주요하게 작용했다고 할 수 있다. 냉전의 최전선에 위치한 한국의 경우, 전쟁 공포의 항상적인 동원을 통해 비상체제를 구축하는 가운데 안보가 최상의 이념이 되어 사회는 더욱 노골적으로 군사화, 병영화되었으며 정권에 대한 내부의 반대자는 적과 동일시되었다. 이제 국가안보라는 말은 냉전질서에서의 국가 간 대결체제를 표현하는 동시에, 국가 내부의 사회관계를 설명하는 개념, 즉 내부의 적에 대한 통제를 의미하게 된다. 이승만은 헌정질서 파괴행위인 부산정치파동과 사사오입 개헌을 감행하면서 정치적 반대파를 모두 빨갱이로 몰아붙였고, 박정희 또한 18년을 통치하면서 국가안보라는 말을 너무나 자주 그리고 함부로 팔아먹었다."[26]

여기서 주목해야 할 부분은, 국가안보라는 말이 "냉전질서에서의 국가 간 대결체제를 표현하는 동시에, 국가 내부의 사회관계를 설명하는 개념, 즉 내부의 적에 대한 통제를 의미"하게 되었다는 해석이다. 이 사회의 특징은, "국론 통일과 총화단결, 일사불란, 발본 색원으로 표현할 수 있는 강제적 동원, 획일적 교육과 사상 통제"[27]인데, 에코페미니즘의 시각에서 볼 때 이러한 제반 사회적 억압은 여성과 자연에 대한 억압과 개념적·상징적·언어적으로 매우 중요한 연관성을 가지고 있다. 즉 "사회의 기본적인 관계 모델이 계속해서 지배의 모델인 경우, 여성들에게 해방은 결코 있을 수

---

26) 조현연, 『한국 현대정치의 악몽 – 국가폭력』, 책세상, 2001, pp.19-20.
27) 위의 책, p.21.

없고 생태학적 목표들에 대한 해결책도 결코 있을 수 없다는 것을 여성들은 알아야 한다. 여성들이 기본적인 사회경제 관계들과 이 '현대 산업'사회의 기저에 깔려 있는 가치들을 철저하게 재구성하기를 기대한다면, 그들은 여성운동의 요구사항들과 생태학적 운동의 요구사항들을 결합시켜야 한다."[28] 50-60년대를 남성 질서가 고착화된 시대라고 한다면, 그것은 "사회의 기본적인 관계 모델이 강압적인 지배의 모델"이라는 맥락에서 그런 것이다. 남성적·공적 폭력에 대한 여성적·사적 공포는 그런 사회의 가장 기본적인 특징이다. 상대에게서 이해와 공감을 끌어내기 위한 수평적이고 쌍방향적인 커뮤니케이션을 지향하기보다는 쉽사리 유·무형의 폭력 혹은 무력을 사용하는 남근 중심적(phallocentric) 규율(規律)의 폭력성은 사적인 삶의 일상에까지 침투하여 상시적 위협으로 작용한다.

전쟁의 상흔이 채 아물기 전에 군사쿠데타가 발생했고 그렇게 쿠데타를 통해 등장한 정권은 일종의 국가적 총력전(總力戰)으로서 경제개발을 주창했다. 따라서 이 시대 한국사회를 관통하는 이데올로기가 '군사주의'와 '개발주의'라고 보더라도 무리는 없을 것이다. 북한의 위험성을 항상적으로 강조함으로써 그 존립을 보장받아온 전후(戰後) 이승만 정권과 박정희 정권의 태생적 특성은 국력에 비하여 지나치게 군사 부문이 비대하다는 것이었다. "평화주의 페미니스트들이 파악하기에, 여성에 대한 폭력, 군사주의 문화 그리고 핵무기의 개발과 배치 사이에는 오랫동안 명백한 상관관계가 있어왔다."[29] 문화의 군사화, 과도한 국방 예산과 삭감되

---

28) Rosemary Radford Ruether, *New Woman/New Earth: Sexist Ideologies and Human Liberation*, Seabury Press(N. Y.), 1975, p.204.
29) 로즈마리 통 외, 이소영 외 편역, 「에코페미니즘적 실천을 향하여:

는 사회복지 예산에서 드러나는 경제적 우선권의 문제는 폭력적
이고 호전적인 가부장제 사회의 산물이다. 여성은, 승리한 군대의
전리품, 피난민, 불구자, 성노예, 축소된 사회복지에 의존해야 하는
자식 딸린 과부 등 '전쟁' 혹은 '전쟁 위험상황'의 희생자로서 다양
한 양상을 보여준다. 군사주의 정권하에서는 설사 휴전(休戰) 중
이거나 종전(終戰) 후일지라도 여성의 자유와 생명이 상시적으로
위협받는다. 에코페미니스트들에게 군사 테크놀로지란 제국주의의
침탈과 착취 및 강간을 비롯한 여러 종류의 폭력과 무력통치, 기
근, 노숙, 환경오염 등 지배적인 정치적·문화적 상황을 반영하는
것임과 동시에 세계 여러 민족들, 그중에서도 특히 여성들의 일상
에 영향을 미치는 것이다.[30]

한편 민정에 참여한, '군복' 벗은 5·16세력이 최대의 역점을 두
고 추진한 정책목표는 경제였다.

> 안팎으로부터 몰아쳐 오는 마파람 속에 박정희 의장 자신은 어지간
> 히 자신을 잃었고 정치에 환멸을 느껴 민정포기를 거의 결심했었다.
> 정치환경뿐만 아니라 그 당시의 경제사정이 특히 박정희 의장의 심경
> 을 흔들어 놓았었다. 외환고갈, 물가고에 겹친 식량난은 갈수록 심각
> 했다. 63년 2월 초순, 호남지방의 민정시찰에서 절량농가 실태를 눈으
> 로 살펴본 박 의장은 5·16 후 군정의 경제정책이 완전한 실패였음을
> 확인했다. 이 무렵부터 그의 불출마설이 나돌기 시작했었다.[31]

페미니즘적 반군사주의」, 『자연, 여성, 환경』, 한신문화사, 2000,
p.72.
[30] 위의 책, pp.72-75 참조.
[31] 이상우, 『박정희 시대』, 중원문화사, 1984, p.33.

인용문에서 보이듯 박정희는 정치생명이 끝날 수도 있다는 위기의식을 가지고 경제개발에 임했다. 정부는 1962년 1월 13일에 제1차 경제개발 5개년 계획을 발표하고는 단계적인 경제개발 계획에 착수했다. 박정희 정권의 산업화 전략은 우선 국민총생산 지상주의, 생산력 만능주의, 수출목표달성 제일주의 등으로 다양하게 변주되는 성장 제일주의로 요약된다. 이러한 성장 제일주의는 목적을 위해서는 수단, 과정, 절차는 중요한 것이 아니라는 성과 제일주의에 기초해 있는 이데올로기로서 국가안보라는 목표를 위해서는 민주주의적 제반 가치들을 희생시켜도 무방하다는 논리의 군사주의와 결합하여 더욱 확산된다. 또한 박 정권의 수출지향적 공업화 전략은 외자에 의존하는 경공업 수출지향의 성장우선정책을 본격화한 것이다. 수출의 중점 품목을 1차 상품에서 공업 제품으로 바꾸고 비교우위를 지니는 노동집약적 경공업을 수출산업으로 육성시키는 한편, 금융·세제 등을 지원하여 생산비용을 감소시킴으로써 수출상품의 국제경쟁력을 높였다. 1970년대에 이르러 중화학공업화 전략을 채택하기 전까지 섬유, 전자 등 노동집약적 경공업은 한국경제의 단기 고속성장을 떠받친 주역이었다.[32)]

그런데 이러한 개발주의는 고래(古來)의 가부장제와 결합하여 여성의 생존 조건을 급격히 재편했다. 미혼 프롤레타리아 여성은 노동집약 산업의 저임금 공장노동자로 대거 흡수되었고, 기혼 프롤레타리아 여성은 노동집약적 비정규직과 가사노동의 이중노동을 강요받았다. 미혼 부르주아 여성은 대학교육의 혜택을 누리면서 교사나 약사

---

32) 김대환의 「박정희 정권의 경제개발: 신화와 현실」(『역사비평』, 1993, 겨울호)과 「박정희 경제개발정책의 현재적 조명」(『역사비평』, 1995년 가을호) 참조.

등의 전통적 여성선호직종에 종사하거나 가정에서 신부수업을 받았고, 기혼 부르주아 여성은 경제전의 전사들을 낳아 기르고 정서적으로 위로하며 음식과 의복, 가정을 제공하는 사적 영역의 전담자가 되었다. 제3세계 개발도상국에 나타난 공통된 현상인 이러한 여성 생존 조건의 재편에 대하여 인도 출신의 세계적 생태운동가인 밴더너 쉬바는, '개발'이 가부장제의 새로운 사업에 지나지 않는다고 단언한다. 그녀는 "나는 현재 개발이라고 부르는 것이 본질적으로 자연과 여성에 대한 남성의 지배를 도입하고 강조하는 데에 기반을 둔 역개발임을 주장하고 싶다. 역개발 안에서 자연과 여성은 둘 다 '타자', 즉 수동적인 비자아로 간주된다."라고 강력하게 주장한다. "자연과 여성은 이 파편화되고 반생명적인 역개발의 모형 안에서 생명의 창조자요 양육자인 위치로부터 '자원'으로 환원된다."[33]

우에노 치즈꼬는, '공적 영역'이 전례 없이 비대해진 국민국가가 젠더를 재편성하는 방식이 대개 두 가지 양태를 보인다고 말한다. 하나는 '성별 역할 분담'을 유지한 채 사적 영역의 국가화를 목표로 삼는 것, 또 다른 하나는 '성별 역할 분담' 자체를 해체하는 것인데,

---

33) 밴더너 쉬바, 「개발, 생태학, 여성」, 로즈마리 통 외, 앞의 책, p.197. 이 책, 192쪽에서 193쪽을 보면, 개발이 왜 역개발인가에 대하여 다음과 같이 논증한다. "유엔 여성 10년기(The United Nation's Decade for Women 1975~1985)는 개발 과정의 확산과 전파에서 여성의 경제적 지위가 저절로 향상된다는 가정에 기초하였다. 그러나 10년이 끝날 무렵 개발 그 자체가 문제였다는 것이 명백해졌다. 개발을 확장시킴으로써 여성을 생산적인 활동으로부터 내몰 수 있게 한 근거는 주로 개발 사업들이 유지와 생존을 위해 사용되었던 천연자원 기반을 전유하거나 파괴시키는 방식에 있다. 개발의 확장은 토지, 물, 삼림과 같은 자원의 생태적인 파괴를 통해서뿐만 아니라 그 자원들을 여성의 관리와 통제에서 제거함으로써 여성의 생산성을 파괴시켰고 자연의 생산성과 재생성을 손상시켰다."

우에노는 파시스트 국가가 대체로 젠더 분리형(성별 역할 분담 유지) 전략을 취한다는 공통점이 있다고 지적한다. 분리형 젠더 전략 하에서 국가가 '후방'에 있는 여성에게 기대하는 것은 '병사를 출산하고 양육'하는 역할과 '경제전의 전사'로서의 역할이다.[34]

한국의 군사주의 국가권력 또한 '성별 역할 분담'을 유지하면서 '사적 영역의 국가화'를 시도하는 방식을 선택했다. 국가의 '자원'으로서 기혼 여성들은 '병사를 출산하고 양육'하는 것은 물론이고 전방의 병사들이 심리적으로 의지하는 정서적 지주가 될 것을 요구받았다. 다른 한편으로는 남성이 부재하는 가정에서 '경제전의 전사' 역할을 담당하도록 요구되었는데, 이는 제국주의 시대 민족 해방 투쟁의 당위성과 좌우 이데올로기 투쟁, 전쟁과 독재 등의 거대서사가 생존과 생명, 생활의 작은 이야기를 압도한 동아시아의 근대사와 관련이 있는 부분이다. 전자(前者)를 위하여 후자(後者)를 희생시키는 남자들을 양산한 이 격동의 시대를 관통하면서 남자가 없는 혹은 부상당한 가정을 지키고 자식들을 길러내는 억척스런 '여가장(matriarch)' 이데올로기가 막강한 위세를 얻은 것이다. 민중여성들은, 죽었거나 상이군인이거나 집을 떠나 있거나 술병에 들린 남편을 대신하여, 길쌈하고 농사짓고 장사를 하여 가족들의 생계를 실질적으로 책임진다.[35] 남성/부양자, 여성/피부양자라는 공식이 자명한 것으로 작동하는 자본주의 가부장제하에서

---

34) 우에노 치즈꼬, 이성이 역, 「국민국가와 젠더」, 『내셔널리즘과 젠더』, 박종철출판사, 2000 참조.
35) 이러한 민중여성들의 삶은, 도서출판 '뿌리깊은 나무'에서 나온 일련의 민중자서전(예를 들어 『베도 숱한 베 짜고 밭도 숱한 밭 매고』의 김점호와 『여보, 우리는 뒷간밖에 갔다온 데가 없어』의 이광용 등)에 잘 드러나 있다.

여자의 부양책임이 당연하게 여겨지고 그것이 또한 남성가장 이데올로기와 별다른 충돌 없이 양립하고 있다는 사실은 주목을 요한다. 흑인 페미니즘 이론가 벨 훅스(bell hooks)는 『나는 여자가 아니란 말인가 *Ain't I a Woman*』라는 저서에서 섹슈얼리티의 수동적 대상이거나 노새처럼 일만 하는 존재로서의 흑인 여가장 이미지를 비판한다. 아이들을 낳아 기르고 가정을 꾸리고 가족을 부양하는 책임은 이들이 맡고 있는데도 흑인남성의 가부장적 권력은 약화되지 않는다. 결국 노동과 육체와 섹슈얼리티를 착취당하면서 이들이 떠받치고 있는 것은 흑인남성의 성차별주의와 백인 남성/여성의 인종차별주의이다.[36] 한국적 상황에서의 여가장들 역시 군사주의 가부장제 국가의 보급과 보충을 담당하는 '후방(後方)' 역할을 자임한 측면이 없지 않다.[37] 억척 여가장의 활약은 기존의 성과 계급에 의한 차별 구조를 그다지 완화시키지 못했거나 오히려 그 구조의 취약한 부분을 메우는 완충 역할을 했다.

경제개발 총력전 시대에 접어들어서는 미혼 여성들이 노동집약적 산업체의 값싼 노동력으로 대거 유입된 반면, 기혼 여성들에 대해서는 가정의 대표 노동력인 남편을 내조하고 미래의 노동자인 자식을 양육함으로써 노동력을 재생산하는 부불(不拂) 가사노동자로 국가 경제에 이바지할 것이 요구되었다. 공장이라는 공적 영역에서 여공들의 조직화는 철저하게 금지되었지만[38] 가정이라

---

36) 태혜숙, 『탈식민주의 페미니즘』, 여이연, 2001, pp.52-53 참조.
37) 여성이 가진 잠재력을 증명함으로써 장기적으로 보아 여성 인권 향상에 이바지했다는 긍정적인 측면도 물론 있다.
38) 1979년에 이르러서야 한국 여성노동운동사의 시금석이 된, YH무역 여공들의 신민당사 농성 사건이 일어났다. 농성 해산과정에서 경찰이 행사한 잔인한 폭력은 이후 박정희 정권이 붕괴하는 데에

는 사적 영역에 고립된 기혼여성들의 경우 국가는 정책적으로 조직화를 시도했다. 전국에 수십 개의 지부를 두고 수십 혹은 수백만의 회원을 가지고 있었던 대한부인회, 재건국민운동의 부녀회, 주부클럽연합회 등의 행사에는 대통령 부인 육영수가 종종 참석하여 격려하고 재정적으로 지원해주었는데, 이들 여성단체의 주요 사업은 산림녹화, 농촌 근대화, 국군장병 위문, 보건위생, 사회봉사 참여, 가정생활의 합리화, 산아제한, 자녀교육, 의식주문제, 소비자 문제, 문맹퇴치, 건전 가정 육성, 신사임당 상 시상 등이었다. 한국 여류문학인회의 연례 행사였던 '주부백일장'이 육영수의 후원 아래 시행되었다는 것은 이런 맥락에서 참고할 만하다.

> 여류문학인회가 초대 때부터 해마다 실시해온 큰 행사로 〈전국주부백일장〉이 있다. 20대부터 60대에 이르는 수백 명의 가정주부들이 경복궁 뜨락 등에 모여앉아 글솜씨를 겨루는 잔치다.
> 행사 꾸리기에 익숙치 않고 기금도 부족한 처지에 고생도 많이 했지만, 회원 전체의 열성과 고 육영수 여사의 알뜰한 뒷받침으로 꽃답고 오붓한 잔치를 차릴 수가 있었던 것을 고맙게 여긴다.[39]

인용문은 72년에서 74년까지 한국여류문학인회의 제4대 회장으로 봉직했던 임옥인의 회고담이다. 『여류문학』 창간호를 보면 표지 안쪽에 "白日場을 끝내고 陸英修 女史가 참가자 전원을 靑瓦臺로 招待하여 한때를 즐겼다"라는 설명과 함께 청와대 안뜰에서 찍은 단체사진이 실려 있다. 이를테면 여류문학인회의 가장 강력

큰 영향을 미쳤다.
39) 임옥인, 『나의 이력서』, 正宇社, 1985, pp.150-151.

한 후원자가 대통령 부인 육영수였던 셈인데, 당시의 여성작가들은 소위 '여류명사'로서 이런 식으로 국가의 관리를 받았다.

상기(上記) 사업들의 특징은 그것이 한결같이 '총력전'의 전방을 밑에서 그리고 뒤에서 떠받쳐주는 후방활동이라는 것이다. 5·16군사정권이 나치의 수권법을 모방하여 초헌법적 비상입법을 제정했었다는 사실40)과 나치 시대 여성에게 부과되었던 세 가지 원칙인 이른바 드라이 카(drei K: 아이(Kinder), 교회(Kirche), 부엌(Küche))에 60년대의 여성들 또한 구속되어 있었다는 사실은 상통하는 지점이 있다. 약자에 대한 폭력적 지배의 관계 모델을 근간으로 구축(構築)된 국가권력은 여성의 정치 참여를 배제하는 한편 자기가 원하는 방식으로 여성성을 타자화한다. 나치의 드라이 카는, 문화적 차이를 감안하여 교회(Kirche)를 한국에 존재하는 여타 다양한 종교들로 대체하거나 종교의 본래적 속성인 정서적 위로와 통합 기능으로 상정할 경우, 거의 동일하게 한국 여성들의 삼원칙이었다고 말할 수 있는 것이다. 다시 말해 '아이/헌신적인 모성, 교회/정서적 위로와 통합 기능, 부엌/재생산 노동'의 삼원칙에서 한국의 여성들도 크게 벗어나지 않았다고 보아야 한다.

---

40) 5·16세력이 대학교수들을 동원하여 맨 처음으로 착수한 일은 군사통치의 법적 뒷받침이 되는 과도적인 비상입법과 새 헌법의 제정이었다. 이러한 입법작업을 맡은 학자들이 유진오(兪鎭午), 한태연(韓泰淵), 박일경(朴一慶) 교수 등이었다. 기존헌법의 기능을 일부 정지시키고 최고회의로 하여금 입법, 행정, 사법의 3권을 장악케 한 국가비상조치법은 한태연(韓泰淵) 교수가 최고회의의 부름을 받고 호텔 방에 앉아 꼬박 1주일 동안에 걸쳐 마련한 초헌법적인 비상입법이었다. 한 교수는 이 법을 만드는 데 주로 나치 독일시대의 수권법(授權法)을 많이 참조했다 한다. 李祥雨, 『박정희 시대 1·2』(중원문화사, 1984)와 姜仁燮, 『4·19 그 이후, 軍·政界·미국의 장막』(동아일보사, 1984) 참조.

상기(上記)한 바 "사회의 기본적인 관계 모델이 강압적인 지배의 모델"이라는 의미에서의 위압적(威壓的) '남성 질서'는 전쟁이라는 극단화된 형태의 폭력을 거쳐 전후의 이데올로기 싸움, 5·16군사쿠데타, 이후 군정기와 개발전략시대로 계승된다.[41] 여기서 '남성 질서'는 프랑스 페미니스트 엘렌 식수의 용어인 '남성의 경제', 혹은 '고유성(property)의 경제'와도 상통하는 말이다. 식수는 남성의 경제와 여성의 경제 사이의 관계를 잘 드러내는 사례로 중국의 위대한 병법가 손무의 일화를 상기시킨다.

위대한 전략가 손자는 왕의 처 180명을 훈련시키게 된다. 손자가 북소리의 규칙을 가르치지만 부인들은 "깔깔대며 수다를 떨거나 훈련에 전혀 관심을 기울이지 않았다. 그러자 교관인 손자는 똑같은 훈련을 몇 차례나 반복했다. 하지만 그가 말을 많이 할수록 부인들은 계속해서 낄낄댈 뿐이었다. 따라서 그의 규칙은 이제 존폐의 기로에 서게 되었다." 손자는 자신의 규칙대로 두 명의 여자 지휘자를 참수해 버렸다. "이제 병법을 익히는 것 말고는 아무런 짓도 하지 않은 듯 부인들은 쥐죽은듯이 왼쪽, 오른쪽으로 돌면서 실수 한 번 하지 않았다."[42]

남성을 규율하는 기제가 거세(去勢) 공포라면, 최단시간에 최고 효율을 추구하는 남성의 경제가 압도하는 사회에서 여성을 규율하는 기제는 참수(斬首) 공포라는 것이다. 이런 사회에서 "여성들

---

[41] 70년대의 유신체제시절도 크게 다르지는 않지만, 이 글의 대상 시기는 50-60년대로 한정한다.
[42] 엘렌 식수, 이봉지 역, 「거세냐 참수냐」, 『세계의 문학』, 1999년 겨울호, pp.215-216.

은 참수되는 것 말고는 달리 선택의 여지가 없으며, 어쨌든 검에 의해 실제로 머리를 잃어버리지 않더라도 언젠가는 머리를 잃어 버린다는 조건하에서만 머리를 달고 다닐 수 있다는 것이 당시의 도덕이었다. 잃어버린다는 것은 완벽하게 침묵하고, 자동인형이 되는 것을 의미했다."[43]

식수의 '남성의 경제'가 에코페미니즘에서 말하는 '남성 원리'와 상통한다면, 식수의 '참수'는 급진주의 여성신학자 메리 댈리의 '죽음을 분배하는 권력'과 유사한 메타포라 할 수 있다. 댈리는 생명을 부여하는 여성의 힘과 죽음을 분배하는 남성의 힘을 대조했다. 여성-자연과 남성-문화를 대립시키면서 남성의 개입을 배제한 대안적인 여성 중심적 세계의 창조를 지향하는 댈리의 입장은, 상당히 비현실적이고 탈역사적인 성격을 가지고 있으면서도 한편으로는 가부장제 문명에 대한 빛나는 통찰의 언어를 보여주기도 한다. 실상 댈리가 가부장제의 고질병으로 파악하는 '시체애호증'은, 폭력의 네트워크를 운용하는 국가권력이 펼치는 '살(殺)의 정치사'[44]에서 그 가시적(可視的)인 현장성을 확보하기도 한다. 또한 식수가 말하는 "완벽하게 침묵하고, 자동인형이 되는 것"과 댈리가 말하는 "남근 중심적 체계에 협조하도록 사주 받은 여성 로봇들"[45]은, "역사적 경험을 통해 체득된 즉자적 피해의식과 집단적

---

43) 위의 책, p.215.
44) 조현연에 의하면, 우리의 현대정치사는 국가폭력의 역사이자 '살(殺)의 정치사'였다. "'살(殺)의 정치'란 국가폭력이 역사적으로 구조화되는 가운데, 그 폭력이 극단화되어 구사되어 급기야 인간의 생명을 박탈해버리는 정치적 현상이 항상적으로 발생하는 것을 뜻한다." 조현연, 앞의 책, p.45.
45) 로즈마리 통 외, 앞의 책, p.20.

증오의 영속화를 위해 왜곡되고 조작된 '기억의 정치'의 개입으로 인한 레드 콤플렉스의 내면화 등 정치적 길들이기의 누적[46)"이 만들어낸 일반 국민들의 침묵과 방관에 연결되는 수사이다.

이들 페미니스트의 다소 과격한 듯하면서도 신선한 수사학을 빌어 정리하자면, 한국의 50-60년대는 죽음을 분배하는 남성적·공적 권력에 대하여 여성적·사적 일상이 참수의 공포에 압도당함으로써 침묵하거나 순응의 포즈를 취하는 자동인형 혹은 여성 로봇의 생존전략을 구사했던 시대였다.

2. 한국여류문학인회와 기관지 『여류문학』

2002년으로 창립 37주년을 맞은 한국여성문학인회는, 한말숙 신임 회장 체제하에 정기행사인 주부백일장과 작고(作故) 여성문인 재조명 세미나를 치렀다. 현재 삼백여 명의 여성문인들로 구성된 한국여성문학인회는 그간 이러한 정기행사 외에도 합동수필집 간행, 합동출판기념회 등의 행사를 주관하며 여성문인들 사이의 사교와 여성문학의 발전을 도모해왔다.

한국여성문학인회란 1992년 제14대 회장이었던 송원희의 발의로 이루어진 개명(改名)이거니와 1965년 9월 8일 창립된 한국 최초의 여성 예술가 단체는 '한국여류문학인회'였다. 한국여류문학인회의 결성은, 박정희 정권에 의해 한국문인협회로 강제 통합된 뒤 경색되어 있던 문단의 분위기가 65년 한국시인협회, 한국문학번역

---

46) 조현연, 앞의 책, p.42.

협회, 한국시나리오작가협회 등의 문학단체들이 잇따라 출범함으로써 아연 활기를 띠게 된 상황과 맥락을 같이 한다. 이런 추세에 여성문인들이 합류하여 한국여류문학인회를 발족시킨 것은, 우선 객관적 역량의 성숙이라는 측면에서 바라볼 수 있는 일이다. 무엇보다 문단 데뷔 3년 이상의 여성문인으로 회원 자격을 제한했음에도 62명의 창립회원을 모집한 것은, 50년대 후반부터 60년대 초·중반 사이에 많은 여성들이 등단함으로써 그 이전 시대에 겨우 십여 명 선에서 답보 상태에 머물렀던 여성문인의 숫자가 마침내 백 단위를 넘기게 된 객관적 상황에 힘입은 바 크다.

또한 전후(戰後) 여성문인들이 모종의 동지의식을 가지게 된 것은 아마도 박화성이 회갑을 맞은 해인 1964년, 이 희귀한 문단 원로의 회갑기념 문집을 준비하면서부터였던 듯하다. 모윤숙이 서문(序文)에서 "現存한 여성작가들이 花城 女史의 回甲을 祝賀하기 위해 내어 놓는 紀念集"임을 분명히 밝히고 있는 이 책은, 『現代女流文學33人集』이라는 이름으로 1964년 5월 25일 신구문화사에서 정가 300원에 간행되었다. 한국신문학(韓國新文學) 역사상 여성문인이 현역에 있으면서 회갑을 맞은 사례는 박화성이 처음이었기에, 일찍이 선배 여성문인들에게서 소외와 조로(早老)와 요절(夭折) 등속의 말로(末路) 밖에는 목격한 적이 없었던 후배 여성문인들로서는 박화성이야말로 귀한 선배였고 바람직한 역할 모델이었다. 여성문인들이 힘을 합쳐 널리 축하할 만도 한 일이었던 것이다. 33인의 면면을 살펴보자면, 소설 부문은 강신재, 김의정, 박기원, 박화성, 손소희, 손장순, 송숙영, 윤금숙, 임옥인, 장덕조, 전병순, 정연희, 최미나, 최정희, 한말숙, 한무숙, 시 부문은 김남조, 김선영, 김숙자, 김지향, 김혜숙, 김후란, 모윤숙, 박영숙, 추은희, 허영자, 홍윤숙, 수필 부문은 김일순, 김향안, 전숙희, 정충량, 조경희, 천경자이다. 이 33인은 이듬해인 1965년 한국여류문학인회 창립의 주역 멤버로 활동한다.

창립을 전후한 정황을 좀 더 자세히 파악하기 위하여 당시 중앙일보의 신참 기자였던 문학평론가 정규웅의 회고를 인용한다.

이 모임의 발의는 여류문인 중 최고 원로인 60대의 박화성과 그 뒤를 잇는 50대의 최정희, 그리고 해방 이후 등단한 여류문인을 대표한 40대의 김남조 등에 의해 이루어졌다. 이들은 강신재, 김남조, 김후란, 모윤숙, 박경리, 박화성, 손소희, 이영희, 임옥인, 전숙희, 정충량, 조경희, 최정희, 한말숙, 홍윤숙 등 15명으로 발기위원회를 구성하고 8월 31일 예총 회의실에서 모여 한국여류문학인회 창립에 따른 세부사항을 마무리 지었다.

우선 창립회원의 자격을 데뷔 이후 3년 이상의 활동 경력을 가진 여류문인으로 제한하여 시인 29명, 소설가 22명, 수필가 7명, 아동문학가 2명, 희곡작가 2명 등 모두 62명으로 창립회원을 확정했다. 한국 최초의 여류 예술단체로서는 작다고 할 수 없는 규모였다.

또 회원상호간에 친목을 도모하고 작품활동상의 권익옹호와 여류문학인 공동의 과제를 연구한다는 창립의 기본 취지 아래 첫째 출판사업 및 회지 발간, 둘째 작품금고 설립, 셋째 작품의 해외소개 및 작가의 해외파견, 넷째 강연회 및 연구발표회 개최 등 사업의 기본 계획도 확정했다.

마침내 65년 9월 8일 예총회관에서는 62명의 창립회원 전원이 참석한 가운데 말 그대로 '역사적인' 한국여류문학인회의 창립총회가 열렸다. 박종화 등 문단의 원로·중진급 남성문인들이 업저버(?)로 참석한 이날 창립총회는 여류 예술인들의 모임답게 시종 화기가 넘치는 가운데 진행되었다.

다만 회장단 선출에 들어가서는 다소의 긴장된 분위기를 연출하기도 했으나 몇몇 중진급 문인들에게 표가 분산된 가운데 박화성이 최고 원로답게 22표를 얻어 초대회장에 선출됐다. 그 밖의 임원 선출에서는 부회장에 모윤숙과 최정희, 간사장에 조경희, 상임간사에 이영희, 감사에 임옥인과 손소희가 각각 선출돼 이영희를 제외하고는 모두 40대 이상의 중진급 문인들이 여류문학인회의 살림을 떠맡게 되었다. 실행위원만은 각 세대를 고루 안배하여 강신재, 임옥인, 이영희, 손소희, 김후란, 조경희, 전숙희, 홍윤숙, 정충량, 김남조, 박경리, 김자림, 한무숙, 신지식, 김지향 등 15명을 선출했다.

초대 회장에 선출된 박화성은 인사를 통해 '여자가 문학을 하려면 돈과 자기 방(房)이 있어야 한다'는 영국의 여류작가 버지니아 울프의 말을 인용하면서 '여류문학인회를 대표하여 여류문학인들의 권익을 옹호하고 문학수준을 향상시키기 위해 가로놓인 난관과 꿋꿋하게 싸워 나가겠다'고 다짐하여 갈채를 받았다.[47]

한국여류문학인회에서 벌인 여러 사업 중 현재까지 서적자료로 남아 있는 것은, 『한국여류문학전집』과 연간(年刊) 기관지 『여류문학』이다. 박화성·최정희·손소희·조경희·김남조를 편집위원으로 하여 1967년에 삼성출판사에서 맨 처음 전(全) 6권으로 간행된 『한국여류문학전집』은 십 년 뒤인 1978년, "여류문단이 팽창·확대되어 완전한 鳥瞰이 어렵게 되었다는 데서, 이번에 韓國敎養文化院에서 다시 4권을 보충편집하여 全 10卷이란 堂堂한 體裁를 갖추어"[48] 출간되기에 이르렀다. 5권짜리 축소판 전집이 1977년 을유문화사에서, 그리고 1983년 여원출판국(女苑出版局)에서 간행되기도

---

47) 정규웅, 『글동네에서 생긴 일─60년대 문단 이야기』, 문학세계사, 1999, pp.165-167.
48) 田淑禧의 서문, 『韓國女流文學全集』 제1권, 한국교양문화원, 1978.

했다. 1968년 발행된 『여류문학』 창간호의 뒤표지에는 삼성출판사의 『한국여류문학전집』 전 6권에 대한 광고가 실려 있다. "女流文人들의 代表作을 集大成한 韓國女流文學 60年의 總決算!!", "朴花城에서 田惠麟까지 女流文學의 一大饗宴!!"이라는 광고문구가 눈을 끄는데, 그 문구대로 전집의 첫머리를 장식하는 것은 여류문학인회 초대 회장 박화성의 작품들이다.

'作家 노우트'에서 박화성은 "나는 不毛地에 放置된 作家였다고 自認하고 있다. 풍요한 遺産도 보장된 가치도 없었다. 過渡期·轉換期·激動期의 意識人으로서 하나하나 새로운 가치를 심고 가꾸어 나가야 할 무서운 責任感만이 전부였다."고 밝히고 있다. '불모지에 방치된 작가', '무서운 책임감'이라는 말은 주목을 요하는데, 이것들이 문학사에 관한 박화성의 인식의 일단을 보여주기 때문이다. 말하자면 박화성은 실제로 존재한 여자선배들을 문학적 선배로 인정하지 않은 것이다. 자신이 출현하기 전에는 불모지였다는 이 인식이야말로 한국여류문학전집을 만들면서 김명순, 나혜석, 김원주를 지워버린 이유일 것이다. 편집위원 박화성의 이러한 인식은, 김동인을 비롯한 남성문인들이 다분히 악의적인 관점에서 수행한, "작품 없는 작가"라는 식의 평가에 동조한 것으로서 박화성의 한계이면서 동시에 한국여류문학인회의 한계라 할 만하다. 또한 '무서운 책임감'이란 여성작가가 문학적 천수(天壽)를 다하도록 고이 놓아두지 않는 문단 풍토에서 기어이 생존하고야 말겠다는 의지의 표현일 것인데, 그 '무서운 책임감'은 박화성을 살아남은 자의 대열에 세우기도 했고 한국 최초의 여성문학인 단체에서 수장 노릇을 맡게끔 추동(推動)하기도 했다.

67년에 전집을 발행한 한국여류문학인회는 그 여세를 몰아 68

년에는 기관지 『여류문학』을 창간한다. 『여류문학』의 창간호와 제 2호의 표지는, 전집의 각 권 속지에 그림을 실었고 『現代女流文學 33人集』에는 수필을 싣기도 했던 화가 천경자의 그림이다. 머리에 꽃을 꽂은 여자의 얼굴인데, 천경자 특유의 화려한 색채와 몽환적 인 분위기가 인상적이다. 다음 장에는 "每月의 生理로 잃고 있는 血量을 충분히 補充하지 않으면 곧 빈혈을 일으킬 것"이라며 "싱 싱하고 아름다운 血色"을 지키기 위해 빈혈약을 먹으라는 제약회 사의 광고가, 그 다음 두 장에는 주부백일장 관련 화보가 실려 있 다. "韓國女流文學人會에서는 第2回 全國主婦白日場을 지난 10月 11日 景福宮 慶會樓에서 베풀었다. 바쁜 일손과 시름을 잊고 잠시 나마 自己 內面을 凝視할 수 있는 알차고 純粹한 時間을 마련한 白日場에는 百五○餘 主婦들이 참가하여 평소에 다듬어 온 글솜 씨를 겨뤘다. 이날의 題目은 「거울」, 「나들이」였다."라는 해설문이 딸린 백일장 풍경 사진, 임옥인과 손소희, 박화성, 강신재가 심사 를 보는 사진, 박화성이 당선자에게 상장을 수여하고 유광열(柳光 烈)이 내빈 축사를 하고 장원 수상자가 시 낭송을 하는 사진, 참 가자들이 청와대 안뜰에서 대통령 부인 육영수와 함께 찍은 사진 이 그것이다.

이제 이 잡지의 취지·목적·방향의 지표라 할 수 있는 창간사 (創刊辭)를 살펴보자.

新文學 六○年이라지만, 우리 女性에게 있어선 二○年쯤 뒤늦게 計算해야 할 것 같다. 時代的인 與件이 그러했기 때문이다. 六○年前 開化期 그 當時에는, 女性은 아직 封建의 桎梏 속에서 近代에의 黎 明을 아득히 바라볼 뿐, 內室 깊이 파묻혀 있어야 했다. 그후 二○年

이란 세월이 경과된 후에야 우리 女性도, 蓄積되어 온 感情의 噴火口를 찾아, 이모저모로 自我發見에 애써온 셈이었다. 이때부터 西歐의 노라의 絶叫는 韓國의 到處에서도 일어났다. 女性敎育의 發達은 同時에 그들의 社會進出과 學問藝術에 참여하는 契機를 마련해 주었다. 內室 깊이에서 다스려오던 恨과 꿈은 습습한 그늘에만 머물지 않아도 좋았다.

눈뜬 自我의 發聲은 참되고 眞摯하기 마련이었다. 그러나 첩첩이 둘려쌓인 因襲의 벽을 뚫고 創造의 旗幟를 드높이기엔, 사뭇 힘에 겨운 가시밭길이었다. 스승도, 길동무도 없는 고독한 文藝創作의 가시밭길에 나섰던 우리 先輩들의 苦鬪와 傷處를, 우리는 깊이 再認識하고 감사해야 할 것이다. 開拓의 가시밭길에서 점점이 흘렸던 그 血痕을 밑거름 삼아 오늘 우리들은 自由의 터전을 얻게 된 것이 아닌가. 光復前의 稀少한 先輩들의 그것에 비한다면 오늘의 女流文壇은 質的으로나 量的으로나 경이적인 발전과 開花를 誇示하고 있다고 해도 지나친 말은 아닐 것이다. 藝術에 文學에, 性의 區別을 고집할 것은 없다. 하지만 우리들의 親睦團體로 출발한 女流文學人會가 하나의 組織體를 이룬 이래 벌써 數個星霜이 흘러 왔다. 순수한 個人的인 作業에 속하는 創作生活을 하는 우리들에게도, 아니 그러므로써 더욱 對話의 廣場이 必要했던 것이다. 어떻게 하면 보다 더 效果的인 活動을 할 수 있을까.[49]

박화성의 '작가 노우트'에서 이미 확인한 바 있지만, 여류문학인회의 창립주체 중 원로급인 박화성(초대 회장), 최정희(2대 회장), 모윤숙(3대 회장) 등 '30년대 여성문인'들은 한국 여성문학의 원조로 인정받고 싶어 하는 욕망을 수시로 노출한다. 우선 "新文學 六〇年이라지만, 우리 女性에게 있어선 二〇年쯤 뒤늦게 計算해야 할

[49] 한국여류문학인회, 『女流文學』 창간호, 1968, p.14.

것 같다."는 계산법부터가 그러하다. 1908년에다 "二〇年쯤"을 더하면 결국 이들 '30년대 여성문인들'이야말로 여성문학의 첫 발을 뗀 선구자들이 되는 것이고, 1917년에 「의심(疑心)의 소녀(少女)」를 『청춘(靑春)』지에 발표한 김명순이나 1918년에 「경희」를 『여자계』에 발표한 나혜석의 존재는 지워지고 마는 것이다. 30년대 여성문인들 역시 "첩첩이 둘려쌓인 因襲의 벽을 뚫고 創造의 旗幟를 드높이기엔, 사뭇 힘에 겨운 가시밭길"을 걸어왔다는 것이야 부인할 수 없겠으되, 다분히 고의적인 이들의 계산착오는 그야말로 "스승도, 길동무도 없는 고독한 文藝創作의 가시밭길에 나섰던 우리 先輩들의 苦鬪와 傷處를", "깊이 再認識하고 감사"하는 자세가 아닐 것이다. "光復前의 稀少한 先輩들의 그것에 비한다면 오늘의 女流文壇은 質的으로나 量的으로나 경이적인 발전과 開花를 誇示하고 있다고 해도 지나친 말은 아닐 것이"라는 이들의 자부심이 '여성의식의 진취성'이라는 기준으로 판단할 때에 의문시되는 이유는 바로 이들이 선배들의 상처와 고투를 깊이 재인식하고 감사하기보다는 그들의 기억을 지우고 배제한 데에 있다.

1968년은 최남선의 「海에게서 소년에게」를 기점으로 볼 때 우리 신문학(新文學)이 60주년을 맞은 해였다. 그리하여 신문학 60년 기념행사가 다채롭게 벌어졌는데, 이러한 시절에 박화성을 비롯한 여성문인들은 "어쩐 일인지 우리 여류들은 항시 소홀히 취급되고 있다"[50]는 느낌을 받는다. 1968년 11월 1일, 기어이 『여류문학』을 창간한 집단심리란 이런 식의 소외감이 아니었을까. 창간을 두어 달 앞둔 9월 10일 하오 5시, 예총 회의실에서는 당대 여성문학을 대표하는 박화성, 모윤숙, 임옥인, 조경희, 손소희, 김남

---

[50] 「좌담회: 여류문학 50년을 회고한다」, 위의 책, p.184.

조, 홍윤숙, 박현숙, 이영희가 모여 "女流文學 五〇年을 回顧한다"
는 제목으로 좌담회(座談會)를 개최한다. 당초 참석하기로 되어
있었던 최정희가 신병(身病) 때문에 불참했고, 박화성, 임옥인, 손
소희가 소설가 대표, 김남조, 홍윤숙, 모윤숙이 시인 대표, 조경희
가 수필가 대표, 박현숙이 극작가 대표, 이영희가 아동문학가 대표
로서 장르별로 구색을 맞춰 모였다. 평론가가 없다는 점이 눈에
띄는데, 실상 평론 부문에서 여성이 활약하기 시작한 것은 80년대
후반에 이르러서이다. 여성문학 연구자들은 1985년 『여성』 제1호
에 게재된 「여성의 눈으로 본 한국문학의 현실」을 "여성 독자의
경험 내지는 '여성의 눈'을 새로운 비평 척도로 선언한 최초의 시
도"[51]라고 평가한다. 인정받고자 하는 작가의 욕망을 통어(通御)
하는 인정 주체로서의 평론 부문을 중심으로 문단 권력이 편성된
다는 사실을 염두에 둘 때, 여성평론가의 부재는 당대 여성문학의
주변성을 증명하는 직접적인 증거라고 볼 수 있다. 아닌 게 아니
라 좌담회 끝머리에 손소희는 우리 여류문학의 전망을 논하면서
"앞으로 질적, 양적으로 각 분야가 활발히 움직일 것"과 아울러
"더우기 앞으로는 여류평론가도 많이 나와서 활약을 해 주었으면"
하는 기대를 피력한다.

여기서 "女流文學 五〇年을 回顧한다" 함은, "新文學 六〇年이
라지만, 우리 女性에게 있어선 二〇年쯤 뒤늦게 計算해야 할 것

---

51) 김영혜 · 이명호 · 이혜경, 「여성문학론 정립을 위한 시론」, 『여성운
　　동과 문학』, 실천문학사, 1988, p.280. 「여성의 눈으로 본 한국문학
　　의 현실」은 정은희 · 박혜숙 · 이상경 · 박은하가 함께 집필했다. 공
　　저자의 한 사람인 이상경은 나중에 일제시대에 활동한 독보적인
　　여성평론가 임순득이야말로 "1980년대부터 새롭게 전개된 한국 여
　　성문학론의 원초적 경험인 셈"이라고 말한다.

같다"는 창간사의 서두를 다시 뒤집어 김명순과 나혜석의 문학이 실재했음을 시인한다는 의미이다. 실제로 이 좌담회에서 사회를 맡은 임옥인은, "우리 여류문학을 생각할 때 金明淳은 一九一七년 단편 〈疑問의 少女〉를 〈靑春〉誌에 여류로서 처음으로 발표를 했고 羅蕙錫이 一九一八년에 〈경희〉, 〈정순〉이라는 단편을 발표하여 결국 우리 여류문학은 올 해로서 신문학 五十년을 맞이하는 셈"[52]이라고 말한다. 이런 식의 어긋남은 어떻게 정리될 수 있을까. 결국 기록상으로는 여류문학 50년이라고 할 수 있지만, "우리 女性에게 있어선 二〇年쯤 뒤늦게 計算해야" 한다는 의미일 것이다. 전집에 1세대 신여성, 곧 김명순과 나혜석, 김원주의 작품을 싣지 않은 것도 이런 맥락에서 이해해야 할 터이다.

60대로서 이 좌담회의 최고 원로인 박화성이 좌담회에서 이 세 사람의 선배에 대하여 언급하는 부분을 살펴보자.

孫: 그때 선배랄까, 먼저 작품을 발표하고 계시던 분으로는 누가 있나요?

朴花: 羅蕙錫과 金元周 같은 분이 있었어요. 당시 동경유학생들이 중심이 되어 〈女性界〉라는 책을 내고 있었는데, 이것을 통해 羅晶月이가 쓴 〈夫婦〉와 金元周가 쓴 散文들을 읽고 아주 탄복을 했어요. 나중에 알고보니 羅晶月이란 한국 최초의 여류화가이면서 또 글도 쓰던 羅蕙錫이었고, 金元周란 바로 金一葉이더군요.

金: 왜 金彈實이도 있지 않아요? 당시 최남선 선생이 주관하던

---

52) 김명순의 등단작은 「의문의 소녀」가 아니라 「의심의 소녀」이다. 또 나혜석의 소설 중에 「경희」는 있지만, 「정순」이라는 이름의 것은 존재하지 않는다. 1949년 김동리 추천으로 단편 「얼굴」과 「정순이」를 『문예』지에 발표하면서 등단한 작가는 강신재이다.

〈靑春〉誌에 〈疑問의 少女〉라는 단편을 발표한 것이 一九一七년으로 그후 계속해서 〈七面鳥〉, 〈꿈꾸는 날 밤〉등을 발표하고, 一九二五년에는 〈生命의 果實〉이라는 시집까지 내었지요.

朴花: 그래요. 그건 시집이라기보담 산문도 들어있는 그런 작품집입니다. 그런데 이 김탄실에 대해서는 좀 재미나는 일이 생각나요. 내가 一三살 땐가 숙명학교에 다니던 시절인데 내 상급반에 김명순이라는 학생이 있었어요. 평소에도 화장을 요란하게 하고 머리를 구름처럼 올려가지고 부리부리한 눈알을 굴리며 꼭 미친 여자처럼 쏘다니던 여자였는데, 때로는 신(詩)지 뭔지, 하는 것들을 써가지고 다니며 나한테도 보여주곤 했어요. 나중에 내가 추천을 받고 서울에 올라오니까 그 선배가 반갑게 맞아 주겠지요. 알고보니 그가 바로 김탄실이더만.

사회: 선배들 얘기는 그 정도로 하시죠 이제 선생님 자신의 얘기를 좀 들려주시죠. 특히 여류작가가 쓴 한국 신문학 최초의 전작장편으로서 당시 물의를 일으켰다는 〈百花〉를 중심으로 해서요. 선생님이 그 작품을 쓰신 건 언제였나요?

朴花: 그러니까 내가 동경여대 영문과를 다니던 때였으니까 一九二六년서 一九三○년까지가 되는 셈입니다. 이 사년 동안 나로서는 온 정력을 바쳤어요. 하여간 탈고를 한 후에도 다시 추고하고 수정한 것만도 다섯 번이나 돼요. 나중엔 손가락이 곪아서 터지기까지 했으니까요.

洪: 그게 동아일보를 통해 나가기 시작한 건 一九三一년이지요?

朴花: 그래요. 그런데 정작 발표를 하게 되니까 여러 가지 구설수가 터지기 시작했어요. 하기야 무리는 아닌 게, 당시만 해도 장편이란 몇 편 나오지 않았는데다 또 여자로서는 최초로 쓴 장편이었던 만큼 온갖 말들이 돌았지요. 심지어는 누가 대신 써줬느니 어쩌느니 했으니까요. 여자가 어떻게 그만한 장편을 쓸 수 있느냐 하는 얘기들이었죠.

孫: 워낙 굉장한 대작이었으니까 다들 믿질 못했던 모양이죠?

朴花: 사실 말이지 나로서는 억울하기 짝이 없는 일이었어요. 동경유학 사년 동안 손가락이 곪아터지도록 쓴 작품인데 아무도 내가 쓴 걸로 인정을 해주지 않았으니까 말입니다.53)

인용문에서 느낄 수 있다시피 박화성은 선배들의 문학에 대하여 대단한 의미를 부여하지 않는다. 나정월과 김원주의 산문을 읽고 탄복했다고는 하지만,54) 그 산문이란 어디까지나 수필류이지 소설작품이 아니다. 특히 김명순에 대하여는 매우 냉소적인 태도를 보이는데, 정월과 일엽의 반열(班列)에서는 언급조차 않다가 시인 김남조가 환기시켜 주자 그제야 슬쩍 김명순의 작품에 대해서가 아니라 김명순에 얽힌 뒷이야기를 하는 식이다. "미친 여자처럼 쏘다니는", "신(詩)지 뭔지" 하는 말투에서 드러나듯이, 그 뒷이야기의 뉘앙스도 결코 다사롭지 않다. 박화성이 이러한 태도를 보이는 데에는 여러 가지 이유가 개입되어 있을 것이다. 우선 전(前) 세대에 대한 차별성과 우월성을 강조함으로써 자신들을 돋보이게 만들고 싶은, 인정에의 욕망을 들 수 있다. 이 시대 여성문단의 최고 원로이자 우리 근대사에서 2세대 신여성에 속하는 박화성과 최정희는, 남성 중심의 문단에서 생존하기 위하여 스스로를 1세대 신여성과 부단히 차별화하는 전략을 채택했다. 1세대 신여성에 대한 지배적인 남성의 관점이란 이들의 실재하는 작품

---

53) 한국여류문학인회, 앞의 책, p.176.

54) 정월의 산문에 대한 박화성의 기억 또한 군데군데 착오를 보인다. 동경 여자친목회에서 낸 잡지는, "여성계"가 아니라 "여자계"이다. 그리고 정월의 글 중에 "부부"라는 제목을 가진 것은 없다. 아마도 1923년 『신여성』에 게재된 수필, 「부처(夫妻)간의 문답」(羅晶月이라는 이름으로 발표되었음)을 가리키는 듯하다.

목록을 의도적으로 외면하며 풍문과 스캔들로만 이들을 평가하는 식인데, 박화성과 최정희[55])의 차별화 전략은 이러한 지배적인 관점에서 그리 벗어나지 않은 것이었다. 인용문에서 김남조가 김명순의 시집 『생명의 과실』을 언급하고 있거니와 실상 김명순은 1917년에 등단하여 1939년 종적을 감출 때까지 시와 소설, 번역시와 번역소설, 수필과 평론, 희곡을 아우르며 총 100여 편에 이르는 글을 발표한 작가였다. 그리고 나혜석의 소설 「경희」는 1910년대에 발표된 단편소설 중 가장 우수하다는 평가를 받고 있으며, 각종 수필, 시론과 세계 여행의 기행문은 여성 경험의 공론화 전략으로 재평가될 필요가 있다.[56] 김원주는 여자의 자각을 그린 몇 편의 소설들뿐만 아니라 1920년대 여성계의 분위기를 주도한 『新女子』의 주간으로서 큰 역할을 했다. "작품 없는 문학활동을 했다"는 기존의 평가는 일단 기초적인 사실(事實)에서부터 불성실하다는 비판을 모면하기 힘들다.

한편 김명순에 대하여 유독 신랄한 박화성의 태도는, 박화성이 부친의 축첩으로 인해 큰 상처를 입었었다는 전기적 사실에서 유추하여 해석할 만하다.[57] 진보를 목청 높여 외치는 지식인들조차

---

55) 이 좌담회에 불참한 최정희의 경우, 문단의 새파란 신인이던 1932년에 이미 "과거에 선배라고 할 수 있는 김명순, 김일엽씨 등이 있었다고 할지라도 현금에 있어서 객관적으로 검토해보건대 찬성할 수 없는 공적과 결과를 지었음을 유감으로 생각한다"고 밝힌 적이 있다. 최정희, 「신흥여성의 기관지 발행」, 『동광』, 1932. 1.

56) 나혜석에 관한 논의는, 이상경의 「나혜석 ─ 인간으로 살고 싶었던 여성」, 『나혜석 전집』(태학사, 2000), pp.17-50 참조.

57) 박화성, 『추억의 파문』, 국민문고사, 1969, p.141. "十세의 소녀는 하늘처럼 우러러 모시고 따르던 아버지에게서 모든 것을 철수해 버렸던 것이다. 그날부터 〈아버지〉라는 명사를 입밖에 내지 않았고 아버지를 향하여서 존경과 애정의 표시를 한 적이 없이 二十一

반상(班常)과 적서(嫡庶) 등에 근거한 차별의식을 뼛속 깊이 간직하고 있던 시대에 첩의 소생이었던 김명순은 남성 상대자들뿐만 아니라 여성들에게서도 공공연히 멸시당하곤 했다. 스스로도 사회주의자 남편과 이혼하고 사업가와 재혼한 경력이 있는 만큼 나혜석과 김원주의 이혼 경력에는 크게 거부감을 느끼지 않을 수 있었으나, 기생첩의 소생으로서 유부남들과 추문을 일으킨 김명순에 대해서는 결코 선배로도 문인으로도 인정해 주고 싶지 않은 단호한 배제 심리가 박화성에게 있었다고 추측해 봄직하다.

잡지나 작품의 이름에 대한 착각에서 여실히 드러나듯 좌담회 참석자들의 불완전하고 주관적인 기억에 의존하는, "여류문학 50년에 대한 회고"는 "여류문학 50년에 대한 착각"일 수 있다. 무엇보다도 회고라는 것은 생존자가 행하는 일종의 '기억의 정치'로서 자신의 가치를 높이고 타자의 가치를 낮춤으로써 자기 삶에 남다른 의미를 부여하고자 하는 욕망을 무의식적으로 표출하기 마련이다. 인용문에서 박화성 역시 선배들의 문학이 지닌 가치를 낮추고 자신의 장편소설『백화』의 가치를 교묘하게 높이고 있다. 여류문학인회 회원들이 근대의 선배 여성작가들에게 가지는 거리감은, 현모양처로서의 가치와 자유로운 개인으로서의 가치 중에서 대개 후자를 선택했던 선배들에 비하여 여류문학인회 회원들은 대개 전자를 선택하는 경향성을 보인다는 데에서 주로 발생하는 듯하다. 1세대 여성문인들이 개인의 자유로운 삶을 억압하는 모든 도덕관념과 인습으로부터의 해방을 부르짖으면서 자신의 그러한 사상을 실제 삶에서 실천하고자 노력하는 쪽이었다면, 여류문학인회 회원들은 일단 삶과 문학을 매우 상이(相異)한 범주로 분리하면서 문학보다 삶에

세까지 지나 온 것이었다."

서 더욱 보수적인 윤리의식을 수호하는 쪽이었다. 박화성만 하더라도 초기 대표작 「하수도공사(下水道工事)」, 「홍수전후(洪水前後)」, 「한귀(旱鬼)」 등에서 보여준 사회주의적 신념은, 사회주의자 활동가 김국진이 간도에 체류하면서 생활을 돌보지 않는다는 이유로 이혼하고 부르주아계급이라 할 수 있는 사업가 천독근과 재혼한 삶의 이력과 부합하지 않는다. 박화성의 후배 세대는 삶과 문학의 괴리라는 측면에서 박화성에 못지않은 것은 물론이고, 보수적 이데올로기의 내면화 측면에서는 박화성을 능가하는 경우가 많았다.

> 趙: 당시의 여류들 직업은 대개 잡지나 신문사 記者였던 것 같지요?
> 毛: 대개 그런 편이지요. 나만 선생 노릇을 했지만 …… 58)

조경희와 모윤숙의 위와 같은 대화가 말해주듯 근대 여성작가의 직업은 대개 잡지나 신문사의 기자였고 일부는 교원이었다. 이에 반해 한국여류문학인회의 65명 회원 중 대다수라 할 수 있는 50명은 사회적 노동에 참여하지 않고 있었다. 주부생활 기자 구혜영, 한국일보 문화부차장 이영희, 한국일보 출판국 부녀부장 조경희 등 기자가 셋, 김남조, 김의정, 임옥인 등 대학교원이 다섯, 이석봉, 신지식 등 중등교원이 다섯이고, 손장순, 추영수가 대학강사로 일했다.59) 비율로 따지자면, 당시의 평균적 교육 수준을 훨씬 상회하는 교육을 받고도 사회적 노동에 참여하지 않거나 못하고 가정에 머무르는 회원이 77 퍼센트에 이르는 것이다. "불과 一O명 내외의 극소수를 제외하고는 作家活動의 수입에서 作家의 生計가

---

58) 한국여류문학인회, 앞의 책, p.178.
59) 『여류문학』 창간호에 실린 회원 주소록을 분석한 결과이다.

保障되지 않는다"[60]는 것이 당시 한국문단의 실태라고 할 때, 사회적 직업을 가지지 않은 당대 여성작가들의 생활을 오늘날 전업작가의 그것과 등치 개념으로 보는 것은 오류이다. 말하자면 여류문학인회 회원의 77 퍼센트는 대개 가정주부 겸임 작가였지 전업작가가 아니었다. 이 둘 사이의 중요한 차이는 자신의 생계를 자신이 책임지고 있느냐 그렇지 않으냐 하는 데에 있다. 생계를 남에게 의탁할 경우, 상상력의 자유도 상당 부분 제약당할 수밖에 없다는 것은, "자신의 생활비를 번다는 것은 그 자체로는 목적이 아니다. 그러나 그것을 통해서만 인간은 확고한 내적 자주성에 도달할 수 있다"[61]는 시몬 드 보부아르의 말을 빌리지 않더라도, 먹지 않으면 살 수 없는 인간으로서는 누구나 체감할 수밖에 없는 진실인 것이다.

이제 『여류문학』 창간호에 실린 소설들을 간략하게 검토해 보겠다. 여류문학인회 초대 회장이자 『한국여류문학전집』의 첫머리를 장식한 작가이니 만치 박화성의 작품이 『여류문학』 창간호에 실리지 않을 수 없는데, 미상불 박화성의 단편소설 「現代的」은 다른 작가의 작품들과 달리 바탕색을 넣어 눈에 띄게 한 채로 소설란의 목차 맨 처음을 장식하고 있다. 실상 이 작품 「現代的」은 한국사회의 현대적인 개혁을 부르짖는 지식인 상류층 남자가 여자와의 관계에서는 얼마나 봉건적인 기준을 제시하는지 선명하게 그려내면서 한국적 현대의 불구성을 설득력 있게 비판한 수작(秀作)이다. 「現

---

60) 조연현, 「韓國作家와 讀者의 實態」, 『女流文學 2호』, 1969, p.203.
61) 시몬 드 보부아르, 『제2의 성』 Ⅰ. Ⅱ., Paris: Gallimard, 1949, p.228. 한국영미문학페미니즘학회, 『페미니즘, 어제와 오늘』, 민음사, 2000, p.63에서 재인용.

代的」에 대해서는 3장에서 좀 더 자세히 분석하기로 하고 창간호에 함께 실린 다른 작품들을 훑어보자면, 임옥인의 「新房의 所在」, 손소희의 「거미」, 강신재의 「돌아서면 남」, 구혜영의 「少嬉」, 송원희의 「크리스마스이브」, 박기원의 「눈 먼 말(馬)」, 최미나의 「衾枕」, 김영희의 「회귀선」, 이석봉의 「雨濕」, 박순녀의 「내가 버린 어머니」, 허근욱의 「끊어진 대화」 같은 작품들은 주제의식이 두드러지지 않을뿐더러 미학적으로도 크게 주목할 가치가 없는 소품들이다.

다만 구혜영의 「少姬」는, 베티 프리던이 말한 바 "이름이 없는 문제"[62]로서 중산층 주부의 실존적 위기를 그 나름으로는 명확하게 포착하고 있는 작품이다. 중학생 아들과 생활력 있는 남편을 가진 중산층 주부 소희는 "독자적인 자기 세계 속에 칩거하기 시작"[63]하는 아들 일표가 남편 "태산으로 말미암아 느껴야 했던 소외감과 하등 진배없는 소외감으로 다가올 것이라는 예감"[64]에 삶의 의미를 잃는다. "소희는 태산에 의해 관례적으로 사육(飼育)되어지는 무의미한 그의 앙금이요 이끼(苔) 정도의 것이라고 믿어질 뿐이었다. 소희는 스스로의 사기(死期)를 예감하고 전율했다."[65]

---

62) 베티 프리던(Betty Friedan)은 『여성의 신비 The Feminine Mystique』에서 이 "이름이 없는 문제(the problem that has no name)"란 가정에 유폐되어 사회적 존재로서 자신을 증명하지 못하는 중산층 가정주부의 불만과 위기의식이라고 지적한다. 대학원을 마치고도 미국 중산층의 가족중심주의와 성차별주의 때문에 집안살림에 전념하다 우울증에 걸린 50대의 가정주부 베티 프리던은, 자신의 대학동창 200명에 대한 밀착 인터뷰와 여러 가지 사회학적 자료들을 통해 중산층 주부의 "이름이 없는 문제"를 밝혀내어 일약 미국 사회 전체를 뒤흔든 우먼 리브의 물결을 촉발시킨다.
63) 한국여류문학인회, 앞의 책, p.62.
64) 같은 곳.
65) 위의 책, p.67.

"태산의 왕성한 생활력이 만들어 준 평온의 연못 속에서 앙금처럼 부패해가는 자신을 더 이상 버려둘 수는 없다는 것을 막연히 그러나 아주 진지하게 통감한"[66] 소희는 삶의 의미를 되찾기 위하여 아이를 가지고자 하지만, 태산은 오래 전에 소희의 의사를 묻지도 않고 정관수술을 해 버렸다.

소희가 기자(記者) 친구 미리사에 대하여 가지는 순진한 선망 (羨望)은, 중산층 전업주부들의 우울증과 불만의 거의 유일한 해결책으로 베티 프리던이 내놓은 전망(展望)으로서의 사회 참여론을 입증하는 사례라 할 만하다. 미리사의 눈에 비친 소희는 "조난 당한 참새"와 비슷하다. 미리사는 "소희의 영혼이 추위에 떨고 있다는 것을 느낄 수가 있었다."[67] 미리사와 만나는 다방에서 소희는 갓 스무 살의 청년, 지수와 조우한다. "소아마비, 어머니의 재가(再嫁) 등으로 열등 컴푸렉스의 도가니를 이룬 지수"[68]에게 연민을 느끼던 소희는 문득 자신이 그렇게까지 무가치하지는 않다는 생각을 하게 된다. 소희는 남편에게 전화를 걸어, 아내의 이름 조차 기억하지 못하여 어리둥절해 있는 남편을 향해 지수를 양아들로 삼겠다고 선언한다. 구혜영의 이 소설은 여자는 현모양처로 사는 것이 가장 행복하다는 사회통념에 당대적 한계 내에서나마 정면으로 도전한 작품으로서 『여류문학』 창간호의 지면을 빛내고 있다.

창간호의 시란(詩欄)은 모윤숙, 이영도, 김남조, 홍윤숙, 김지향, 추은희, 박정희, 김숙자, 김정숙, 추영수, 김후란, 김선영, 허영자,

---

66) 위의 책, p.71.
67) 위의 책, p.64.
68) 위의 책, p.70.

김윤희가, 수필란(隨筆欄)은 조경희, 전숙희, 정충량, 석계향, 손장순, 전병순, 박현숙, 이정호가 맡았다. '해외여류단편선'란에 루이제 린저의 「붉은 고양이」를 강두식(姜斗植)의 번역으로 실었고, '해외여류문제작가소개'란에는 "反小說의 先驅者 나탈리 싸로뜨의 作品世界"라는 제목으로 민희식(閔憙植)의 글을 실었다. 이외에도 신지식의 동화(童話) 「방학숙제」와 김자림의 희곡 「神들의 結婚」을 실어 장르 구색을 맞추었다.

69년에 나온 『여류문학』 제2집은, 박화성 화갑(華甲) 기념집의 33인과 필진이 거의 유사했던 창간호에 비할 때, 남성작가와 신진 여성작가들의 참여가 눈에 띈다. 남성작가 '특별초대석'이라고 하여 조연현의 평론 「韓國作家와 讀者의 實態」와 서정주, 박목월의 시(詩), 김동리, 곽종원, 김상일, 박현서의 수필을 게재했다. 또 '신인초대석'란을 만들어 오정희의 소설 「蟄居」와 서영은의 소설 「斷食」, 강은교, 김여정, 김양식의 시(詩)를 실었다. 어떠한 변화의 조짐, 가령 세대의 교체라든지 '여류'로서의 결속력 약화라든지 하는 것이 예견되는 지점이다. 실제로 한국여류문학인회는 2집을 마지막으로 『여류문학』을 간행할 역량을 모으지 못했다. 홍윤숙, 조애실, 이영도, 강계순, 임성숙, 김선영, 김후란, 김정숙, 김윤희, 이복숙의 시와 조경희, 전숙희, 김일순, 박현숙, 김자림, 박순녀의 수필, 박형규 번역의 안나 아흐마또바 시선(詩選), 김현옥(당시 서울 시장(市長)), 박화성, 임옥인, 전숙희, 손소희, 강신재, 김자림, 김남조, 홍윤숙이 참가하고 조경희가 사회를 본 "文學과 서울과 建設 ─ 이렇게는 안될까요"라는 제목의 좌담회 등은 창간호와 비슷한 구성이다. 2집에서 '여류문학'이라는 잡지 이름과는 어울리지 않는 내용이기에 가장 눈에 띄는 꼭지가 박화성의 평론, 「韓國作家의

社會的 地位 - 女性作家의 立場에서 본」이다. '여류'라는 제도에 대한 직설적이고도 통렬한 비판의식으로 눈길을 끄는 이 글에 대해서는, 3절에서 좀 더 자세히 논의하기로 한다.

2집의 소설란을 살펴보자. 임옥인의 「서로가 서로에게」는 기독교 교훈주의에 함몰된 신변소설로서 임옥인 후기문학의 파탄을 증언한다. 강신재의 「젊은이들과 늙은이들」은 세대 차이를 코믹하게 그려낸 소품이고, 송원희의 「産室」은 산실의 풍경을 사실적으로 스케치하고 있으나 주제의식이 표피적(表皮的)이다. 박기원의 「不安한 愛人」은 과거 있는 연상의 여자와 장래가 촉망되는 젊은 남자의 불안한 사랑을 그린 통속소설이고, 이석봉의 「애물」은 이 시대에 순결주의가 얼마나 강고했던가, 천사와 마녀의 이분법이 전전(戰前)에 비하여 얼마나 더 확고해졌는가 증명하고는 있지만 여전히 통속에 머물렀다. 허근욱의 「굴레」는 민중의 고단한 삶에 대하여 현진건의 「운수 좋은 날」 식 리얼리즘을 선보이고 있고, 정연희의 「主人없는 잔치」는 인생과 예술을 "主人 없는 잔치"에 빗대어 우의적으로 풍자했으며, 손장순의 「高女史」는 속물적인 여류작가의 행태를 비판적으로 그리고 있다.

여기서는 가부장제 사회와 가부장제 종교가 어떻게 여성을 통제하고 감금하는가 보여주는지를 형상화한 왕수영의 「試鍊」에 주목한다. 「試鍊」의 주인공 민 여사가 겪는 시련은 겉으로는 '간음'이다. 외도하여 다방 레지에게 아이를 배게 한 남편의 육체적 간음과 성당의 신부에 대한 사모의 염을 주체할 수 없는 민 여사의 정신적 간음이 그것이다. 남편의 아이를 가졌다는 다방 레지의 전화를 받고 나서 그전부터도 냉랭한 결혼생활에 힘겨워하던 민 여사는 결정적으로 허물어진다. 혼외정사를 통해 아이가 생긴 상황인데도 가부장제적 사고방식에 젖은 시어머니와 남편은 대수롭지 않은 일로 치부하며 오히려 민 여사를 나무란다.

「너는 아직도 그 천준가 뭔가 때문에 집안을 어지럽힌다지.」
첫마디부터 시어머니는 윽박질렀다. 그리고 못마땅하다는 듯이 혀를 차며 마루로 올라갔다. 마리아 동상을 보자 눈을 흘기고 외면을 했다.
「너도 정신차려. 네 남편만한 사람 만나기도 어려운 거야. 돈 잘 벌어주겠다, 착실하겠다, 그만하면 나무랄데가 뭐 있고 부족할 게 뭐가 있어서 너는 집안에 마음을 못부치고 맨날 천주당에만 뛰어다니냐. 여자가 가정에 충실하고 남편만 잘 섬기면 저절로 천당엔 가는 법이야. 원 세상에 하나뿐인 아이새끼까지 천주물을 들여놓고 쯧쯧…」[69]

"여자가 가정에 충실하고 남편만 잘 섬기면 저절로 천당엔 가는 법"이라는 이야기는 민 여사의 시어머니 세대에게는 일종의 종교적 신념에 가깝다. 즉 이 종교의 교리는 가정에 충실하고 남편을 잘 섬기는 것은 절대적 진리이자 선(善)이요, 남편의 외도와 폭력은 시련이며, 그 시련을 잘 인내하면 천당에 갈 수 있다는 것이다. 그러나 민 여사의 세대는 현모양처로 사는 일을 절대 진리라기보다는 상대적 진리로 파악한다. 민 여사는 가부장제 사회에서의 길들여진 삶에 회의를 느낀다. 이때에 민 여사가 피난처로 삼고 의지하는 곳이 가부장제 종교라는 사실은 의미심장하다.

「신부님 저는 남편을 용서할 수가 없습니다. 그리고 오랜 날들을

---

69) 위의 책, p.139.

몸부림속에 신공으로 견디어 온 목마른 욕구를 더 이상 어찌할 수가 없읍니다. 남편의 마음이 제게로 돌아오게 기구해 주세요 신부님 ……」

민 여사는 그만 울음이 복받쳐올랐다. 미사가 시작되기 전에 민 여사는 성당의 맨 뒷자리에 무릎을 꿇고 고죄경을 외웠다. 그러나 가슴을 치면서 「내탓이요, 내탓이요, 내 큰 탓이로소이다」하고 난 뒤 민 여사는 흐느끼며 성당을 뛰쳐나오고 말았다.

「무엇이 내탓이란 말야. 무엇이 내 큰 탓이란 말야.」

민 여사는 성당 뒤의 언덕으로 올라갔다. 십년 가까이 뜨겁게 응결되어온 신앙심이 한꺼번에 얼음장처럼 싸늘하게 식어가는 것 같았다. 그러나 민 여사는 혼이 빠져버린 허수아비처럼 비틀거리는 자신을 발견했다. 어지러웠다. 민 여사는 심한 빈혈을, 피가 모자라기 때문이 아니고 신앙이 부족하기 때문이라고 우겨왔다.[70]

인용문에서 보이듯 가부장제 종교는 민 여사에게 그 모든 비극이 민 여사 자신의 탓이라고만 가르친다. F. 니체는 인간의 죄책감, 죄의식, 양심의 가책(Schlechtes Gewissen, 영어로는 bad conscience) 등에 대하여 그것이 방향 전환된 원한 감정이라는 독특한 견해를 내놓은 바 있다. "고통을 받는 자들은 전부 고통스런 감정의 원인을 발견하는 데 무서울 정도로 열중하며 독창적이다. …… (중략) …… 「나는 괴롭다! 누군가 이것에 대해 비난을 먼치 못하리라.」 - 모든 병든 양은 이렇게 생각한다. 그러나 그의 목자인 금욕주의적 성직자는 그에게 말한다. 「그렇다, 나의 양이여! 누군가 그 사실에 대하여 책임을 져야만 한다. 그러나 너, 너 자신이 바로 그 누구에 해당하며, 너만이 그것에 책임을 져야 한다 - 너만이 너 자신에 대해서 책

---

70) 한국여류문학인회, 『여류문학』 제2집, 1969, p.137.

임을 져야 하는 것이다.」"71) 그러나 민 여사도 이번만은 모든 게 '내 탓이요, 내 탓이요, 내 큰 탓'이라는 종교의 가르침을 납득할 수 없다. 심리적 공황 상태에 빠진 민 여사가 찾은 출구는 성당의 신부를 향한 낭만적 사랑이다. 이 낭만적 사랑이란, 남자에게 의지할 수밖에 없도록 구조화되어 있는 여성의 정치적 상황하에서 거의 종교와도 같은 기능을 담당해온 것이다. "파이어스턴에 따르면, 로맨스 이데올로기는 여성을 마취상태로 유지시키는 아편이다."72)

민 여사가 요셉 신부에게 그동안 억눌러오던 연정을 고백하자, 신부는 민 여사의 욕망을 차갑게 무시하는 것은 물론이요 종교적 이유를 들어 다방 레지더러 낙태 권유도 하지 못하도록 명령한다. 가부장제 종교가 이 여성에게 해주는 처방은 "내 탓이요"를 외치는 것과 남편을 위한 기도뿐이었다. 낭만적 사랑이라는 탈출구마저 막히자 민 여사는 실신하고, 남편은 그런 민 여사를 정신병원에 가둔다.

여자에게는 가부장제 가족이건 가부장제 종교건 가부장제 시스템 자체가 시련(試鍊)이라는 사실을 이 소설은 보여주고 있다. 가부장제 종교에 의한 여성 억압을 문제 삼은 본격소설이 거의 없었다는 점에서, 왕수영의 「試鍊」은 독보적인 바 있다.

오정희와 서영은의 등장은 여성문단의 세대교체를 예시한다고 보아도 좋을 것이다. 오정희의 단편소설 「蟄居」는, 닭을 키우는 아내라는 일상(日常)과 굴속에서의 윤숙이라는 이상(理想)과의 칩

---

71) 프리드리히 니체, 김태현 역, 『도덕의 계보/이사람을 보라』, 청하, 2001, pp.136-137.
72) 조세핀 도노번, 김익두·이월영 역, 『페미니즘 이론』, 문예출판사, 1994, p.275.

58

거를 병치 서술하면서 이상과의 칩거가 가져온 치명적인 고통을 자각한 후 스스로 시각(視覺)을 단념하고 일상 안에 웅크린 채 칩거하는 사내의 이야기를 몽환적인 분위기로 서술한 작품이다. 문체와 서술기법 면에서 이 작가의 특성이 잘 드러나고 있지만, 아직 70년대에 산출된 문제작들만큼의 기량은 보이지 않는다. 이 작품의 모자람은 거꾸로 중산층 가정주부로서 자기 자신의 문제 의식과 결합했을 때 오정희의 소설이 얼마나 격상되는가를 증명한다 하겠다. 그것은 박완서의 경우도 마찬가지였다.

　서영은의 「斷食」에서, 남편과 아이를 잃고도 시집을 나오지 않고 시아버지를 부양하며 사는 교사 나연빈은 대학은사였던 시아버지가 화가로서 멋진 작품을 남기기만을 소원한다. 연빈은 어렸을 적 화가였던 아버지가 어머니의 등쌀과 생활고 때문에 꿈을 좌절당하고 어떻게 절망하면서 죽어갔는가를 자기 눈으로 목격한 바 있다. 이 작품의 갈등은, 연빈의 예술 지상주의적 가치관과 어머니 등의 속물적 가치관 사이에서 일어난다. "애정을 미끼로 아이들이 또 다른 창공을 향해 날개도 펴기 전에 자기들의 세계로 안아가는", "그리고 자기들과 꼭 닮은 돼지를 길러내는" 어머니의 세계를 경멸하고 그 세계와 자기 사이에 벽을 쌓아올린다. 생활력 있는 여자를 남자 예술가의 방해꾼으로 설정하고는 부정적인 가치만을 담당하게 한다든가 긍정적인 가치를 담당한 여자는 남자 예술가를 위하여 맹목적으로 희생하고 봉사하는 성격이라든가 하는 점에서 기존의 남성 중심적 시각을 답습(踏襲)하고 있는 작품이다.

　『여류문학』에 실린 소설작품들을 전부 톺아보아도 1인칭 고백체의 자기폭로성 사소설이 전혀 없다는 것은, 삶과 문학의 괴리 위에 성립한 이 시대 '여류문학'의 한 특징을 보여준다 하겠다.

3. '여류'의 기원과 이원적 착란

1) 여류의 기원

1930년대에 접어들면서부터 쓰이기 시작한 '여류'라는 말은, 30년대 중반을 넘어서면서 일종의 문단 유행어가 되었다. 이는 여성이 공적 매체에서 자기 이름으로 글을 발표하는 빈도가 급격히 증가하고 여성작가의 숫자가 두 자리를 넘기면서 파생한 문화 현상들 중 하나였다. 이재선은 30년대에 여성작가들이 대거 등장하게 된 문화사적인 요인으로, "개화기 이래 활발히 전개된 여성 교육에 의해서 여성에게도 문학적인 수련을 할 수 있는 기회가 마련되었을 뿐 아니라 남녀의 문화적 불균형이 어느 정도 해소된 점, 그리고 여성독자를 위한 잡지와 신문지면이 마련되어 여성이 참여할 수 있었다는"[73] 점을 든다. 말하자면 '여류'는, 가부장제 봉건사회에서 영원한 사인(私人)이었던 여성이 근대 교육제도의 수혜를 받아 공인(公人)으로 진출하게 되는 도상에서 나타난 역사적 개념인 것이다. '소설(novel)'이 근대 자본주의 시민사회라는 물적 토대와 근대정신의 산물이며 각성한 시민계급의 성장과 궤를 같이 하는 것처럼 '여류' 또한 근대라는 역사적 문맥 안에서 생장(生長)한 개념으로 보아야 하는 것이다.

그러면 근대 이전에는 '여류'가 없었는가. '한국 여류 한시선', '조선조 여류문학연구' 등의 서명(書名)과 논문 제목들만 보면 여

---

73) 이재선, 「여성작가와 여성적 글쓰기」, 『한국소설사』, 민음사, 2000, p.475.

류는 한국문학사상 언제나 존재했던 비역사적 개념인 것처럼 보인다. 그러나 이때의 여류는 현대의 필자들이 '여류'의 현재적 정의를 고전문학의 여성 필자에게 응용(應用)한 것이다. 이러한 사정은 일본에서도 마찬가지인 듯하다. 하루오 시라네에 따르면, "헤이안 시대 여류문학의 전통은 근대가 되어 '여류문학'이라는 범주가 등장하면서, 이것을 둘러싼 비평적 논의가 일어나는 가운데 기원을 거슬러 올라가는 형식으로 구축되었다고 할 수 있다."[74] 메이지 20년대 이후에 근대적 문학사 서술 체계로서 일본문학사가 구축되면서 귀족여성들이 히라가나로 쓴 일기문학이 높이 평가되기 시작했는데, 이것이 "여성 독자층의 급격한 증가에 따라 '여류문학'이란 범주가 저널리즘 속에서 특정한 개념으로 정립된 것과 같은 맥락"[75] 속에서 '여류 일기문학'이라는 일반적 명칭을 얻게 되었다는 것이다. 다음의 인용문은 근대 이전 여성의 글쓰기가 가지는 성격에 대하여 명료하게 정리하고 있다.

여성이 자기의 이름을 밝히면서 글을 쓴다는 것은 근대 이전 시대에는 생각하기 어려운 일이었다. 여성해방사상은 근대의식의 중요한 한 부분인바, 근대에 들어서면서 여성들은 자기의 이름을 밝히며 글을 썼고, 또한 여성해방과 관련하여 자신들의 주장을 담은 글을 써서 발표하기 시작했다. 물론 여성의 자기표현으로서의 글쓰기는 근대 이전에도 있었다. 조선시대 여성들의 내간·규방가사 등을 떠

---

74) 하루오 시라네, 왕숙영 역, 「총론-창조된 고전: 정전 형성의 패러다임과 비평적 전망」, 하루오 시라네·스즈키 토미 편, 『창조된 고전-일본문학의 정전 형성과 근대 그리고 젠더』, 소명출판, 2002, p.39.
75) 스즈키 토미, 왕숙영 역, 「장르·젠더·문학사 서술」, 하루오 시라네·스즈키 토미 편, 위의 책, p.95.

올릴 수 있는데, 이 작품들은 모두 사적인 공간에서 이루어진 것이며 개성을 가진 개인으로 필자가 특정화되어 있지도 않다. 허난설헌이나 황진이 혹은 혜경궁 홍씨 같은 몇몇 여성들의 한시나 시조, 그리고 산문이 남아 있기는 하지만 그런 것들은 매우 예외적으로 우연히 공적인 표현의 기회를 얻은 경우이다.[76)

여성의 공적 글쓰기가 시작된 신문학 초기에도 '여류'라는 어휘를 발견하기는 쉽지 않다. 대한매일신보를 비롯한 1910년대의 각종 신문·잡지에서 '여류'라는 표현은 사용되지 않고 있으며, 1917년에 등장한 우리나라 최초의 여성정론지의 이름은 '여자계'였다. 그러던 것이 1930년대에 들어서서는 "홍구의 「1933년 여류작가군상」(『삼천리』, 1933. 1.), 양주동의 「여류문인 편감촌평」(『신가정』, 1935. 1.), 이무영의 「여류작가개평」(『신가정』, 1935. 1.), 이청의 「여류작품총관」(『신가정』, 1935. 12.), 박화성의 「여류작가가 되기까지의 고심담」(『신가정』, 1935. 12.), 김문집의 「여류작가의 성적 귀환론 - 박화성씨를 논평하면서」(『사해공론』, 1937. 3.)" 등등의 비평과 함께 각종 여류문학선집이 출간된다. 예를 들어 1937년 4월 조선일보 출판부에서 간행된 『현대 조선 여류문학선집 전경』에는 강경애, 김말봉, 김오남, 김자혜, 노천명, 이선희, 모윤숙, 박화성, 백국희, 백신애, 장덕조, 장영숙, 장정심, 주수원, 최정희 등의 시, 소설, 수필이 실려 있다. 같은 해, 조광사는 『여류단편걸작집』을 출간했다. '여류'의 유행은 여성작가들이 한국문학사상 최초로 하나의 군집으로 비추어지게 된 저간의 사정과 일치한다. 백철은 『조선 신문학 사조사』에서 "이 女流文

---

76) 이상경, 「여성의 근대적 자기표현의 역사와 의의」, 『한국근대여성문학사론』, 소명출판, 2002, p.35.

學의 項目을 三八・九年代에 와서 特設하는 것은 從前에도 個人的으로 優秀한 女性作家는 있었으나 소위 하나의 作家群으로 이 水準까지 올라선 것은 이 時期에 와서이기 때문이다."[77)]라고 쓰고 있다.

당대의 남성 중심 평단은 이 여성작가군을 일종의 문단 분파로서 '여류'로 명명하고 '작가'의 타자로 범주화한다. 여기서 여류는, 대개 남성이며 수사가 필요 없는 그 '작가'들이 잘 쓰지 못하거나 쓰지 않는 작품, 다시 말해 "여자다운 작품"이나 "여자로만 쓸 수 있는 작품"을 쓰는 것이 자신의 본령(本領)이라는 암묵적 전제하에서 동질적으로 범주화된다. 이런 식의 남근적 범주화에 반발한 대표적 인물로 소설가 박화성과 평론가 임순득이 있다. 아래의 인용문에서 우리는 박화성의 분노에 찬 목소리를 들을 수 있다.

제발 여류문인은 여자다운 작품을 써라. 여자로만 쓸 수 있는 작품을 써라. 이따위 소리를 말아주셨으면 합니다. 글을 쓰는데 그다지 엄격하게 성별을 해서 말할 게 무엇입니까? 아니 그럼 왜 꼭 남자라야만 쓸 수 있는 것을 쓰지 않고 …… 이해있을 듯 싶은 소위 문인들이 이런 말을 자주할 때는 정신이 아찔합니다 ……. 그리고 또 여류문인의 작품이라고 미리 입붙여 삐죽이다 한 겹 접어놓고 읽으려 드는 데는 더 질색이어요. 대관절 여류, 여류하며 계집 여자만 들고 나서서 그악스럽게 야단칠 게 뭐란 말입니까?[78)]

신문학 최초의 여성문학평론가 임순득 또한, "여류작가의 의의는 여자만이 담당할 수 있는 예술 분야에 속한, 일체의 여자만이 갖는 감정으로 여자만이 할 수 있는 형상화를 할 수 있다는 데에서 찾는

---

77) 백철, 『신문학 사조사』, 민중서관, 1953, pp.344-345.
78) 「여류작가좌담회」, 『삼천리』, 1936.2., p.611.

것이다. 여류작가는 그러한 명칭일 따름이다"라는 세간의 여류작가
론을 "사내의 감각"[79]이라고 분명하게 꼬집는다. 임순득의 비평은
"여성평론가라고 하는 뚜렷한 자의식을 가지고", 또 "당시에 문단
일각에서 남성평론가들이 전개하고 있던 '여류문학' 논의에 대한 비
판이라고 하는 대타의식을 가지고"[80] 여성주의적 입장에서 여류작
가의 현실과 전망을 논한 당대의 유일한 작업이다.

그런데 임순득은 '부인작가'와 '여류작가'를 구별하여 '부인작가'
는 성적 편견이 개입되지 않은 말로 상정하고 여류작가는 다분히
부정적인 함의로 굳어진 금일(今日)의 부인작가를 일컫는 어휘로
사용했다. 임순득은 왜 "작가로서 출발을 하여 우연히 다만 성적
(性的)으로 여자"[81]인 작가를 '여성'작가라고 하지 않고 '부인'작
가라고 명명하였을까.

영어 어휘와 한국어 어휘를 일 대 일(一對一)로 대응시키는 것은
근원적으로 무리한 일이지만, 언어학자 로빈 레이콥에 따르면 '부인
(lady)'이란 말은 여성(woman)의 성적 함의를 탈각시킨 완곡어이
다. "부인이 **여성**에 대한 완곡어인 이유는 **여성**에 내재된 성적인 의
미를 포함하고 있지 않기 때문이다."[82] "원래 완곡어법의 목적은
우리가 불편하게 생각하는 것의 밝은 면을 부각시키는 데 있다."[83]
한국어의 '부인' 또한 '여성'의 완곡어적인 측면을 가지고 있다. 가

---

79) 임순득, 「여류작가의 지위 - 특히 작가 이전에 대하여」, 『조선일보』,
    1937. 6. 30-7. 4. 이상경, 「임순득(任淳得), 혹은 여성문학사의 재
    구성」, 『한국근대여성문학사론』, 소명출판, 2002, p.233에서 재인용.
80) 이상경, 위의 책, p.20.
81) 임순득, 앞의 글. 이상경, 위의 책, pp.232-233에서 재인용.
82) 로빈 레이콥 외, 강주헌 역, 「이중 언어 사용자인 여성 - 언어와 여성
    의 위치」, 『여자는 왜 여자답게 말해야 하는가』, 고려원, 1991, p.50.
83) 위의 책, p.46.

부장제 사회에서 한 남자의 아내라는 안정된 지위를 확보한 여성을 일컫는 말인 '부인'은, 여성 섹슈얼리티에 대한 언중(言衆)의 불편함을 상당 부분 해소해 준다. 애초에 아우구스트 베벨의 고전적인 저작 『die Frau und der Sozialismus』가 일본어로 번역되는 과정에서 '여성론'이 아니라 『婦人論』(東京: 春秋社, 1928)이란 제목을 가지게 된 사정의 저변에는 여성혐오적인(misogynous) 근대주의의 감각이 있었다. 임순득이 '여성작가' 대신 '부인작가'라는 어휘를 사용한 것은, 『부인론』의 경우처럼 '여성'의 자리에 '부인'을 대치한 일본어 번역문체의 직접적인 영향에 기인했을 개연성이 크다. 그러니까 임순득 평론의 맥락에서 '부인작가'는 'lady writer'보다는 'woman writer'에 근접해 있다고 할 것이다.

아래 인용문에서 레이콥이 쓰는 'lady'는 '부인'으로 번역되어 있지만, 기실 한국어 문맥에서의 '여류'와 큰 차이를 가지지 않는다.

> **여성 조각가**란 단어 역시 성가시기는 마찬가지다. (남성 조각가란 어휘는 없다. 이러한 차별은 조각이란 예술이 남성에게는 당연한 것이지만 여성에게는 그렇지 않다는 사실을 의미한다.) 그러나 그 단어는 진지한 예술과 관계되어 사용될 수 있다. 한편 **부인 조각가**란 명칭은 예술가에 대한 비난으로 여겨지며, 의도적이든 않든 간에 여성의 예술은 하찮은 것이며, 가사일의 권태를 극복하기 위해서 하는 일, 어쨌든 예술 세계에서는 전혀 무가치한 것임을 암시한다. 또한 진지한 예술가만이 전시회를 개최할 수 있을 뿐 **아마추어**는 그렇지 못하다. 따라서 **여성작가 개인전** one-woman shows이란 어휘는 있어도 **부인작가 개인전** one-lady shows이란 표현은 불가능하다.[84]

---

84) 위의 책, pp.45-46.

woman은 man의 상대어이지만, woman의 완곡한 대용어로 쓰일 때의 lady에는 유사한 의미와 어감을 가지는 남성 상대어가 없다. "**부인**이란 단어는 성적(性的)인 의미를 전혀 담고 있지 않기 때문에 기사도 시대를 연상시킨다. …… (중략) …… 이러한 관점에서 부인이란 단어의 사용은 여성 혹은 부인을 위해서 문을 대신 열어 주는 행위에 비견된다. 달리 보면 아첨이라 할 수 있다. 따라서 이러한 아첨의 대상인 여성은 스스로를 존중받고 고귀한 존재인 양 생각하게 되지만, 결국엔 무가치하고 스스로의 운명도 통제할 수 없는 존재가 되는 것이다."[85]

한국어의 문맥에서도 '여류'는, 그저 성적 대상이거나 재생산의 도구가 아니라 특별한 재주가 있는 여자임을 인정해준다는 어감을 내포하고 있다. 레이콥이 말하는 "아첨"의 의미를 배제할 수 없는 것이다. 그러나 이러한 아첨의 이면은, "의도적이든 않든 간에 여성의 예술은 하찮은 것이며, 가사일의 권태를 극복하기 위해서 하는 일, 어쨌든 예술 세계에서는 전혀 무가치한 것"이라는 암시이다. 결국 여류의 가치는 그 존재의 희소성에서 비롯된 것이지 그 여류가 산출해낸 작품에 의해 결정되는 것이 아니라는 사실, 따라서 여류작가의 작품은 진지한 문학적 논의의 대상이 되지 못하고 여류작가가 세인의 입에 오르내릴 때의 테마는 대개 그 여류작가의 사생활과 관련된 것이라는 사실은 여류에 대한 아첨과 표리를 이룬다.

현재 국어사전에서는 '여류'를 '어떤 전문적인 일에 능숙한 여자를 이르는 말'이라 정의하고 있으되 어떤 전문적인 일에 능숙한 남자를 이르는 말로서의 '남류'라는 어휘는 사전에 없다. 곧 '여류'

---

85) 위의 책, pp.48-49.

에 대한 사전적 정의의 행간에는, 전문적인 일이란 원래 남자들이 하는 것인데 예외적인 소수의 여자들이 그런 일을 감당한다는 뜻이 숨어 있다. 주지하다시피 대다수의 일반적인 여자들은 아이를 낳고 기르는 일과 남성을 보조하는 일을 여자의 '운명적'이고도 '본질적'인 인생과업으로 받아들여야 했다. 가부장제 성별정치의 핵심을 관통하는 키워드로서, 역시나 '남도(男道)'와 '부도(夫道)' 같은 상대어 없이 존재하는 어휘인 '여도(女道)'와 '부도(婦道)'는 이러한 대다수 일반적인 여자들의 생애를 규율하는 기강(紀綱)이었다. 문학이건 무엇이건 간에 '어떤 전문적인 일'에 종사하는 것은 '여도'를 벗어나거나 '여도'에 비해 부차적인 것으로 취급받았다. 요컨대 여류란 여자의 '천직(天職)'이 아닌 일에 능숙한 여자를 가리키는 말인 것이다.

2) '여류'의 이원적(二元的) 착란(錯亂)

식민화 과정의 부산물인 개인적·집단적 사회심리의 이원적 구조로서 이른바 '이원적 착란' 상태를 치밀하게 분석한 이론가는 프란츠 파농(Frantz Fanon)이다. 파농에 따르면, 식민사회는 필연적으로 지배자와 피지배자의 이원대립관계를 성립시키고, 이러한 이원적 대립관계의 식민사회에서 개인과 집단은 필연적으로 정신적 소외와 주변화 과정을 겪게 되며, 이런 과정은 다시 지배자들이 피지배자를 계속적으로 억압할 수 있도록 도와준다.[86]

필자는, 작가의 성(性)이 생물학적으로 여성이라는 뜻 이상의 복잡한 의미들이 얽혀 있는 '여류'의 젠더사회학적 함의를 고찰하

---

86) 태혜숙, 『탈식민주의 페미니즘』, 여이연, 2001, p.35 참조.

기 위해 파농의 '이원적 착란' 이론을 활용하고자 한다. 이는 여자
/남자, 아내/남편의 경우와 달리 짝을 이루는 남성 상대어가 없는
말인 '여류'야말로 이미 성별정치의 이원대립관계 안에서 모종의
'이원적 착란' 상태를 내포하고 있다는 판단 때문이다.

　당연하게도 여류는 소수(少數)이다. "50년대 중반에 이르기까지
각종 데뷔의 과정을 거쳐 문단에 등장하는 여성은 고작 전체 문
인의 5퍼센트를 넘지 못하는 실정이었다."[87] 50년대 후반 들어 여
성문인의 숫자가 눈에 띄게 불어나기 시작했다지만, 60년대 한국
문학의 현실에 대한 한 보고서인 조연현의 「韓國作家와 讀者의
實態」는 이 시대 여성문학인구가 남성의 그것에 비해 여전히 분
명한 열세였다는 사실을 확인시켜 준다. "독자 카아드에 나타난
性別을 보면 男子 八五% 女子 一三%, 나머지는 團體로 되어 있
다. 이것은 우리 나라의 일반적인 文學讀者는 남성이 여성보다 六
배나 많다는 표시가 된다. 그러나 문예강연회 또는 創作實技 講座
등에 참가하는 청중(이것도 문학독자로 볼 수 있을 것이며 특히
創作實技에 참가하는 사람은 단순한 독자가 아니라 일종의 전문
적 독자라고 말할 수도 있다)의 예를 보면 남자 五분의 三强에
여자 五분의 二弱의 현상을 나타낸다."[88] 월간 『현대문학』의 독자
카드와 각종 문예강연회 청중 자료를 토대로 조연현은 한국의 문
학 현실에 대하여 "그것이 독자든 작가든 다른 나라와 마찬가지
로 男性中心인 것, 이것은 작가나 독자의 수에 있어 女性이 훨씬
적다는 것을 의미한다"고 결론짓는다.

---

87) 정규웅, 『글동네에서 생긴 일 ─ 60년대 문단 이야기』, 문학세계사,
　　1999, p.123.
88) 조연현, 「韓國作家와 讀者의 實態」, 『女流文學 2호』, 1969.

여류의 경우 수적인 열세는 권력적 소수성(minority)과 곧바로 연결된다. 또한 그렇기 때문에 여류는 주변적(peripheral)이다. 권력에 있어서도 주변적이지만, 자신의 예술에 있어서도 주변적이라는 것(혹은 그러하다고 인식되는 것)이야말로 여류의 주변성이 가지는 특성이다. 주변적이기 때문에 구태여 '여류'라는 관사를 얻어 쓰게 되지만, 그 관사를 씀으로써 자신도 모르는 사이에 자신의 예술에서 주변화되는 존재가 여류인 것이다.

여류의 이러한 특징은, 김윤식의 구분법을 사용하자면, 제1기생[89] 여류 문사의 시대에 가장 두드러지게 나타난다. 신문학 제1기생 여류문사로 통하는 김명순, 나혜석, 김원주의 경우, 거의 언제나 작품보다는 사생활로 관심의 초점이 된 것은 물론이고, 실재하는 작품 목록에도 불구하고 오랫동안 "작품 없는 작가"로 치부되어 왔다. 제2기생의 경우는 '남성적인 여류'와 '여성다운 여류'의 두 가지로 대별된다. 김병익은 『한국문단사』에서 박화성을 비롯한 '제2기 여류문인'들을 두고 "'여류'란 프레미엄 없이 男性 작가들과 1대1로 겨룰 수 있게 되었"[90]다고 말한다. 이 말의 행간 또한 '여류'란 결국 남성작가와 1 대 1의 대결이 불가능한, 1에서 모자라거나 1을 넘는 존재라는 의미를 담고 있다. 여류이기 때문에 억울한 폄하(貶下)와 경멸의 대상이 되기도 하면서, 또 여류이기 때문에 쉽사리 주목을 끌고 특별대우를 받는 것이 가능했던 저간의 문단사적 정황이 김병익의 진술 속에는 나타나 있다. '1대1로 겨룰 수 있게 되었'다고 하지만, 그

---

89) 김명순, 나혜석, 김원주를 제1기생 여류문사로 보고 1930년대에 대거 등장한 여성작가들을 제2기생으로 보는 분류법은, 김윤식의 논문, 「인형의식의 파멸」(『한국문학사논고』, 법문사, 1974)에 맨 처음 등장한다.
90) 김병익, 『한국문단사』, 문학과지성사, 2001, p.198.

제2기 여류문인들 역시 남성 평자들에 의해 언급될 때에는 거의 언제나 '여류답게 섬세한', '여류로서는 드물게 보는', '남성에게 지지않는' 등의 상투적 수사로 평가된다. 그중에서도 최정희가 '완벽한 여류의 전통'[91] 혹은 '여성다움을 보여주고 있는 여류'[92]로 지칭되는 데 반해, 박화성은 '女性性 消失 혹은 女性性 忌避',[93] '남성적 여성 (masculine female)의 적극성'[94]을 지닌 작가로 지칭된다. 칭찬이든 비난이든 간에 이 두 가지 평가는 모두 남성이라는 동일자(the same)의 거울에 비추인 타자(the other)의 정체성이다. 파농 식으로 말하자면, 여성은 이차원적인 존재인 것이다. 한 차원은 자신의 종족과 관련되어 있고 다른 한 차원은 남성과 관련되어 있다.[95] 남성이라는 일차원의 거울에 최정희가 '완벽한'(조병무의 수사를 그대로 인정할 때) 타자의 모습으로 비추일 때, 박화성과 강경애는 '여류로서는 드문' 혹은 '남성 못지않은' 소설세계를 개척한 특이한 여류로 비추인 것이다. 파농이 "검둥이를 숭상하는 사람이나 검둥이를 혐오하는 사람이나 기실 우리에겐 매한가지로 역겹"[96]다고 말한 바 있거니와, 숭상과 혐오 사이에서 어떠한 수사를 가져다 붙이든 남성을 보편적으로 우월한 기준으로 전제한다는 사실에서만큼은 차이가 없

---

91) 조병무, 「학대받는 자와 운명 - 최정희론」, 『범우소설문고 15』, 범우출판사, 1982, p.11.
92) 김윤식, 『한국현대문학명작사전』, 일지사, 1979, p.246.
93) 김문집, 『비평문학』, 청색지사, 1938, p.359.
94) 이재선, 「여성작가와 여성적 글쓰기」, 『한국소설사』, 민음사, 2000, p.480.
95) 파농은 이렇게 말했다. "흑인은 이차원적인 존재이다. 한 차원은 자신의 종족과 관련되어 있고 다른 한 차원은 백인과 관련되어 있다.", 『검은 피부, 하얀 가면』, 인간사랑, 1998, p.23.
96) 위의 책, p.13.

다. '여류문학'이란 남근적(phallic) 문단 권력의 전리품에 지나지 않는다[97]고 말할 수 있는 근거는 여기에 있다.

　김윤식은『한국현대문학명작사전』에서 최정희의「인맥」을 명작의 반열에 올린 이유 중 하나로 "제1기생의 비극, 즉 작품 없는 풍문만에 의한 문인 생활의 원인이 사회적 환경과 남성문인들의 불순한 오도에 있었다면 제2기생들에겐 이와 같은 신사문인들이 있어 탈선하려는 여성들을 보살펴 주고 이끌어 주고 굳게 바로 세워주었던 것으로 볼 수도"[98] 있다는 점을 이 작품이 밝혀주고 있기 때문이라고 말한다. 여류에 대한 김동인의 혐오(misogyny)나 이광수의 이른바 '누이콤플렉스' 등을 설명하기 위해 최정희의 작품을 인용한 경우라면 또 모르겠지만, 최정희의 작품을 해설하는 자리에서 제2기생 여류문인들에 대한 신사문인들의 올바른 지도를 주요한 실마리로 언급하는 것은 지나치게 남성 중심적이라는 비판을 면할 수 없을 듯하다. 그의 주장을 따르자면 여류문인이란 남성문인이 어떻게 지도하느냐에 따라 탈선하기도 하고 바로 세워지기도 하는 미성숙한 존재에 지나지 않는다. 또한 박화성을 논하면서는 "작품보다 여류라는 희소가치 때문에 이름을 드러내었을 따름"인 제1기생에 비하여 "한국 여류작가들의 역량이 만만치 않음을 가장 확실히 보여 준 작가"라고 하면서 "그녀를 두고〈여류작가가 아니라 작가다〉라고 표현"[99]할 수 있다고 본다. 다시 말하자면 여류작가란 본시 작가에 못 미치는 무엇으로서 다

---

97) "흑인정신이란 백인의 전리품에 지나지 않는다"고 파농의 말을 바꾸었다. 위의 책, p.19.
98) 김윤식, 앞의 책, p.247. "이와 같은 신사문인들"이란 파인(巴人)과 춘원(春園)을 가리키는 말이다.
99) 위의 책, p.318.

만 그 희소가치로 허명(虛名)을 얻을 뿐인 존재인데, 그중에는 간혹 작가의 칭호를 감당할 만한 여류도 있다는 의미이다. 김윤식의 이와 같은 논의는 한국문학사에서 여류가 평가될 때의 가장 일반적인 방식을 적나라하게 보여준다고 할 수 있다. 홍사중이 박경리를 평하면서 "사회적 관심이 그처럼 한정된 것이고 생활 자체가 현실성을 상실해가며 있을 때에는 다시금 '여류작가'로 되돌아갈 수밖에 없다"[100]고 말하는 것이나, 구인환이 "이젠 여류작가라고 해서 안이하게 서정의 감미에 젖어 있을 수만은 없고, 휴머니티가 절규되는 현대의 광장에 나아가, 역사의식을 가지고, 좀 더 좁은 여류의 윤리에서 벗어나 작품을 써야 할 때다"[101]라고 말하는 것 또한 같은 맥락에서 이해할 수 있다.

대부분의 여성작가가 이 '여류'라는 호칭에 관하여 별다른 문제의식을 보여주지 않은 반면, "〈여류작가가 아니라 작가다〉"라고 표현되던 작가답게 박화성은 매우 직설적인 언어로 한국 여성작가의 사회적 지위에 관한 비판적 논설을 발표한다. 박화성은 '여류'를 "길드제도와 같은 반민주적이며 반봉건적인 문단사회의 신분적 제약"이라는 식으로 강력하게 비판한다. 박화성에 따르면 "한국의 여성작가들은 여류이자 동시에 주부이어야만 했다. 부엌일과 창작을 한꺼번에 걱정하지 않으면 안되었던 그들은 사회로부터는 남성 위주의 독선적 횡포에 시달려야 했으며, 가정에서는 원시적인 식모로서의 苦役을 치루지 않으면 안되었던 것이다." 박화성은 "여류라는

---

100) 홍사중, 「한정된 현실의 비극」, 『현대한국문학전집』, 신구문화사, 1968. 김미현, 「이브, 잔치는 끝났다 – 젠더 혹은 음모」, 문학동네, 1999년 봄호에서 재인용.
101) 구인환, 「한국 현대 여류작가의 기법」, 『아세아여성연구』 제9집, 1970. 김미현, 위의 글에서 재인용.

표찰을 붙여주는 그 호의(?) 자체가 여성을 남성보다 한등 낮게 취급하는 격이 되고 있는 것"[102]도 정확하게 지적한다. 박화성이 소개하는 다음과 같은 웃지 못 할 일화는, 메리 엘만이 제시한 '남근비평(Phallic Criticism)'의 실례(實例)와 매우 흡사하다.

여자의 이름과 흡사한 朴容淑이라는 작가가 쓴 군인을 소재로 한 전쟁소설이 발표되었는데, 그 전쟁의 치열한 장면묘사나 군인들의 動態를 어찌나 리얼하게 표현했던지 이 작품을 읽은 어떤 비평가가 月評에서 왈 여류작가가 이처럼 리얼하게 그런 장면을 그려냈다는 것은 그 리얼의 한계를 넘어서 여성이 지니는 섬세한 감각 때문이었고 또 그 섬세한 감각으로 하여 여성이 아니면 도저히 표현해 내기 어려운 것이라고 하였다. 거기까지는 좋았다. 다음에 그 비평가는 또 무어라고 말했는가 하면,

「그러나 여성의 지나친 섬세 감각은 섬세하기 때문에 오히려 리얼리티를 혼탁하게 하고 있으며 여기서 여류작가들이 지니는 限界性이 있는 것이다.」라고 하였다.

그런데 뜻밖에도 그 朴容淑이라는 작가는 여성이 아니라 남성이었고 여기에 朴容淑 씨의 맹렬한 항의가 있었음은 물론이었으나 그보다도 중요한 것은 이름이 여성과 같았다는 조건으로, 「여성작가이기 때문에 오히려 리얼리티를 혼탁하게 했다」 운운한 바로 그 先入見, 그것이 문제인 것이다.

즉, 朴容淑이라는 작가를 여성작가인 줄로 지레 착각함으로써 誤評을 했다는 것보다는 여성작가로서는 도저히 손댈 수 없는 치열한 전쟁이나 군인들의 동태를 素材로 삼았기 때문에 섬세한 리얼리티가 오히려 혼탁해 버렸다는 것이며 따라서 여성이 지니는 섬세한 묘사

---

102) 박화성, 「韓國作家의 社會的 地位의 變遷」, 『여류문학』 제2권, 1969, p.205.

력에도 한계가 있다는 말이 되는 것이다.[103]

메리 엘만은, 『여성을 생각한다』의 두 번째 장 「남근비평」에서 "남성들이 여성의 글을 논할 때는 열의를 잘못된 방향으로 돌려 어김없이 도달하는 한 지점이 있다. 여성성이라는 지점이다. 여자의 책은 마치 책 자체가 여자의 몸인 듯이 취급되어 비평은 잘되는 경우에 가슴과 엉덩이 둘레를 두뇌로 측정하는 작업에 들어간다"[104]라고 재치 있게 고발한다. 엘만은 덴마크 페미니스트 비평가 필 달레룹(Pil Dahlerup)이 쓴 「비평가의 무의식적 태도」라는 글을 인용하여 남근 비평의 전형적인 예를 제시한다. 이 글을 보면, 세실 뵈트커라는 중성적 이름의 한 덴마크 시인에 대한 어느 남성 평론가의 첫 번째 평론은 일 년 후에 세실이 여성임을 알고 쓴 두 번째 평론과 현격한 차이를 보인다. 첫 번째 시평은 "능동적인 동사로 가득 찼고 형용사는 별로 없었고, 있다 해도 〈즐거운〉, 〈열광적인〉, 〈풍요로운〉 등의 대단히 긍정적인 형용사들이었다." 두 번째 평론에서는 "세실의 시는 〈상쾌한〉 정도이고, 형용사는 세 배로 많이 등장했고 그 사용된 형용사의 성격이 크게 달라졌을 뿐 아니라 형용사 앞에 〈좀〉, 〈어느 정도의〉, 〈아마도〉와 같은 수식어가 붙었다. 이러한 수식어는 첫 번째 평론에는 전혀 없었다. 더구나 〈작은〉, 〈적은〉과 같은 형용사가 갑자기 중심 어휘가 되었다. 엘만은 이러한 변모를 보고 〈그 비평가의 태도가 무의식적으로 남성작가에게 부여하는 권위적인 시각을 여성작가에게 똑

---

103) 박화성, 위의 글, p.206.
104) Mary Elman, *Thinking about Women*, New York: Harcourt, 1968, p.29.

74

같이 부여할 수 없다는 사실을 드러낸 것이다〉라고 평했다. 분명 이 비평가는 뵈트커의 예술적 성취보다는 작가가 여성이라는 점에 더욱 예민한 반응을 보인 것이다."105)

"여성작가의 실력이 아무리 대단하다 하여도 결국 남성작가와 나란히 할 수 없는 차별이 설정되어 있기 때문"에 '여류'라는 관사 자체에 문제가 많고 "단순히 性的으로만 여자일 뿐이지 작가로서 는 아무런 차별적 대우가 없어야만 한국 여성작가의 사회적 지위 가 남성작가와 동등한 기반 위에 서질 수 있다는 것을 거듭거듭 단언하고"106) 싶었던 작가 박화성이 '여류'문학인회의 초대 회장 으로서 기관지 '여류'문학을 발행했다는 사실은 아무래도 모순이라 고 하지 않을 수 없다. 이 모순은 어디에서 발생하는 것일까.

필자는 그것이야말로 '명예남성'화한 박화성의 이원적 착란에 기인한 결과라고 본다. 레이콥이 말한 바, 인격적인 신사문인들에 게 대접받으면서 "스스로를 존중받고 고귀한 존재인 양 생각하게 되지만, 결국엔 무가치하고 스스로의 운명도 통제할 수 없는 존재 가"107) 되고 마는 부인작가(lady writer)의 뼈아픈 역설을 의식적 혹은 무의식적으로 외면하곤 했던 대다수의 '여류다운 여류'들 역 시 이원적 착란 속에 있었다. 이 '여류다운 여류'의 이원적 착란은, 가정생활에만 묶여 사는 보통 여자들을 타자화하는 것으로 가능 했다. 지배적 혹은 지도적 위치의 남성작가와 몽매한 보통 여자들 이라는 이원적 구도 사이에서 여류의 착란은 발생한다. 착란의 요

---

105) 한국영미문학페미니즘학회, 『페미니즘, 어제와 오늘』, 민음사, 2000, p.82.
106) 박화성, 위의 글, p.215.
107) 레이콥, 같은 곳.

체는, 살림 따위에는 초연한 채 진짜 문학을 하는 남자작가에는 미칠 수 없다 하더라도 살림밖에 모르는 보통 여자들에 비하면 주부 노릇과 예술을 병행하는 여류가 훨씬 훌륭하다는 식의, 남성작가들에 대한 열등감과 보통 여자들에 대한 우월감이 뒤섞인 심리이다. 박화성은 이 '여류다운 여류'들마저 타자화함으로써 특유의 착란적 자부심을 구축한다. 말하자면 '나는 너희들처럼 안방작가가 아니고 사회문제를 정면으로 다루는 작가이다'라는 식이다. '여류'라는 칭호에 강한 거부반응을 보이면서 동시에 기꺼이 '여류'의 수장 노릇을 한 박화성의 모순은 '보통 여류작가가 아닌 여류'로서 박화성의 이원적 착란에 연유하는 것이다. 파농의 말을 다시 전유하자. "남성작가에겐 하나의 사실이 있다. 스스로를 여류보다 우수하다고 생각하는 사실 말이다. 여성작가에게도 하나의 사실이 있다. 어떤 대가를 치러서라도 그들 사상사의 풍요로움과 그들 지성사의 뒤떨어지지 않는 가치를 남성작가들에게 증명하려고 애쓴다는 사실 말이다."108)

---

108) 파농, 앞의 책, p.15. 파농의 책에는 이렇게 나와 있다. "백인에겐 하나의 사실이 있다. 스스로를 흑인보다 우수하다고 생각하는 사실 말이다. 흑인에게도 하나의 사실이 있다. 어떤 대가를 치러서라도 그들 사상사의 풍요로움과 그들 지성사의 뒤떨어지지 않는 가치를 백인들에게 증명하려고 애쓴다는 사실 말이다."

Ⅲ. '여류작가'의 정체성과 '여류문학'의 전개 양상

　이 시대의 한국 여성문학은 기본적으로 부르주아 중산층 여성작가 중심이었다. 상당한 재력과 품위를 가진 가정, 전후 문단의 보수적 헤게모니와 상충하지 않는 계급적 성향, 사회와 남성문인들의 눈 밖에 나지 않는 조신한 사생활 등 이 시대 부르주아 여성작가군의 차별성은 제도권 문단에서 안정적인 문학활동을 할 수 있도록 이들을 지원한 측면이 있으면서 동시에 사회성과 민중성을 중시하는 우리의 문학적 풍토 속에서 진지한 연구와 평가의 대상이 되지 못하게 하는 문학적 불운의 빌미를 제공하기도 했다. 게다가 이들의 '안정적인' 문학활동 역시 '실내(室內)'로서의 안정적인 삶 안에서 즐기는 고급스런 여기(餘技)로 부러움을 사거나 경멸당했다. 그들은 정치적 보수주의를 체화(體化)하고 있었고, 가부장제의 검열하는 시선을 내면에 간직하고 있었다. 그들이 자기 삶과 문학을 분리시키는 정도는 앞선 시대와 뒤따르는 시대의 여성작가들에 비해 현저히 두드러진다. 그 이유는 우선 그들이 신분상 특권적인 위치에 있는 누군가의 '부인'으로서 자기 위장을 요했다는 사실과 아울러 한국전쟁 이후 이데올로기 투쟁기, 군정기, 경제개발 총력전이라는 유사전쟁의 시기, 곧 고압(high pressure) 정치가 상시적으로 일상을 위협한 시대의 특성에 그들 또한 압도당해 있었다는 데에서 찾을 수 있다. 그러나 다양한 여성 계층 중에 문학제도를 통하여 자기를 표현할 기회를 가장 쉽게 가질 수 있었던 사람들 또한 이들이었다. 사회적 생산에 참여한 저임금 여성노동자들은 과중한 노동에 시달림으로써 문학적 훈련의 기회와 여유를 갖지 못했다.

가부장제의 검열하는 시선과 표현의 욕망 사이에서 갈등하는 여성들의 글쓰기에 대해서 연구할 때 유용한 방법론이 될 수 있는 개념이 뤼스 이리가라이의 '가면(masquerade)'이다. 『하나가 아닌 성 *Ce sexe qui n'en est pas un*』의 영문판, 『*This Sex Which Is Not One*』의 편집자 주석은 'la mascarade'의 번역어인 'masquerade'를 "여자가 자신의 타자이기를 바라는 남자의 욕망을 여자가 의식하는 것에서 발생하는 여성성의 소외된, 혹은 왜곡된 발현형태. 가면은 여자로 하여금 자기 자신의 욕망이 아니라 남자의 욕망이 지정해준 욕망을 경험하게 한다"[109]라고 설명한다.

이 시대 부르주아 여성작가들 중에서도 전통적 의미에서의 요조숙녀에 가장 가까워 보이는 한무숙의 경우, 자의식을 노출시키는 소설작품은 아예 한 편도 쓰지 않았다.[110] 다음 인용문에서 우리는 이 작가의 글 '쓰기'가 얼마나 교묘한 가면 '쓰기' 행위였을지 추론할 수 있다.

1949년 – 동란이 나기 전해 일이다.

---

[109] Luce Irigaray, *This Sex Is Not One*, trs. by Catherine Porter, Cornell University Press, 1993, p.220. masquerade: An alienated or false version of feminity arising from the woman's awareness of the man's desire for her to be his other, the masquerade permits woman to experience desire not in her own right but as the man's desire situates her.

[110] 작가와 작가의 아들이 실명으로 등장하는 「우리 사이 모든 것이」는, 이런 맥락에서 예외적인 작품이라기보다는 오히려 요절한 차남에 대한 애절한 추도사에 가깝다.

어느 날 어머니가 찾아오셔서 노발대발하셨다.

"얘! 얌전하게 살림이나 살고 있으면 이런 봉변을 할 까닭이 없
잖니 …… 공연히 규중 부인이 남의 입에 오르내리고 뭐냐. 또 글을
썼다만 봐라."

하면서 잡지 한 권을 내던지셨다. 〈문예(文藝)〉지였다. 층층 시하,
대가족 속에서 숨을 죽이며 살던 나로서는 처음 보는 책이었다.

나는 깡그리 무식했다. 그런 문예지가 있다는 것도 김동리 선생의
문학적 업적과 문단적 지위가 어떠한가도 감감 모르고 있었다.

어머니가 접어 두신 데는 작품 월평의 페이지였다. 서너 사람의
좌담 형식의 합평인데 김동리 씨, 곽종원 씨만이 기억에 남는다. 나
는 몰래 글을 쓰고 있었다. 어른들이 아실세라, 남편이나 시동생들이
눈치챌세라, 심야에 일어나 누운 채 글을 썼다. …… (중략) ……

金東里: '민성(民聲)'의 "램프"를 읽었는데 이 작가를 아직 본 일
이 없지만 좀 재치가 지나쳐요. 신인이 이렇게 기교를 부리는 것은
좀 생각해 봐야 할 일이죠.

문학이란 재치라던가 기교가 그리 필요한 것이 아니고 진실성이
가장 중요한 거죠.

…… (중략) ……

순진한 시절이었다. 어머니의 꾸지람도 꾸지람이거니와 남편이나
시댁 식구의 눈에 띄면 큰일이었다. 나의 의기는 지극히 저해되었다.
다행히 아무도 〈문예〉를 몰라 별소동은 없었으나 나는 기가 죽었
다.111)

---

111) 한무숙, 「김동리 선생과 나」, 『내 마음에 뜬 달』, 을유문화사, 1992,
p.265.

인용문의 상황을 정리하자면, 김동리에게서 '신인으로서 기교가 지나치다'는 평 한마디 들은 것을 가지고 작가의 모친은 '규중 부인이 공연히 남의 입에 오르내리는 봉변'을 당했다며 다시 글을 쓰지 말라고 노발대발하고 작가 자신은 혹여 시집 식구가 그 사실을 알게 될까 보아 노심초사했다는 것이다. 창작행위를 함에 있어서 이 작가의 과민하고도 용의주도한 자기 위장은 이러한 실존적 존재 조건에서 비롯한 것일 터이다.

이른바 '여류명사'로서의 문학자였던 손소희, 임옥인, 한말숙, 강신재 등도 다양한 층위에서의 가면 '쓰기'를 실행한다. 그러나 가면을 쓰는 행위란 자신의 맨 얼굴과 부닥뜨리는 순간을 항용 내포한 행위라 가면을 쓴 숙녀들 역시 언뜻언뜻 자기 자신의 위선과 속물성, 분노, 욕망과 대면하고 그것에 저항하기도 하는 것이다. 이 글에서 분석 대상으로 삼은, 글 쓰는 여성을 주인공으로 하여 여자가 글 쓰는 일의 어려움을 토로하는 작품일 때에는 작가 자신과의 동일시가 쉬워지기 때문에 그런 실수를 저지를 공산이 더욱 커진다.

자기 위장을 위한 가면 쓰기[112]를 문학 행위의 기본 전략으로

---

112) 나혜석은 앞에서 인용한 바 있는 수필, 「화가로 어머니로−나의 10년간 생활−」(이상경 편, 『나혜석 전집』, 태학사, 2000)에서 이 '가면 쓰기' 개념과 연관시킬 수 있는 재미있는 언급을 했는데, "구미 만유의 기회는 내게 씌운 모든 탈을 벗고 펄펄 놀고 싶은 것이었다. 나는 어린애가 되고, 처녀가 되고, 사람이 되고, 예술가가 되고자 한 것이다."라는 대목이 그것이다. 어린애가 되고, 처녀가 되고, 사람이 되고, 예술가가 되어 펄펄 놀고 싶었다는 말은, 가부장제가 원하는 타자로서의 정체성, 곧 '여성성의 소외된, 혹은 왜곡된 발현형태'에 갇혀 있던 다양한 정체성'들을 제각기 살아 움직이게 풀어놓았다는 의미일 터이다.

삼았던 이 시대 소위 '여류명사'로서의 여성작가들과 달리 박경리 는 대표적인 전후 작가 손창섭의 문학만큼이나 강한 자기 연민과 나르시시즘을 노출한다. 남편과 아들을 잃고 노모와 어린 딸을 부 양해야 하는 젊은 전쟁과부로서 돈을 벌기 위해 무슨 짓이라도 하지 않으면 안 되는 자신의 처지에 대한 강한 염오(厭惡)의 감 정이 그만한 함량의 자기 연민과 나르시시즘을 발동시킨 듯하다. 이 시기의 박경리는, 일본의 문학평론가 이토 세이의 어법을 빌자 면, 절망적으로 고독한 '도망노예'113)였다. 이러한 절망적인 고독 의 "쌍두아(雙頭兒)"114)야말로 스스로의 존엄성에 대한 편집증적 집착 혹은 폐쇄적 자기애일 터이다. 물론 프랑스 포스트모던 정신 분석학의 입장에서 보자면 이 시대 박경리 소설이 보여주는 맨 얼굴 또한 층위가 다를 뿐이지 근본적으로는 '글쓰기에 의해 호출 된', 일종의 '가면'일 것이다. 가령, 그러한 입장의 대표격인 라캉의 경우 '나는 생각한다. 고로 나는 존재한다'라는 데카르트의 명제에

---

113) 이토 세이 외, 유은경 역, 『일본 私小說의 이해』, 소화, 1997, pp.18-23. 이토 세이(伊藤整)의 평론, 「도망노예와 가면신사」는 이 러한 맥락에서 재미있는 시사점을 제공한다. 이를테면 "일본의 작가 는 무산자 출신이거나 현실에서 무산자였고, 또한 문사는 배우 등과 함께 저속하고 비천한 존재였다." 그렇기 때문에 "일본인은 가면을 필요로 하지 않는다. 픽션 따위는 우습지도 않은 것이다. 픽션 같은 것은 저녁 때 연미복을 차려입고 외출하는 자들이 하는 짓이다." 반 면에 유럽의 작가들에게는 "연미복도 장갑도 필요하다." 그들은 "명 사로서의 문학자이자, 사교계에서는 귀부인들의 장식품"이다. "그들 에게 현실이란 픽션이다. 신사 숙녀분들의 자유로운 사회의 심리소 설이란 그런 것이다."

114) 박경리가 1967년 《현대문학》에 발표한 단편 「쌍두아」에서 두 주 인공 종서와 영혜는 인간에 대해 극히 냉소적인 시선을 보내며 자기 이외의 모든 사람들에 대해 '거북함과 낯섦'을 느끼는 쌍두 아적 존재이다.

대하여 '나는 내가 생각하지 않는 곳에서 존재한다'는 주장을 하느
니만큼 작가와 독자가 맨 얼굴이라고 생각한다고 해서 그것이 말
그대로 맨 얼굴일 수는 없는 것이다.

　이 장에서는 먼저 당대 여성작가들이 소설작품 속에서 소위 '여
류'를 타자화하는 양상과 수필작품 속에서 '여류'로서의 자기 이미
지를 구축하는 양상을 살펴보겠다. 그런 다음 3절에서 그 여성작
가들의 대표작과 평판작을 중심으로 개별적 특성들을 짚어보고,
마지막으로 창작행위에 관한 그들의 자의식과 '가면 쓰기'의 층위
를 고찰해 보도록 하겠다.

1. 소설에 나타난, 타자화된 '여류' 이미지

　손장순의 「고여사(高女史)」와 박경리의 「설화(雪花)」는, 문학적
깊이를 추구하기보다는 세속의 명예와 인기에 연연하는 속물적
여류작가를 풍자한 소설이다. 두 작품의 주인공 고여사와 정원에
게 있어 문학을 하는 공통적인 동력은 허영심이다. 임옥인의 「들
에 핀 백합화를 보아라」에서도 남편이 아내의 등단축하회를 "허
영녀(虛榮女)들의 집합"[115]이라고 빈정거리는 모습이 등장하는
걸 보면, '여류작가는 허영녀이다'라는 편견이 이 시대에 상당한
수준의 사회적 합의를 얻고 있었던 것 같기도 하다. 이들의 허영
심은 사회적으로 인정받는 지위와 물질적으로 유한(有閑)한 생활
을 지향하는 속인(俗人)들의 욕망과 근본적으로는 다를 바 없는

---

115) 임옥인・손소희, 『신한국문학전집 v.20』, 어문각, 1973, p.151.

것이지만, 지위와 부에 더하여 '여류작가'라는 칭호에도 집착한다는 데에서 차이점을 보인다. 이 '여류작가'라는 칭호의 함의는, 앞서 언급한 바와 같이 보통의 여자들이 가지는 운명으로서의 육적(肉的)인 삶과 달리 남성들에게만 열려 있는 영적(靈的)인 삶의 길에 동참한 예외적 소수라는 자부심과 선민의식이다.

이 착란적 선민의식이야말로 고여사로 하여금 예술적 진정성에 접근하지 못하게 만드는 장애이다. 고여사에게 예술가라는 칭호는 섹시한 미모와 부유한 가정과 호인 남편과 귀여운 네 아이에 더하여 그녀의 선민의식을 완성시켜주는 하나의 중요한 구성 요소이다. 여기에 신문에 연재 중인 소설의 단행본 출판과 영화화 제의를 받고 잇달아 권위 있는 문학상 수상자로 지명되기까지 하여 더욱 고무된 고여사의 선민의식을 무참하게 깨어놓는 사람은, 그녀의 남편 주정환이다. 주정환은 문학상 수상 소식을 전하는 아내에게 이혼이라는 청천벽력의 선고를 내린다.

> 「난 당신의 욕망의 포로에서 해방되고 싶소. 난 이제 아무것도 가진 것이 없으니 당신이 나를 더 필요하지 않을거요. 이런 때가 헤어지는 최적한 시기라고 생각해요. 내가 일이 잘 되었을 때는 당신과 헤어질 수 없으니까. 지금 내가 당신을 떠난다는 것은 당신을 돕는 일이 아니겠소.
>
> 물론 당신은 부족이 없는 여자요. 모든 것이 너무나 완벽하오. 허다 못해 야망과 여자의 분야 모든 면에서 말이요. 그런데 단 한 가지가 결핍되어 있소. 이것이 무엇인지 스스로 깨닫는 날 당신은 비로소 참다운 행복이 무엇인 줄 알게 될 거요. …… (후략) ……」[116]

---

116) 손장순, 「高女史」, 한국여류문학인회, 『여류문학』 제2집, 1969, pp. 109-110.

주정환이 이 완벽한 여자와 이혼하고 싶어 하는 이유는 위와 같다. "야망과 여자의 분야 모든 면에서" 너무나 완벽한 여자지만, 단 한 가지가 결핍되어 있다는 것이다. 그 부족한 것이란, 남편의 말에 따르면, "순수한 여심(女心)"[117]이다. 남편에게 부족하게 해준 적도 없고 남편을 소중하게 여기며 살아왔다는 고여사의 항변에 주정환은 "당신의 악세사리 정도로는 소중하게 생각"했으리라고 빈정거린다. "여자의 분야"에서도 완벽하려면 독신이어서는 안 되기 때문에 자신의 완벽성을 채우는 액세서리로 남편을 대우해 왔다는 것이다. 이 남편은 아내에게 노골적인 경멸감을 표하며 글 쓰는 일을 그만두라고 권유하기까지 한다.

「포크너같은 작가도 못되고 헤밍웨이같은 예술가도 스타인벡같은 일류 스토리 테일러가 못될 바엔 글쓰는 업을 폐하는 것이 어때. 하긴 이 나라에선 사회적 악세사리인 여류작가의 위치와 대우가 괜찮기는 하니까 그 명칭만 들을 수 있어도 당신은 목적을 달성한 셈이지. 허지만.」[118]

재미있는 부분은 남편으로서 아내의 "악세사리" 노릇이 하기 싫다고 이혼을 통고하면서 여류작가의 위치와 대우를 "사회적 악세사리"로 표현하고 있다는 것, 그리고 우리나라에서 그 "사회적 악세사리"의 위치와 대우가 괜찮으니까 '여류작가'라는 명칭만 들을 수 있어도 소기의 "목적을 달성한 셈"이라는 논리이다.
박경리의 「설화(雪花)」는 고여사와 많은 부분 비슷하면서도 어

---

117) 위의 책, p.110.
118) 위의 책, p.109.

이없을 정도로 순진한 면이 있는 '여류시인' 정원의 이야기이다. 미모가 뛰어나다는 것, 허영심이 남다르다는 것, 예술보다는 예술가의 칭호에 집착한다는 것은 고여사와 비등비등(比等比等) 맞먹는 속성인 반면, 처세술과 생활력은 고여사의 능란함에 비할 수도 없이 형편없는 수준이다.

고여사가 그랬던 것처럼 정원도 자신의 미모와 '문단에 좀 알려진 여류시인이라는 칭호'를 결혼시장의 교환가치로 활용하여 "수재(秀才)요, 재산가의 아들이요, 또한 남성다운 호남아" 유병민과 결혼한다. 병민의 야심은 아내의 미모와 여류의 칭호를 필요로 했고, 정원 역시 검사라는 남편의 지위가 "또 하나의 영광스런 각광(脚光)이 되어, 그의 존재를 한층 더 선명하게 부각(浮刻)시켜"119) 놓을 것을 필요로 했다.

정원은 드문 미모뿐만 아니라 모든 분야에 박학다식(博學多識)한 지식인이기도 하다. 그러나 그 지식의 수준은 기초상식 선이고, 원리를 제대로 이해하고 있기보다는 암기를 통하여 축적한 단편적인 것들이다.

정원은 곧잘 고명한 명인들의 작가론을 병민 앞에서 피력했다.
그것뿐만 아니라 철학이나 법학, 심지어 경제학에 이르기까지 제법 일가견을 가지고 있었다.
병민은 결혼 당초에 정원의 그러한 박식에 대하여 적이 놀라워했던 것이다. 그러나 그것이 정원의 일가견이기보다 개념적인 법률적, 경제적 또는 철학적인 상식에 불과한 것인 줄로 차츰 알게 되었다. 그의 본령인 문학에 있어서도 가장 보편적이고, 차라리 교본적(敎本

---

119) 박경리, 「설화(雪花)」, 『박경리 단편선』, 서문당, 1978, p.226.

的)이기조차 한 기초 상식의 암기에 지나지 못한 것을 알게 되었다.

「여보 당신은 암기하는 기계 같구려. 그렇게 다방면의 지식이 토막토막 짤려진 것처럼 쏟아져 나오는 데 나도 참 놀라워요.」

병민의 목소리는 경탄이기보다 모멸적인 것이었다.[120]

인용문은 정원의 예술 역시 그렇게 껍데기뿐인 다방면의 지식과 다를 바 없이 얕은 수준이라는 것을 말해주는 여러 삽화들 중의 하나이다. 병민이 그 "정방형(正方形)과 같은 생활에 짜증이 나기는 정원과 결혼하여 일 년이 못된 때부터였다."[121] 정방형적인 인간성의 정원과 함께 하는 삶이란 역시나 정방형처럼 계산적인 질서에 얽매인 것이라, 병민은 검사라는 직무에서 받는 스트레스를 집에 와서도 고스란히 느껴야 하는 지겨움을 참을 수 없었던 것이다. 병민은 기생과 외도를 하고 이중 살림을 하다가 마침내 이혼한다.

병민과 이혼한 후, 정원은 또 다시 자신의 미모와 '여류'를 팔아 장군의 아내가 된다. 그러나 그 기계와 같은 무미건조한 인간성 때문에 장군에게서도 이혼당하고, 뒤이은 모 신사와의 결혼생활도 유지하지 못한다. 그러던 어느 해 크리스마스이브에 병민은 정원의 친구 순임에게서 정원이 일주일 전에 동사(凍死)했다는 소식을 듣는다.

「명예심은 정원에게 있어서는 일종의 신앙이었으니까. 그러나 그는 몹시 초조했어요. 그 초조의 결과로서 자기 스스로 청혼을 한 사

---

120) 위의 책, p.228.
121) 위의 책, p.228.

람이 바로 K 시인이었어요. K는 상처한 사람이고, 가난하기는 했어도 그의 명성은 일급이 아닙니까? 그리고 정원의 심산으로는 여류시인으로서 자기의 위치를 확보하고 싶었겠죠. 그러나 그는 시인이라는 자기에게 주어진 명칭을 그의 미모와 박식에 대한 대접이었다는 것을 모르고 있었어요. 여류시인이 귀한 현실에서 누릴 수 있는 명칭이지만 사실 그의 시가 어디 시입니까?」

순임의 비판은 옳은 것이라 병민은 생각했다.

「정원이 K 시인에게 자기가 먼저 청혼을 했을 때 정원의 마음엔 그래도 자신이 있었어요. 그리고 도리어 K에게 큰 영광이나 베푸는 것쯤으로 알고 있었으니 말예요. 그러나 K는 정원의 사랑의 고백이랄까요, 난생 처음인 고백이죠. 그것을 듣고 하는 말이 당신의 시는 시가 아니요. 당신의 몸뚱아리 속에는 생명이 없다고 하드래요. 그날밤 정원은 젊은 청년들과 어울려서 술집을 갔더랍니다. 술이 잔뜩 취한 정원은 당신의 시는 시가 아니요. 당신의 몸뚱아리 속에는 생명이 없다는 K의 말을 되풀이 되풀이 하드래요. 그리고 혼자 돌아오는 눈길에 쓰러져서 죽어버린 거예요.」

순임은 눈에 손을 갖다 대는 것이었다.

「사실 얼마나 어리석은 여잡니까?」

눈이 연방 또 쏟아진다.

병민은 눈앞에 지금 그 정원의 아름다운 몸뚱아리가 누워 있는 것 같은 착각이 들었다.

「기별이 와서 뛰어갔더니 …… 바로 집 근처에까지 와서 그랬거든요. 정원은 어쩌면 그렇게도 아름다운지, 눈 속에 핀 꽃 같았어요.」[122]

거듭된 이혼으로 점차 평가 절하된, 미모와 '여류'의 교환가치는 이제 가난한 시인의 일급 '명성'을 저울질한다. 그러나 정원의 청

---

122) 위의 책, pp.247-248.

혼은 무참하게 거절당하고, 실의에 빠진 정원은 눈길에서 얼어 죽는다. 그 얼어 죽은 모습은 "어쩌면 그렇게도 아름다운지, 눈 속에 핀 꽃" 같았다고 한다. 이 작품의 제목 '설화(雪花)'의 의미는 여기서 확실하게 드러난다. 아름답기는 하나 생명이 없는 꽃으로서의 '여류'를 박경리는 비웃거나 불쌍해하고 있는 것이다. 세간의 '여류'들에 대하여 박경리가 가진 생각의 일단도 드러난다. 문학하는 여자의 수가 워낙 적으니까 그 희소가치 때문에 자격도 없는 여자들이 시인, 소설가로 대접받으며 그게 마치 자신의 문학에 대한 대접인 양 착각하고 있다는 것이다.

손장순의 「고여사」가 "야망과 여자의 분야"에서 모두 완벽한 고여사에게 결정적으로 결핍된 요소로 '여심(女心)'을 언급했다면, 박경리의 「설화」는 병민의 입을 빌려 정원에게 없는 것이 "진실을 찾는 마음"이라고 이야기한다. 여기서 고여사와 정원을 평가하고 거부하고 추방하는 주체가 예외 없이 '남성'이라는 사실은 주목할 만하다. 여성들의 존재론적 실존을 남성의 긍정 여부에 의탁하는 서사 구조를 망설임 없이 선택하고 있다는 점에서 손장순과 박경리는 "남성과 동일시하는 여성(man-identified woman)"이라 할 수 있겠다. 벨 훅스에 의하면, 남성과 동일시하는 여성은 여성보다는 남성을 지원하는 경향이 있고 언제나 남성의 관점으로 사물을 바라보는 것이 가능하다. 그들과 달리 여성의 실존을 남성의 긍정 여부에 의탁하지 않고 여성 자신의 정체성을 선택한 활동가들은, 이성애자이든 동성애자이든 양성애자이든 그 성적 취향에 상관없이, "여성과 동일시하는 여성(woman-identified woman)"으로 불렸다.[123]

---

123) 벨 훅스, 박정애 역, 『행복한 페미니즘』, 백년글사랑, 2002. p.210.

사실 고여사와 정원의 인격은 성별을 떠나서 평가할 때에도 훈훈한 인간미와는 거리가 멀다. 그러나 여자가, 그것도 문학하는 여자가 야망을 추구한다는 사실에 대하여 손장순과 박경리는 지나칠 정도의 혐오감을 노정하고 있다. 문학을 하든 그렇지 않든 간에 남자가 야망을 추구하는 것은 그들의 본성으로 접어두면서 여류는 순수한 여심을 가지고 진실을 찾는 사람이어야 한다고 말하는 것은, 여자에게만 가혹한 도덕률을 적용하는 성차별적 이중 기준의 전형적 사례라고 하겠다. 실제로 박경리는 병민의 야심에 대하여, 그리고 그 야심과 통하는 허영에 대하여는 다분히 관대한 태도를 취하면서 위선적이건 어쨌건 간에 명예를 중시하는 정원이라는 여자에 대하여는 과장으로밖에 볼 수 없는 기이한 성격을 입혀 놓았다. 고여사와 정원 같이 예술보다 예술가의 명성을 추구하는 사이비 예술가가 풍자의 대상이 될 수 있다는 것은 두말할 것도 없는 사실이다. 그런데 그것이 '여류'의 이원적 착란 심리와 결합하면서 이 작품들은 교묘하게 남성적 관점을 대변한다. 손장순과 박경리가 세칭(世稱) '여류'의 속물성에 대하여 비판하는 행위 자체는 문제 삼을 수 없는 바이나, 그 비판의 기준이 '순수한 여심' 혹은 '진실을 찾는 마음'이라는 관념적이고 남성적인 것이라는 점은 이 세속적 여류들과는 급이 다르거나 다르다고 생각하는 여류들의 착란 심리를 드러내는 증거로서 주목할 만하다. 도대체 '여심'은 무엇이고 '진실'은 무엇인가. 루더에 따르면 진실과 도덕성은 이미 성차별적·성별 분업적 어법으로 굳어 있는 말이다. 즉 "공적인 남성의 진실한 세계는 경쟁적 이기주의의 영역이며, 거기에서는 도덕성에 관해서 말하는 것이 「진실하지 않은」 것이 된다. 종교와 도덕성은 모든 진지한 공권력을 상실하도록 개인화되고 감상화된다. 도덕성과 종교는 가정의 영역, 여성의 영역이 된다.[124] 가부장제하에서 이러한 도덕성의 성별 분업을 그대로 추종하면서 그것으로 여성을 징벌하는 일에 아무런 문제의식을 가지지 않는 여성작가는, '여류'를 비판하는 작업을 통하여 스스로를 끊임없이 '여류'로 주변화시키고 있는 셈이다.

송원희의 1956년도 데뷔작 「화사(花蛇)」는 자주 초점을 잃고 멜로드라마 분위기로 흐른다는 약점을 가지고 있기는 하지만, 개인적인 콤플렉스와 불행을 예술로 승화시키는 여성 예술가의 정신적 고투(苦鬪)를 형상화하고 있다는 점에서 앞의 두 작품과는 구별되는 긍정성을 지니고 있다. 이 작품의 주인공 영채는 화가인 부친 슬하에서 자라 스스로도 화가의 길을 선택한 재능 있는 예술가이지만, 가부장제적 결혼을 통해 좌절과 번민(煩悶)을 경험한다. 현대의 한국 여성이 가부장제의 실체를 정면에서 맞닥뜨리게 되는 가장 분명한 계기는 대개 결혼인데, 이 작품 역시 그 점에서 예외가 아니다. 결혼생활 오 년에 겨우 두 번밖에 국전 출품을 못할 만큼 가정생활에 충실하려고 노력하는 영채건만, "여편네가 사회적으로 유명해진다는 것은 남편의 비위를 거슬리는 일에 지나지 않는다는 말을 주저없이"[125] 내놓는 남편과의 사이가 순조로울 수 없다. 그런데 아내더러 "예술가의 입에서 나오는 말보다도 주부다운 살림 걱정이나 해주었으면 좋겠"[126]다는 말을 예사롭게 하던 남편이 어느 날부터는 아내의 예술활동을 아주 이해해 주는

---

124) Rosemary Radford Ruether, *Liberation Theology*, 1973, p.23. 조세핀 도노번, 앞의 책, p.248에서 재인용.
125) 송원희, 「花蛇」, 『한국여류문학전집 4』, 한국교양문화원, 1978, p.197.
126) 위의 책, pp.196-197.

듯이나 격려하기 시작한다. "남편의 귀여운 아내가 되고 아이의 착한 어머니가 되면서도 남편만 이해해 준다면 넉넉히 그림 생활을"[127] 하고 싶은 영채의 욕심은, 남편의 속셈이 무엇이었는지를 알게 되면서 결정적으로 위기 국면을 맞는다. 남편은 아내의 예술적 성장을 지원하겠다는 마음이 있어서가 아니라 아내의 그림들을 직장 상사와 거래처 사람들에게 선물하고자 하는 이기적 의도에서 아내의 그림 작업을 다그친 것이었다. 거기다 회사 공금 유용한 것을 메우려고 아내의 그림 작업을 비정상적으로 재촉하던 남편은 결국에는 영채의 부친이 생존시에 가장 아끼던 작품으로서 영채가 소장한 유일한 유품까지도 내놓으라고 강요한다. 영채가 반발하자 남편은 가부장의 권위를 내세워 폭력적으로 아내를 제압하려 한다.

『아니 그게 여편네가 하는 말이야. 옳건 그르건 남편의 말에 복종하는 것이지.』

『……』

『그래 정말 못하겠단 말이지?』

『아버지 그림만은 못하겠어요.』

『네가 그런 생각이라면 당장 나가 버려. 남편이 죽게 됐는데 아버지의 그까짓 그림이 그리 중하단 말야.』

남편은 상기된 어조로 앞에 있던 재떨이를 거의 완성되어 가는 캔버스에 집어 던졌다. 그리고 방바닥에 깔린 모필을 모조리 재깍재깍 꺾어 버렸다.

『당장 나가지 못해. 나는 예술가고 마술가고 이런 것보다 내맘대로 복종해 주는 아내가 좋아.』[128]

---

127) 위의 책, p.197.

결국 영채는 아이를 데리고 친정에서 기거하며 그림을 그린다. 그러나 결혼생활 "오년 동안이나 잊었던 작가 생활을 회복하기 위하여 모든 정력을 예술에 기울"[129]인 결과는, 아이의 폐결핵과 뒤이은 죽음이다. "예술을 한다는 것은 이렇게 그 댓가가 커야 하는지"[130] 영채는 묻는다. 심지어 "내가 남편에게 순종하지 않았기 때문에 아이의 죽음이 온 것이란 말인가?"[131] 하는 생각까지 해본다. 이제 예술적 재능은 여자의 삶에서 '축복'이 아니라 '저주'로 화한다.

　　영채는 남편의 화신이면서 가부장제의 화신인 뱀이라는 생명체와 영혼의 차원에서 대결하여 예술작품으로 승화시킨다. "귀여운 자식을 빼앗아 간 그 배신, 증오, 그리고 통속적인 인습의 덩어리인 그러한 모든 것들이 한꺼번에 작품 화사(花蛇)를 완성케 한 것이다."[132] 그 그림이 국립박물관에 영구 소장된 것을 계기로 영채는 미술평론가 동훈과 사귀게 된다. 아내와의 이혼도 불사하겠다며 적극적이던 동훈의 태도는 아내가 결혼 십 년 만에 득남(得男)하자마자 이혼 불가로 바뀐다. 영채는 동훈을 "칠면조같이 조석으로 변색하는 기변적(機變的)인 사이비(似而非) 현대인"이라고 몰아붙이고 결별을 선언한다. 이제 예술가 영채에게는 남편의 화신인 뱀과 대결했던 것처럼 동훈의 화신으로서의 칠면조와 혼신의 대결을 벌이는 일이 남아 있다. 소설의 결말은 실연의 아픔과 동훈의 환상 속에서 허덕이던 영채가 칠면조라는 대상을 작품화

128) 위의 책, pp.199-200.
129) 위의 책, p.201.
130) 위의 책, p.202.
131) 같은 곳.
132) 위의 책, p.204.

하기 위해 마침내 떨쳐 일어나는 것으로 되어 있다.

1971년에 나온 송원희의 첫 번째 창작집 표제작이 되기도 한 이 작품 「화사(花蛇)」는, 50년대 여성문학의 맥락 안에서 상대적으로 주목할 만한 주제의식에도 불구하고 이 작가의 고질(痼疾)인 미숙한 문장 운용능력과 통속적 서술방식으로 말미암아 여성예술가소설로 내세울 만한 작품성을 갖추지 못하고 말았다.

2. 수필에 나타난, '여류'의 자기 이미지

이 시대 대부분의 여성작가는 '가정주부 겸임 작가'였다. 자초했건 타의에 의해서건 '가정주부 겸임 작가' 노릇을 하지 못한 일부 여성작가들은 죄의식과 소외감에 시달리곤 했다. '가정주부 겸임 작가'란 무엇인가. 그것은 우선 원고료로 생계를 잇는다는 것이 거의 불가능하고 교육받은 중산층 출신의 성인 여성에게 흡족한 일자리가 없을뿐더러 사회 분위기도 전적으로 가정에 충실하기를 강권하던 시대의 여성작가가 가정주부로서 생존의 입지를 세운다음, 그 토대 위에서 후차적(後次的)으로 글을 쓴다는 의미이다. 사생활 문제로 비참한 말년을 맞기는 하지만, 나혜석조차 기혼(旣婚) 여자 화가로서 자신의 삶을 다음과 같이 서술한 바 있다.

R의 화도(畵道)는 전문이란 것보다 이런저런 일한 여가의 부업이다. 걱정 없는 생활에, 사이 좋은 부부에, 재미있는 자식들에 무엇이 그리우랴마는 그림을 그린 후의 쾌감이란 말할 수 없다. 그리하여 비단옷을 무명으로 입으며 화구(畵具)를 사고 틈을 타서 그림을 그

린 것이다. 이것이 자기 기분도 새롭게 할 뿐 아니라 때로는 가정이
쾌활해진다.[133)

즉 R('羅'의 영문 이니셜)에게 예술은 주부로서의 일을 다 하고
여가에 하는 부업이며, 주부로서 더 이상 결핍된 것이 없는 바이
나 그림을 그린 후의 쾌감이 워낙 크고 그것이 주부 본인이나 가
정의 분위기 쇄신에 도움이 된다는 말이다. 실로 가부장제로서도
용납하지 않을 수 없는 수준으로 예술적 자아의 자존심을 숨긴
협상이다.

물론 우리는 이 글을 액면 그대로 믿어서는 안 된다. 아무리 수
필이 작가의 개성과 인간성을 두드러지게 드러내는 솔직한 글쓰
기 양식이라 할지라도 모든 글쓰기란 기본적으로 전략적인 행위
이기 때문이다. 또한 글쓴이가 생각하고 표현하고 구축(構築)하는
'자기'란 그 시점에 호출된 어떤 정체성일 뿐, 삶의 시공(時空)이
달라지면 얼마든지 변화할 수 있고 실제로 변화하는 수많은 '자기
들' 중의 하나인 것이다. 버지니아 울프의 말처럼 "아직까지 진실
한 자서전을 쓴 여성은 거의 없다."[134) '여류'의 자기 이미지를 고
찰하기 위하여 수필 텍스트를 검토할 때에도, 거기 나타난 이미지
가 글 쓰는 주체에 의해 어느 한정된 순간에 호출된 전략적 정체
성이라는 사실을 우리는 염두에 두어야 한다.

가정주부 겸임 작가들의 특징을 알아보기 위해 손소희의 『한국
문단인간사』에서 발췌한 다음 인용문을 살펴보자.

133) 이상경 편, 「화가로 어머니로 나의 10년간 생활」, 『나혜석 전
     집』, 태학사, 2000, p.345.
134) 캐롤린 하일브런, 김희정 역, 『셰익스피어에게 누이가 있다면』, 여
     성신문사, 2002, p.13.

6·25가 나던 그해의 5월이었던가. 서울시의 부시장(副市長)으로 있던 모씨(某氏)로부터 글쓰는 여류들이 무더기로 초청을 받았다. 당시 신출내기였던 나에게도 거기 끼이도록 초대가 왔다.

그날 장덕조선생은 엷은 보라빛 겹옷을 입고 있었던 것으로 기억하는데 부군이 국회의원 선거전에서 패배해 부채를 지고 있다고 듣고 있었고, 집을 날려 버려서 새로 자신들의 땅에 집을 짓고 있다고도 듣고 있었다. 그래서 남방(南方) 여자같이 보라빛으로 얼굴도 그을어 있었다.

「모두들 생활하시기에 어려우실 줄 압니다. 특히 작가와 주부를 겸하고 있는 여러분들의 고충은 더욱 크신 줄 압니다. 그 중에서도 그 중 어려운 점이 어떤 것인지 들려주시면 힘 자라는 데까지 도움이 되었으면 해서 오늘 여러분을 이 자리에 나오시게 했습니다.」

부시장 모씨의 그날 모이게끔 한 이러한 취지 설명이 있었다. 그러나 선배작가들의 요구사항은 전기불이 들어오지 않는다, 수돗물이 나오지 않는다, 하는 따위, 일반적인 주문뿐이었다. 이때 장덕조선생은 웃음섞인 목소리로

「쌀이 그 중 아쉽지요, 무엇보다 아쉬운 건 쌀이에요.」

까맣게 탄 얼굴에 그녀는 새하얀 이빨을 보이며 이렇게 말했다. 그러자 선배작가들은 한결같이 티격태격, 장선생의 발언에 불만을 표시하는 표정들이었다.

「우리는 아이들이 많아서 그래.」

장선생이 다시 이렇게 답변하자

「그런 건 개인 사정이지 않아?」

노천명선생의 반박이었다. 장선생은 그만 자리를 떴던 것도 같은데, 그때 나는 속으로 은근히 장선생 편이었다. 그러한 고충을 듣기 위해 초대된 자리였던 만큼 본인의 솔직한 생활의 변을 삼자가 탓할 권리가 없다고 생각되어서였다. 아기자기한 미모(美貌)의 주인공이었으며 그녀의 발랄한 재기(才氣)와 가정을 위한 희생적인 봉사에도

이겨낼 수 없었던 그 당시의 각박한 현실을 장선생은 사실대로 토로
했을 뿐이었다고 그 뒤에도 나는 그날에 있었던 그 장면을 회상하며
보릿고개를 위해 쌓아둔 우리집의 쌀 열 가마를 마음 든든히 쳐다보
곤 했던 것이다.[135]

서울시에서 여성문인들의 생활에 특별한 관심을 가졌다는, 오늘
날의 사고방식으로는 상상할 수 없는 일을 분석하기에 앞서 우리
는 『여류문학』 제2집의 좌담회가 서울시청 귀빈실에서 서울시장
과 여류문인들과의 대화 형식으로 진행되었던 것을 기억해야 한
다. 1940년대 일제의 전시 총동원 체제하 관제 선전활동에 동원되
고 수혜자가 되었던 경험을 가진 모윤숙, 최정희 등이 여성문단의
원로이자 영향력 있는 선배로 활동하던 시대이니만큼 당시의 주
류 여성문인들은 국가에 의해 동원되는 일에 별다른 저항감을 보
이지 않았다. 또한 국가의 입장에서도 이 '여류명사'들은 전시국가
혹은 준전시국가의 후방에서 각종 관제 행사의 이채(異彩)를 돋
우는 '자원'으로서 특별한 사용가치를 지닌 존재들이었기 때문에
적극적인 활용 의지를 보일 수밖에 없었다. 물론 이런 사정은 당
시 문단 권력의 핵심에 포진하고 있던 주류 남성문인들에게도 마
찬가지로 적용된다.

아이가 많은 까닭에 무엇보다 아쉬운 것은 쌀이라는 장덕조의
솔직한 발언은, 노천명을 비롯한 여류들의 불만을 산다. 전깃불,
수돗물 같은 것은 사변 직전의 사회경제적 조건에서 문화적인 의
미를 가진 의제이지만, 쌀은 생존과 직결된 일차적인 물질이기에
예술가에게는 수치스런 의제라는 식의 의미맥락에서 나온 불만일

135) 손소희, 『한국문단인간사』, 행림출판, 1980, p.264.

것이다. 그러나 손소희는 마음속으로 장덕조의 편을 들었는데, 그 것은 손소희 자신이 살림하는 주부의 처지에서 쌀의 의미를 알고 있었기 때문이다. 이 수필에서 유추할 수 있는 당대의 '여류' 이미지는, "발랄한 재기(才氣)와 가정을 위한 희생적인 봉사", 두 가지를 필요조건으로 갖춘 여성이다.

이러한 이미지에 가장 전형적으로 들어맞는 작가라면 향정(香庭) 한무숙을 꼽을 수 있을 것이다. 손소희의 수필을 한번 더 인용하도록 하자.

어느날 한무숙씨와 거리에서 만났다. 한여사는 서울에서 처음 만났을 때보다 훨씬 아름다웠다. 그때가 47년이던가 48년이던가 분명치 않으나 「역사는 흐른다」의 당선작가라는 소개를 누구에게선가 받고 인사를 나누었다. 키도 몸집도 자그마한 약간 가냘픈 인상의 아주머니였다. 시집갈 때 해갔을 성싶은 짧지 않은 연륜에 쩔어 보이는 노리께한 당항라 겹저고리의 인상은 아직도 눈에 선하다. 그 당항라 겹저고리가 안겨준 인상인지는 모르지만 알뜰한 주부라고는 첫눈에 알 수 있었다. 그 한무숙씨와는 비교적 자주 부산서 만나게 되었다.

그녀는 속필에 달필이고 문장이 정확하고 기억력이 놀라와서 이야기도 무진히 많은 데다 손으로는 뜨개질을 그야말로 기계적으로 하고 눈으로는 영어사전을 더듬고 입으로는 그것을 외는 등 다른 사람의 한 시간을 두 시간 혹은 그 이상으로 활용하는 빈틈없이 부지런한 주부이며 작가였다. 성격은 너무 다소곳해서 자신의 비위에 상당히 거슬리는 경우라도 저항이나 반발 대신 얌전히 자신을 제어하는 편이라고 알고 있는데, 요즘은 어떨지?[136]

---

136) 위의 책, p.115.

인용문의 진술대로라면 한무숙은 거의 믿을 수 없을 정도로 "빈틈없이 부지런한 주부이며 작가"로서 가히 완벽한 여류 이미지의 체현(體現)이라 할 만하다. 한무숙 추도(追悼) 문집에 실린 강신재의 글을 살펴보면, 예술가는 "창작생활을 생(生)의 한가운데에 고정시키고 그 밖의 모든 것을 부정하는" 파멸형과 그 반대의 유형이 있다. 한무숙은 그 반대 유형의 극이라 할 만한데, "여인으로서 아내로서 어머니로서 놀라운 완벽함을 발휘"했다는 것이다. 강신재는 자기 스스로도 "글을 쓰는 인간이면서 식구들이 무엇을 먹는지, 무엇을 입는지가 원고 마감만큼이나 중대사로 여겨지는 부류"라고 밝히면서, 그런 맥락에서 한무숙의 존재가 "말 그대로 귀감"이었다고 말한다.[137]

이제 한무숙 자신의 수필집, 『열 길 물 속은 알아도』와 『내 마음에 뜬 달』에 나타난 자기 진술을 토대로 한무숙이라는 완벽한 여류의 이미지에 대하여 좀 더 자세히 논의해 보자.

한무숙은, 한편으로는 관습에 철저하면서도 한편으로는 개명한 양반인 부모 슬하에서 그림 공부를 하며 부산고등여학교를 졸업한 신여성이었다. 그러나 동문생(同門生)인 양가의 부친들이 술자리에서 결정한 혼인에 불가항력으로 순종해야 했다는 점에서는 구여성과 다를 바 없는 존재이기도 했다. 양가가 다 소론 집안으로 동색(同色) 혼인이어서 어른들이 좋아했었다는 작가의 누차에 걸친 회고는, 이 결혼이 얼마나 가문 대 가문의 결합이라는 전근대적 결혼의 공식에 충실한 것이었나 일러준다.

누대(累代) 봉사(奉祀)의 대종가에서 층층시하의 시집살이를 한

---

137) 강신재, 이호철·김진홍 편, 「문학도, 생활의 질서와 기품도 완벽」, 『풍요한 부재』, 한무숙재단, 1993, p.69.

한무숙은 새벽부터 한밤중까지 앞치마를 벗지 못하는 고달픈 노역부였을 뿐, 말하고 생각하는 사람이 될 수 없었다. 수하자(手下者) 유구무언(有口無言). 며느리는 어른의 말을 따르고 어른의 생각을 새기는 존재였지 스스로 말하고 생각할 수 없는 자리에 있었다. 그러나 신여성과 구여성을 한 몸에 지니고 있었던 작가 한무숙은 "순명하면서 불령한" 며느리였다. "티끌만큼도 어기는 일 없이" 유교식 전통 양례(襄禮)를 치르면서도 속으로는 그것이 "번쇄를 극한 무의미한 허식투성이"[138]라고 생각하는, 분열된 자아의 여자였다. 빼앗긴 말과 말로 표현하지 못하는 생각은 초자아의 힘이 약해지는 심야에 한꺼번에 표출되는데, 그것이 원래는 그림을 그렸던 이 작가를 문학으로 이끈 동력이었다. 그림이나 문학이나 자기표현의 수단이자 자기 구원의 수단이라는 점에서는 동일하지만, 한밤중에 피로에 지친 허약한 몸으로 시집 식구들 몰래 누워서 할 수 있는 일이란 연필 한 자루와 갱지만 있으면 가능한 글쓰기밖에 없었다.

그러나 한편 인생이란 결국 '살다 죽었다'라는 한 마디로 요약할 수도 있다. 더구나 눈이 빙빙 돌도록 바쁘면서 언제나 같은 모양으로 되풀이되었던 괴롭고 고달프고 단조로웠던 그 숱한 나날의 역사는 하루의 결과만을 적는 것으로 족했다. 그리고 그 어둡고 무거운 잿빛의 계절은 끝이 없는 것 같았다.

그래도 나는 열심히 살았다. 무슨 목표를 향해서가 아니다. 행복에의 의지라든가 희망 같은 것은 아예 없었다.

오히려 나는 철저하게 내 불행을 완성시키기 위하여 자학에 정열을 쏟음으로써 냉소적인 역설의 독이 가득 찬 처절한 삶을 살고 있

---

138) 한무숙, 「불씨」, 『내 마음에 뜬 달』, 을유문화사, 1992.

었다.

그러면서 전시하에서 사람의 손이 모자라 약한 며느리가 쩔쩔매고 있는데도 많은 하인들을 거느릴 때와 크게 다르지 않은 어른들의 생활 태도에서 오는 몰인정과 필요 이상의 과로, 가치관의 차이가 빚어내는 크고 작은 알력 등이 서글퍼서, 억울해서, 하고 싶은 말이 너무 많아서, 낮에는 죽였던 감정을 깊은 밤에는 불러일으키는 버릇이 생겼다.

내가 하는 일, 당하는 일, 내 주위에서 발생하는 모든 일이 여전히 남의 일 같이만 느껴지면서 의식의 밑바닥 깊숙이 겹쳐진 채 깔려 있는 갈피 속에서 무엇인가가 '이것이 아닌데 이런 것이 아닌데' 하며 절규하는 소리가 들렸다. 인간답게 살고 싶다. 내 의지가 참가하는 인생을 살고 싶다 - 이 절규는 들리지 않는 소리였으나 내 심정의 음량을 최고로 높인 것이었다.[139]

인용문에서 보이듯 한무숙은 열심히 살기는 살고 있으되 그것이 "철저하게 내 불행을 완성시키기 위해서 자학에 정열을 쏟음으로써 냉소적인 역설의 독이 가득 찬 처절한 삶을" 살고 있었다. 니체의 말대로 바깥을 향하여 내뿜어지지 못한 원한이 자기 자신을 향할 때 이러한 자학적 내면이 만들어지는 것일 터이다. 이 대목에서는 "자학적인 면을 다분히 지닌 나"[140]를 고백한 임옥인의 수필이 연상되기도 한다. "내가 하는 일, 당하는 일, 내 주위에서 발생하는 모든 일이 여전히 남의 일 같이만 느껴"지던 이 소위 '실내(室內)'[141]는 그렇게 "낮에는 죽였던 감정을 깊은 밤에는 불러일

139) 한무숙, 「불씨」, 『내 마음에 뜬 달』, 을유문화사, 1992, pp.33-34.
140) 임옥인, 『나의 이력서』, 정우사, 1985, p.118. 이 수필은 3장에서 임옥인의 소설작품을 논의할 때에 다시 인용하겠다.
141) '실내(室內)'는 남의 아내를 점잖게 이르는 말이다. 고은은 「실내

으키는 버릇"으로 신문사 장편소설 공모에 당선된다. 이 작품을
통해 작가는 영락한 대가였던 시가(媤家)의 관습과 제도에 대한
비판을 은연중에 감행했으며, 찰스 디킨즈처럼 "고마웠던 사람의
이름은 존경받는 긍정적 인물에게, 악했던 사람의 이름은 작중의
악인들에게"[142] 붙여줌으로써 문학적인 복수를 거행하기도 했다.

여류는 품행이 단정하건 추문이 요란하건 간에 작가로서 작품
으로 평가받기보다는 훨씬 더 많은 경우에 그 단정한 품행 혹은
요란한 추문으로 평가받는다. 한무숙 역시 그러한 여류의 딜레마
에 봉착했던 작가이다.

　　내가 아직 문단의 햇병아리 시절이던 20대 중반, 그러니까 그것이
1955년이던가 1956년이던가. 그 즈음이었다. 어느 날, 무슨 출판회던
가 망년회던가 아무튼 문인들 모임에 오라고 하여 쭈뼛쭈뼛 나갔더니
학교 때 은사님이시기도 한 고 이무영 선생님이 그 특유의 주름진 떫
은 얼굴로 나에게 오라고 손짓하시더니 다짜고짜로 물으시었다.
　　"너, 한무숙 씨라고 아니?"
　　나야 그때는 더구나 한국 문단뿐 아니라 부끄럽게도 한국 문학,
한국 작가에 관해서도 아는 것이 거지반 없는 형편이었다. 그저 눈
만 껌뻑거리고 있자니까,
　　"나도 이름만 알고 있었지. 남편이 뭐 은행의 높은 사람이라던가
그러길래 그냥 그런 여류이겠거니 했는데, 흠 좀 묘한 작가더구나.
너도 기회가 생기면 만나 봐."[143]

　　작가론」(《월간문학》, 1969. 11)에서 강신재의 소설이 생활과 남
　　성, 희망을 기피하고 있다고 강도 높게 비판한 바 있다.
[142] 한무숙, 「작중 인물의 이름을 지어 준다」, 『열 길 물속은 알아도』,
　　을유문화사, 1992, p.307.
[143] 구혜영, 「신묘한 명륜장 여주인」, 한무숙, 『빛의 계단』, 을유문화

구혜영의 은사 이무영이 구혜영에게 했다는 "그냥 그런 여류"라는 말에는, '먹고 살 만하니까 문학소녀적의 꿈이나 이루어보려고 등단하여 사상적 깊이는 없이 감각적인 문체나 그런대로 뽐내는 허명(虛名)의 작가'라는 속뜻이 숨어 있다. 재미있는 것은, 다른 인사들의 한무숙 회고에서도 한무숙을 알기 전에는 공통적으로 그런 편견을 가지고 있었다는 고백을 발견할 수 있다는 점이다. 이러한 편견에는 한무숙의 남편이 은행장이라는 사실도 한 몫을 단단히 하는데, 남성작가를 아내와 연관시켜 평가하는 경우는 거의 없는 반면 여성작가에 관해서는 그 작가의 대표작보다도 남편이 무슨 일을 하는 사람인가가 문단 사람들의 관심사가 된 당시의 상황을 잘 보여주는 삽화이다. 뒤늦게 『역사는 흐른다』를 읽은 이문구가 "우리가 홍명희의 〈임거정〉에서 사대부와 불한당의 면면을 통해 양극에 치우친 민족어와 풍속을 발견한다면, 이 작품에서는 그 양극에다 폭넓은 중간 계층을 더하여 보다 평균적인 민족 문화를 발견하게 되는 것이며, 우리의 전통 문장을 가늠하는 전거를 민족어의 구사력에 두고 볼 경우, 홍명희의 문장은 먹의 선이 굵은 백묘화(白描畵)의 부성적인 정서로, 한무숙의 문장은 색의 선이 섬세한 담채화의 모성적인 정서로 좌우에 우뚝한 쌍벽임을 거듭 확인하게 되는 것"[144]이라고 고평(高評)하기도 한 한무숙은 남편의 후원과 자녀들의 성공으로 다복한 일생을 살았다는 측면도 있지만, 그런 작품 외적 사정 때문에 작품 자체에 대한 진지한 접근이 종종 차단된, 한 사람의 작가로서는 억울한 경우에

사, 1992, p.335.

144) 이문구, 「민족의 숨결로 승화된 언어」, 한무숙, 『역사는 흐른다』, 을유문화사, 1993, p.365.

해당하는 것이다.

정연희는 가부장제의 기본적인 규범에 충실하면서 작품활동을 했던 이 시대의 주류 여성작가들 사이에서 나혜석의 경우와 유사한 스캔들을 일으켜 화제가 되었던 이색적인 작가이다. 「젊은 날의 일기」에 따르면 그녀는, 아들을 잃고 상심에 찬 모친의 반갑지 않은 딸로 태어나 모녀간의 애착 관계 형성에 실패함으로써 자기의 존재에 대한 긍지를 가지지 못했다. "제 오라비를 잡아먹고 태어난 불길한 딸"이라는 꼬리표를 달고 살면서, 이 심약한 소녀가 유일하게 존재의 의미를 찾을 수 있었던 행위는 글쓰기였다. "태어나는 순간부터 사랑에 대한 갈증을 못 채우고, 뒤미쳐 전쟁의 소용돌이 속에서 온갖 비정, 불합리, 회의와 갈등에 시달리면서 나는 오직 종이와 연필 한 자루로 나를 달래는 방법을 터득했다. 인식認識의 창문이 열리지 않아 딱지가 떨어지지도 않은 상태에서 나는 그것만이 구원이라 믿고 글을 썼다."[145] 그리고 대학을 졸업하던 해에 "사랑을 받을 길이 없는 가난한 친정을 탈출하기 위하여 결혼이라는 인습의 굴레를 찾아"[146] 떠났다. 가족의 굴레를 떠나기 위하여 더욱 강고(强固)한 굴레를 찾아든 것인데, "그 울타리는 전류가 흐르는 가시철망이었다. 그것을 깨뜨려 부수고 빠져나왔을 때 내 전신에서는 낭자하게 피가 흐르고 있었고, 옷은 갈기갈기 찢겨져 수치스러운 곳을 가릴 수가 없이 되어 있었다."[147] "지금으로부터 27년 전 합의이혼을 한 나에게 맹렬한 비난이 쏟아

---

145) 정연희, 「젊은 날의 일기」, 『예술가의 삶: 그대 강물에 꽃잎으로 흘러』, 혜화당, 1994, p.47.
146) 위의 책, p.47.
147) 위의 책, p.50.

졌고, 말 좋아하는 사람들에게 전염병 보균자 취급을 받았다."[148] 뒤이어 간통죄로 피소된 정연희는 실정법에 의한 징벌은 물론 여러 가지 유형·무형의 징벌을 견뎌야 했다. 정연희는 그러한 일련의 시련을, 많은 여성들이 그렇게 하는 것처럼 가부장제 종교에 의탁하는 것으로 극복한다. 왕수영의 「시련(試鍊)」에서 확인했던 바, 가부장제 종교는 모든 비극과 불행의 원인을 자기 자신의 탓으로 돌리게 하여 세상을 향한 분노를 진정시킨다. 정연희 역시 그녀의 삶과 문학을 규정하는 키워드로서 '죄의식'에 사로잡힌다.

> 그러나 친구여. 나는 동정자를 필요로 하지 않는다. 이해와 용서를 요구하지도 않겠다. 지금 어느 누구도 내 손을 붙들어 줄 수 있는 사람은 없다. 나는 손을 내어 밀지도 않을 것이다. 형벌도 고통도 누구에게 나누어 줄 수 있는 것이 아니지 않는가. 죄는 혼자서 짓는 것. 공범이 있다면 행동에서 뿐이다. 그리고 형벌 또한 혼자서 받아야 하는 것. 나는 지금 어느 누구도 만날 수가 없다. 다만 나의 죄의식을 통하여, 죄가 지니는 고립성을 통절하게 반추反芻하며, 죄의식 속에서만 사련邪戀의 연대의식도 없이 너무도 호젓한 나 하나를 응시하고 있는 것이다. 존재와 죄와 외로움. 존재는 그것 자체가 죄요, 죄란 외로운 것이다.[149]

"존재는 그것 자체가 죄요, 죄란 외로운 것이다." 이 명제야말로 정연희의 문학을 관통하는 일관된 주제의식이다. 그리고 문학은 이 죄의식으로 가득 찬 존재를 위안하고 구원하는 한 방법이었던 것이다.

---

148) 같은 곳.
149) 위의 책, p.111.

정연희와는 다른 사례이지만, 박경리 역시 이 시대 여성문단의 주류였던 가정주부 겸임 작가들과는 일정하게 거리를 둔 작가이다. 둘 사이의 차이는, 정연희가 당대 문단 최고의 스캔들을 일으키기는 했어도 최정희의 경우처럼 그 '여류다운' 포즈로 남성문인들과 좋은 사이를 유지하면서 소위 '여류'의 아비투스를 진하게 공유하는 쪽이었다면, 전쟁통에 남편을 잃고 어린 딸과 노모의 생계를 떠맡은 박경리는 생존의 문제에 누구보다도 절박하게 천착하지 않을 수 없는 상황이었기 때문에 누구보다도 절박하게 '선차적(先次的)으로' 글 쓰는 일에 매달린 작가였다는 것이다.

재미있는 것은 박경리가 박화성의 회갑 기념집 출간사업이나 『여류문학』 좌담회 같은 데에 참여하지 않았고 『여류문학』에 작품을 싣지도 않았다는 사실이다. 그러나 박경리는 여류문학인회 정회원이었고, 『한국여류문학전집』에 자선(自選) 대표작들을 실었으며, 장편소설 『시장과 전장』으로 제2회 여류문학상을 수상했다. 박화성처럼 '여류'라는 명칭에 대하여 문제제기를 한 적도 없었다. 박경리가 55년에 등단하여 69년 대하소설 『토지』의 집필에 돌입할 때까지 전후의 대표적인 '다작(多作)'의 작가였다는 사실은, 박경리가 특별한 문제의식이 있어 여류문학인회 활동에 적극적이지 않았다는 추론보다는 원고료로 생계를 꾸리는 일에 너무 바빠 다른 문단활동 같은 것은 돌아볼 여유가 없었다는 추론에 무게를 싣는다. 그리고 삶이 행복했다면 결코 글을 쓰지 않았을 거라는 이 작가의 평소 발언으로 미루어 볼 때, 남편과 자식에 대한 자랑이 난만할[150] 것이

---

150) 가령 최미나의 회고에 따르면, 한무숙은 "자랑이 늘 꽃처럼 난만했다. 조상에 대해, 부군과 자녀들, 그리고 그분 자신에 대해 자랑이 끊이질 않았다. 오죽했으면 그분의 별명이 '한 자랑'이었을까."

분명한 부르주아 주부들의 모임에 참석한다는 것은 자존심이 용납하지 않는 일이었을 수 있다. "자신의 존엄에 상처를 받았을 때, 심정적(心情的)으론 생명을 내거는 지경까지 가는 나를 나는 제어(制御)하지 못한다"[151]고 말할 정도로 너무 강하여 상처받기 쉬운 자존심을 가진 작가가 박경리였던 것이다.

그랬기에 박경리는 가정주부 겸임 작가에 대한 세간의 선망에 대하여 다음과 같이 시큰둥한 반응을 보인다.

> 내가 원주에 처음 내려왔을 때의 일이었습니다. 어떤 가정주부가 내게 와서 자기도 문학공부를 하고 싶다는 것이었습니다. 문학으로 명성도 얻고 돈도 벌고 괜찮은 직업 아니겠느냐, 또 다른 가정주부 한 사람은 소설가와 대학교수는 여자 직업으로 괜찮다, 가정과 직업을 양립할 수 있으니까 내 딸도 그 방면으로 보내겠노라 하고 말하는 것이었습니다. 나는 듣기만 하고 말대꾸를 하지 않았습니다.[152]

이제 지금까지의 논의를 종합해 보면, 이 시대 여성작가들은 한무숙의 경우처럼 가정과 직업을 양립하고자 했고 그렇게 함으로써 문단에서 살아남을 수 있었다. 그러나 가정과 직업을 양립한다는 바로 그 사실 때문에 늘 진정한 예술가로는 대접받지 못하고 '여류'로 주변화되었다. 이 시대 여성작가들이 수필문학을 통하여 드러낸 자기 이미지는, 우선 자신이 가정에 충실한, 혹은 충실하고

이호철·김진홍 편, 최미나, 「자랑이 꽃처럼 난만해」, 『풍요한 부재』, 한무숙재단, 1993, p.269.
[151] 박경리, 「나의 문학적 자전」, 『꿈꾸는 자가 창조한다』, 나남, 1994, p.137.
[152] 박경리, 「문학, 그것은 무엇인가」, 『문학을 지망하는 젊은이들에게』, 현대문학북스, 2000, p.19.

자 노력하는 주부라는 것이다. 그러나 이들은 그렇게 말하는 한편으로 "내가 하는 일, 당하는 일, 내 주위에서 발생하는 모든 일이 여전히 남의 일 같이만 느껴지면서 의식의 밑바닥 깊숙이 겹쳐진 채 깔려 있는 갈피 속에서 무엇인가가 '이것이 아닌데 이런 것이 아닌데'하며 절규하는 소리"153)를 듣는다. 가부장제하의 주부로서의 삶이 전연 남의 삶 같이만 여겨지는 돌연한 직관의 순간이야말로 이들로 하여금 문학을 하게 하는 힘이요, 이들의 문학이 진정성의 일단을 확보하는 지점일 것이다.

3. '여류문학'의 전개 양상과 특성

1) 성의 금기에 대한 '규수작가'의 도전

남자들은 신남성과 구남성이라는 대립 범주로 구분되지 않는다. 구한말, 단발에 양복 차림의 개화꾼과 '영위무두인(寧爲無頭人) 무위단발인(無爲斷髮人)'하던 수구파는 명백히 구분되는 사람들이었지만, 그것은 어디까지나 그들의 정치적 선택이었다. 나라가 일제에 강제 합병된 후에는 수구파들조차도 다투어 신교육을 받거나 유학을 떠났다. 그들은 변화하는 시대에 권력을 유지하거나 쟁취

---

153) 한무숙, 「불씨」, 같은 곳. 나혜석 또한 앞서 인용한 수필, 「화가로 어머니로 -나의 10년간 생활-」(이상경 편, 『나혜석 전집』, 태학사, 2000)에서 "구미 만유 생활"을 언급할 때는 '여가에 하는 부업으로서의 예술' 운운하던 태도를 완전히 뒤바꾸어 "나의 생활은 그림을 그릴 때 외에는 전혀 남을 위한 생활이었다. 속에서 부글부글 끓는 마음을 꾹꾹 참으며 형식에 얽매어 산 것"이라고 말한다.

하기 위해서는 무엇을 해야 하는지 알았고 그것을 행동으로 옮겼다. 그들은 조혼한 구식 부인을 두고도 신여성들을 대상으로 근대의 한 제도인 낭만적 사랑에 취하기도 했다. '신'과 '구'가 한 남성의 삶에 비교적 평화롭게 공존할 수 있는데 남자들이 굳이 신남성과 구남성이라는 대립적인 범주에 스스로를 끼워 맞출 필요는 없는 것이다.

여자의 경우는 달랐다. 여자는 이문열의 소설 제목『선택』처럼 스스로의 진로를 '선택'할 수 있는 사람이 아니었다. 여자의 길은 오직 부도(婦道)밖에 없었고 그것을 거부한다는 것은 현실적으로 불가능한 일이었다. 구한말이라는 혼돈의 시기에야 비로소 여자에게도 선택의 가능성이 열리는데, 근대의 교육제도, 곧 학교가 여자를 유혹한 것이다. 반가의 여자들에게 그 유혹이 거대한 공포에 지나지 않았던 반면, 피지배계급이었으므로 기존 체제에 집착이 덜한 상민이나 천민 계층에서는 여자들의 교육에 개방적이었다. 그러한 상황은 문학작품 속에서도 여러 번 형상화되는데, 가령 김동인은 「김연실전」에서 학교교육을 받은 신여성들의 출생신분이 대부분 천한 것을 두고 공개적으로 조롱하며, 한무숙은 본격적인 문단 데뷔작『역사는 흐른다』, 단편소설 「생인손」 등에서 근대교육의 전도사격인 권학대(勸學隊)를 피해 숨기에 바빴던 양반집 딸들이 그 범절과 교양에도 불구하고 어떻게 근대의 음지로 물러나게 되는지 생생하게 그려낸다.

> 더구나 규중 처자들을 붙들어다 핵교(學校)라는 데 끌어가는데 핵교에 가는 날이면 야금야금 진이 빠져 살아서 손각씨 귀신이 된다구들두 했습죠.

그래서 권학대(勸學隊)라는 사람들이 가가호호 찾아 다니며 처녀들 공부시키자고 아무리 애를 써두 뼈대 있는 댁에서는 막무가내루 따님들을 내놓지 않았습죠. 공책두 거저 준다, 신발두 거저 준다, 가르치는 것은 물론 거저다 해두 막무가내입죠. 야중에는 집집마다 뒤지다시피 했사와요. 그 권학대가 교동에두 나타났었지오닛가. 병오년이니깐 작은아씨두, 이제 쉰네는 제 딸년을 작은아씨루 부르구 있었습죠. 간난이두 열세 살이 되어 있었사와요. 과년한 처녀 있는 집에선 그네들 낌새만 봐도 딸들을 머리카락두 보이지 않게 꼭 숨깁지요.[154]

대갓집 누대종 언년이가 자신의 딸과 상전의 딸을 몰래 바꿔놓는 것으로 두 여성의 운명은 엇갈리게 된다. 졸지에 양반집 작은아씨가 된 언년이의 딸은 부덕과 법도를 익혀 역시 반명가에 시집을 가기는 했으나 낙탁을 거듭하는 구식 양반의 행로를 따라가다 마침내는 식모로까지 전락한다. 이에 반해 권학대를 따라 몰래 도망쳐 첨단의 신교육을 받은, 원래는 상전의 딸이지만 공식적으로는 언년이의 딸인 정간난은 대학교 총장으로 성공한다.

요컨대 신여성은 학교 제도의 산물이었다. 규방이라는 폐쇄 공간을 벗어나 공공장소에서 외간남자들과 교류하며 자유연애를 실천하는 그들의 모습은 당시 사회에 엄청난 충격이었다.[155] 여자의 삶에서 '신'은 '구'와 사이좋게 공존할 수 없었다. 구여성이 시대의 조류에서 밀려났다면, 신여성은 시대의 조류에 함몰되었다. '애경 없는 부부는 일종의 상행위'요 '매음'이며 '간음'[156]이기 때문에 혁

---

154) 한무숙, 「생인손」, 『한무숙문학전집』 제6권, 을유문화사, 1992, p.309.
155) 이 충격은 범세계적인 것이어서 영국의 New Woman, 중국의 新婦女, 일본의 新婦人 등은 모두 남성 상대어가 없는 독자적 신조어였다. 최혜실, 『신여성들은 무엇을 꿈꾸었는가』(생각의나무, 2000) 참조.
156) 이광수, 「신생활론」, 『매일신보』 1919. 9. 6-10. 9. 최혜실, 위의 책,

파하고 낭만적 사랑에 기반한 새로운 결혼을 해야 한다는 자유연 애론은, 이광수가 주장하고 실천할 때는 근대적 지식인의 자기 확립 행위였지만 신여성이 주장하고 실천할 때는 나쁜 혈통과 환경으로 인해 일탈한 여자들의 '무섭은 獨斷的偏見'[157]이었다. 대학교 총장으로 성공하는 「생인손」의 정간난과 같이 극소수 신여성의 예외적인 성공 사례는 남성과 관계 맺기를 거부하고 사회적 입신에 집중한 독신 여성들의 것이었고, 남성과 자유연애를 실천한 신여성의 처지는 전기적 사실과 문학작품이 공히 보여주듯 힘들고 비참한 것이었다.

한무숙은 여자에게는 상호 적대적인 범주였던 '신'과 '구'를 성공적으로 결합시킨 예외적인 작가였다. 신교육을 받았으면서도 구식 결혼을 하여 강릉 김씨 대종가의 시집살이를 감당했고, 그런 와중에도 1948년 국제신문 장편소설 공모에 당선하여 제도권 문단에 화려하게 등장했다. 구한말에서 해방 공간에 이르기까지 풍양 조씨 일문의 삼대에 걸친 영욕의 역사를 다룬 대하소설 『역사는 흐른다』는, 작가가 붙인 원제가 '삼대'였는데, 염상섭의 '삼대'를 염두에 둔 국제신문 주필 송지영이 개제(改題)한 것이다. 염상섭의 삼대가 양반의 족보를 사서 받드는 중인 출신의 천부형(賤富型) 인물 조의관에게서 비롯되는 삼대의 이야기라면, 한무숙의 삼대는 잠영세족(簪纓世族)의 진짜 양반 조동준을 필두로 이어지는 삼대의 이야기로서 여러 모로 비교해 볼 여지를 남긴다. 반가의 몰락에 관한 유장한 증언이자 이문구가 적절하게 지적했듯이 "작가 자신이 성장기에 체질화된 가풍의 유산만으로도 접어진 역사 속의 인문과 생활을 익숙하

　　p.93에서 재인용.
157) 염상섭, 「제야」, 『염상섭전집』 제9권, 민음사, 1987, p.74.

게 재구성할 수 있는 귀중한 민족어의 집성"[158)인 이 작품은 오늘날까지도 작품의 질량에 걸맞은 주목을 받지 못한 채 잊혀지고 있다. 한무숙은 '규수'작가였기 때문에 '여자'로서는 큰 상처를 입지 않고 곱다랗게 살아갈 수 있었지만 '작가'로서는 규수라는 그 존재론적 특성 때문에 "그냥 그런 여류이겠거니"[159) 도매금으로 평가절하 당해온, 그런 의미에서는 불행한 작가인 것이다.

『역사는 흐른다』에서도 드러나지만, 문체는 곧 사람이라는 말 그대로 규수작가의 존재론적 특성이 문학에 삼투한 가장 인상적인 결과물은 역시 문체이다. 특히 아홉 편의 내간으로 이루어진 단편소설 「이사종의 아내」는 그 전형적인 사례라 할 만하다. 선전관 이사종과 황진이의 육 년 계약동거를 기록한 유몽인(柳夢寅)의 『어우야담(於于野談)』에서 소재를 얻은 이 단편은, 화려한 사랑의 주인공들이 아니라 시앗 본 정실 여인의 고백을 소설화했다는 점에서도 흥미롭지만, "그 서간의 문장과 내용과 용어가 딴사람은 흉내도 못 내는 옛날 그대로"[160)라는 점에서 '규수작가'의 진면목을 보여주는 작품이다. 전통사회의 내간이란, "집 생각 간절한 사연"과 "인아친척간에 내왕이 어려우니만큼 모든 인사와 安否는 書簡을 통해서만"[161) 가능했던 시절의 규방 여자들에게 외부를 향해 열린 거의 유일한 소통의 도구였다.

---

158) 이문구, 「민족사의 숨결로 승화된 언어」, 『역사는 흐른다』, 을유문화사, 1992, p.365.
159) 구혜영, 「신묘한 명륜장 여주인」, 『한무숙 장편소설: 빛의 계단』, 을유문화사, 1992, p.335.
160) 김일근, 「한국의 세비네 부인」, 『한무숙 문학전집 6』, 을유문화사, 1992, p.336.
161) 申貞淑, 「韓國 傳統社會의 內簡에 대하여-士大夫家의 一內簡集을 中心으로」, 『隨筆文學研究』, 정음사, 1980, p.129

한마님 숙덕이 남 위에 솟으시와 단엄침중(端嚴沈重)하오시고 유한정전(幽閑貞專)하오시와 회포를 가지시되 무심무려(無心無慮)하오셔 만사 효칙(效則)하오시고 또한 그리 훈계하오셨사온대 손녀 불칙 경망하와 하교를 따르지 못하오며 오매 울울(鬱鬱)하오니 불효 막심 이로소이다.

전세에 작죄(作罪)가 극심하여 여신(女身)으로 환생하옵고 다시 함원(含怨) 불칙 망언으로 작죄를 거듭하오니 또 삼세(三世)의 집을 잃는 몸이 될까 두렵고 무섭사옵니다.[162]

인용문은 출가 전 각별히 친했던 외할머니에게 이사종의 아내가 보내는 내간의 일부이다. 투기는 칠거지악에 드는 것이라 강작(强作)으로 참고자 하나 그것이 가슴에 한으로 응어리진 여자가 이사종의 아내다. 손녀를 타이르는 외할머니의 간곡한 하서(下書)를 받기도 하고 또 스스로도 부도(婦道)를 모르는 바 아니나 울울한 심사는 어쩔 수 없는 규중 부인의 내면 풍경이 예스런 만연체에 투사되어 있다.

의사소통 도구로서의 내간체는 인용문에서 드러나는 바와 같이 전근대 여성들이 처한 커뮤니케이션 환경의 필연적 산물이다. 전형적인 서울 양반 가계였던 친가와 시가의 생활과 의식에서 그러한 커뮤니케이션 환경을 직·간접적으로 체험한 한무숙은 내간체의 맥을 잇기에 가장 적합한 사람이었다.

한편, 순명하면서 불령한 규수였던 한무숙은 규방을 파괴하거나 탈출하지 않으면서도 규방의 바깥에서 규방을 바라보는 냉정한 시선을 가지고 있었다. 그 시선에 의해 규방은, 인간의 본원적인

---

162) 한무숙, 「이사종의 아내」, 『한무숙 문학전집 6』, 을유문화사, 1992, p.273.

성욕이 억압되는 단호한 금기의 공간으로 실체를 드러낸다. 작가가 규방의 금기를 위반하는 공간으로서의 요정에 흥미를 느낀 것은 당연한 결과라고 하겠다. 가부장제 메커니즘이 작동하기 위해서는 규방과 요정으로 여자를 분배하는 것이 필수적이다. 규방과 요정은 상대적인 공간이면서 상호보완적인 공간이기도 한 것이다. 병원은 표면적으로 이러한 주제와 전혀 무관한 이질적 공간인 것 같다. 그러나 한무숙의 대표적인 단편소설 「감정(感情)이 있는 심연(深淵)」에서 병원은 금기와 위반충동 사이에서 방황하는 규수를 치료하는 공간으로서 상기(上記)한 두 공간과 하나의 의미망을 형성한다.

성에 관한 금기는 인류의 여러 금기 중 가장 보편적인 것이면서 인간과 여타 동물의 차이를 가름하는 한 기준이 되는 것이다. 에로티즘에 관한 일련의 강연과 저서로 유명한 조르쥬 바따이유에 의하면, 성행위는 노동의 대립체로서 일종의 순간적인 폭력이다. 노동으로 이루어진 이성의 세계를 혼돈에 빠뜨리는 이 무섭고도 황홀한 폭력[163]에 대해서 인류는 오래 전부터 일정한 규칙을 정하고 제한을 가해왔다.

금기는 언제 어디서나 존재하는 것이지만, 시대와 장소에 따라 다종다양한 변형을 보인다. 성리학적 도덕관념이 지배한 조선조 사회는, 그 이전의 어떤 사회보다도 성에 관하여 냉혹한 금기를 강요했다. 그 금기는 또한 남녀를 철저하게 차별하여 적용되는 것이기도 했다. 가부장제 사회의 재생산에 기여하지 않는 성은 기본적으로 금기였고 죄악이었으나, 남자에게는 그러한 금기의 위반이

---

163) 죠르쥬 바따이유, 조한경 역, 「성과 금기」, 『에로티즘』, 민음사, 1996, pp.54~55 참조.

공공연히 허용되거나 묵인되었던 반면 여자에게는 절대적인 묵수만이 요구되었다. 가령 이사종이 황진이와 쾌락의 성을 구가할 때, 이사종의 아내는 "사당(祠堂)에 폐백(幣帛)하고 들어온 종부(宗婦)"요 "장차 사당과 봉사(奉祀)를 맡아 뫼실 종손(宗孫)의 어미"이며 "존구(尊舅) 삼년상을 더불어 뫼신 죄인"[164]이라는, 철저히 가부장제의 존속에 헌신하는 여자의 여러 이름들에 자위하며 공규의 고독과 싸우는 것이다.

규방은 성에 관한 금기의 측면에서 생각할 때 인간의 모든 거처 중 가장 정제된 공간이다. 규방의 규수에게 허락된 성은 오직 남편의 자식을 낳기 위한 성뿐이었다. 훌륭한 자식을 얻기 위해 법도 있는 집안의 젊은 부부는 대개 한 달에 한 번, 가모(家母)가 일진을 보아 받아주는 날에만 동침할 수 있었다.

합례는 열여섯에 협셨는데 법도 높은 댁이오라 내침(內寢)은 일진보구 허락헙셨지요. 한번은 새서방님이 몰래 새애기씨 방에 들어가셨다가 불호령을 받으신 일도 있습지요. 새애기씨는 부끄러워 며칠을 고개를 들지 못허셨지오니까. 감사댁 마님은 정말 얼음 같으신 어른이시면서 또 그만큼 범절도 높으신 분이셨습지요. 이 어른은 뒷간 출입두 하루에 꼭 한 번 어두운 후 하셨사와요. 여편네 사람이 어찌 대낮에 염체없이 뒷간 출입을 하누. 그래서 믿으시지 못하올 말씁입지요만 한번은 배탈이 납신 작은아씨 몇 번째 설사를 속곳에 받게 해 드렸습죠.[165]

---

164) 한무숙, 「이사종의 아내」, 『한무숙문학전집 6』, 을유문화사, 1992, p.277. 여기서 '죄인'은 사전적 의미의 죄인이 아니라 '與經三年喪 不去'라는 조강지처의 지위를 함축하고 있는 말이다.
165) 한무숙, 「생인손」, 앞의 책, p.298.

병구가 밤을 타서 떠난 후 염서방과 북돌어멈은 조그만 궤짝에 바퀴를 달아 앉은뱅이 구루마를 만들어 송씨부인을 태우고 포천을 떠났다.

······ (중략) ·······.

송씨부인은 경계선 험한 산을 넘을 때 깎은 듯한 비탈에서 구루마가 내리 구를 염려가 있어 염서방이 없어서 넘으려 하는 것을 망측하다고 한사코 거절하고 구십이 가까운 노인이 기어서 산을 넘었다는 것이다.

그러나 경계선을 넘자 맥을 놓아서 그랬는지 동두천 잠깐 못미처 어느 농가에서 운명을 하고 말았다는 것이었다. 최후까지 사대부가 부인의 범절을 지킨 매독스럽고도 단정한 부인이었다.[166]

감사댁 마님이 낮에 뒷간을 가지 못하는 이유는 외간남자의 시선을 의식하기 때문이다. 아무리 구순 노인일지언정 송씨 부인이 노복(奴僕)의 등에는 업히지 못하는 까닭도 그가 외간남자이기 때문이다. 시선과 접촉에 대한 이 과도한 공포의 근저에는 물론 성에 관한 규방의 금기가 존재한다. 규방의 금기는 시선과 접촉뿐만 아니라 말에도 미쳤다. 이 가혹한 규방의 금기는, 타인에 의해 말해지는 것을 타인에게 성적으로 더럽혀지는 것으로 확대 해석했다. 타인에 의해 언급되는 것의 여러 형태 중 전염성이 강한 소문은 특히나 치명적인 것이어서 규방의 여자가 음란한 소문에 휘말리면 그것이 실상은 아무런 근거 없는 헛소문에 불과할지라도 종종 생사의 고비에 가로 놓이기조차 했다.

위의 두 에피소드에 등장하는 감사댁 마님과 송씨 부인은 거의 동일한 캐릭터인데, 한무숙의 수필집 『열 길 물 속은 알아도』를

─────────
166) 한무숙, 『역사는 흐른다』, 을유문화사, 1992, p.350.

참고하면 작가의 시조모가 모델인 것이 분명하다. 작가 역시 이러한 성적 금기의 자장에서 벗어나지 못했다는 것은, 앞서 인용한 바 있는 『문예(文藝)』지의 월평에서 비평가로부터 언짢은 말 한마디 들은 것에 대해 작가 자신과 작가의 어머니가 보인 유별난 반응에서 능히 유추할 수 있다. 외간남자의 입에 오르내린다는 것이 이 모녀에게 불러일으키는 불쾌감 혹은 불안함은 규방의 금기에 연유한다.

불운하게도 남편이 일찍 죽었을 경우 혹은 남편이 관심을 가져주지 않을 경우, 규방은 에로티즘의 가능성이 봉쇄된 빈 방, 곧 공규(空閨)가 된다. 한무숙의 단편소설, 「월운(月暈)」과 「송곳」에는 그러한 공규의 여자들이 주인공으로 등장한다. 「월운」의 홍여사는 이십 안 청상과부로 정녀(貞女)는 불견이부(不見二夫)라는 규방의 금기에 묶여 40년이나 남자를 모르고 살아온 인물인데, 그로 인해 인간의 성행위는 물론이고 "왈칵 몰켜 핀 꽃이 징그러워"질 만큼 성에 대한 혐오가 지대하다. 「송곳」에서의 네 명의 과부들 또한 「월운」의 홍여사와 다르지 않은 인물들이다. 반가의 청상과부가 하인을 보고 불현듯 솟아오른 성욕을 억제하기 위해 송곳으로 허벅지를 찔렀다는 에피소드를 통해, 송곳은 규방의 금기를 내면화한 여자들이 위반에의 욕구를 제어하기 위해 만들어내는 심리적 자기방어기제의 상징이 된다. 「월운」의 홍여사의 강박적 성 혐오증, "아들을 길러내구 훌륭한 어머니란 말을 듣겠다"는 「송곳」의 화자의 "의무감과 허영심"은 에로티즘에의 갈망이 규방이라는 그들의 질서정연하고 결곡한 공간을 파괴하지 못하게 하는 그들 나름의 송곳이었던 것이다.

성에 관한 규방의 금기를 위반할 경우 여자는 인간으로서의 지위를 잃고 동물의 차원으로 전락한다.

"얘 부용이란 년이 그렇게 굉장한 년인 줄 몰랐다. 사내가 하나 둘 아니래. 지금 뱃속에 있는 애는 오늘 볼기 맞은 사람의 자식이 아니란다."

"그럼 또 있단 말야. 아이 망측해라."

"그렇지만 어쩜 한꺼번에 그렇게 여러 사내를 붙인단 말야."

"암캐지 뭐."

"아이, 더러워."

콧살을 찡그리며 킬킬 웃는다.

십여 일 동안 자리에서 일어나지 못하던 부용이가 억지로 끊지 못하는 가련한 목숨을 부지하고 일어나 안에 들어간 것을 맞은 것은 역시 조소와 경멸이었다.

실내 송씨부인은 임신 사개월의 몸이었으나 무거운 몸을 괴로운 듯이 놀리는 부용이를 보아도 아무런 동정도 느껴지지는 않았다.

"더러운 암캐 같은 년."

씹어 배앝듯이 말하고 타구에 침을 탁 뱉았다.[167]

'암캐'라는 말은 일부종사하지 못한 여자에게 상투적으로 붙는 비어이다. 예를 들자면 최정희의 소설에 종종 나오는 "여자란 일부종사(一夫從事)를 못함, 평생 개만두 못하게 살게 되는 거야",[168] "예편네란 일부종살해야지 행세가 그지경 되면 갯값에두 못간다"[169] 등등은 당시 사회의 통상적인 담론인 것이다. 여기에서 일부종사를 못하게 되는 동기 같은 것은 그다지 중요하지 않다. 실상 부용이는 상전인 송씨 부인의 남편 조동준에게 겁탈 당해 임신한 것으로서 도덕적 비난의 대상이 되어야 할 이유가 없는 피해자이다. 물론 부

---

167) 『역사는 흐른다』, p.37.
168) 최정희, 「綠色의 門」, 『韓國文學全集 14』, 민중서관, 1967, p.142
169) 최정희, 「人脈」, 『文章』, 1940. 4. p.27

용이는 일종의 재산에 불과한 종의 신분이었기 때문에 사람들로부터 조소와 경멸만 받았지 다른 처벌은 받지 않는다. 만약 부용이가 규방의 여자일 경우 금기의 위반에 대한 벌은 대개 죽음이다. 규방은 남자의 혈통을 '순수'[170]하게 이어주기 위해 규수의 몸을 훈육하고 감금하여 순종하는 신체로 만드는 가부장제 권력기관의 하나였다.

> 존고께서는
> "대장부가 처첩 거느리는 것은 치레이니라. 오죽하여 남아가 한 계집만 볼꼬."
> 하시오나 몇 계집 보는 그 대장부 수발은 한가치 아니하오니
> ······ (중략) ······
> 오늘밤도 사랑에서는 어느 장화(墻花)를 꺾고 있사온지 귀가치 아니하옵고 ······ (하략) ······[171]

이사종에게, 규방의 아내는 제사를 모실 아들을 낳아주는 존재이며 노류장화는 결혼제도를 위반함으로써 에로티즘의 희열을 제공하는 존재이다. 가부장제 사회에서 여자의 공간은 이렇게 생식의 성을 담당하는 규방과 쾌락의 성을 담당하는 화류계로 분할, 통제된다.

결혼도 처음에는 성 금기의 위반으로 시작한다. 초야는 합법적

---

170) 1930년 6월 『삼천리』에 게재된 「晩婚 타개 좌담회」에서 김기진은, 과거 있는 여자가 왜 배우자로 적합하지 않은지에 대해 다음과 같이 설명한다. "어느 생물학자의 말을 듣건대 일단 딴 남성을 접한 여자에게는 그 신체의 혈관의 어느 군데엔가 그 남성의 피가 섞여 있지 않을 수 없대요. 그러기에 혈통의 순수를 보존하자면 역시 초혼이 좋은 모양이라 하더군요."

171) 한무숙, 「이사종의 아내」, 앞의 책, p.273.

인 위반이기 때문에 잔치이고 축제이다. 전통사회에서 신랑신부가 초야를 맞는 방은 거의 반공개적인 장소이다. 그러나 합법적이며 안정되고 습관화된 위반은 차츰 위반으로서의 성격을 잃고 에로 티즘의 희열에서 멀어진다. 위반을 위한 공간의 필요성이 여기에서 생겨난다. 기생은 전문적으로 위반을 경험하게 하는 여자다. 기생도 계급이 다양했는데, 그 계급은 어떤 의미에서 위반의 강도에 따른 구분이라고도 볼 수 있다. 말하자면 고급 기생일수록 금기의 위반이라는 성격이 강하다. 몇 푼의 돈으로 쉽게 살 수 있는 창녀는 위반적 성격이 거의 사라진 경우다.

「流水庵」의 주인공 진경은 이런 맥락에서 볼 때 최고급 기생이다. 기생이 되기 전에는 여학교에서 1등을 놓친 적이 없는 수재였고, 기생이 된 후에도 '불표(不票: 사정이 있어 못 나간다고 거절하는 화류계 술어) 달기로 유명'한 오기 찬 여자다. 진경의 높은 지식과 교양, 너무 강한 '자존심'과 '자기라는 주체의식'은, 위반의 느낌을 강화하고 최상의 관능을 불러오는 조건이 된다. 각 권번에서 경쟁적으로 진경을 '지휘(기생을 예약한다는 화류계 술어)'하려는 까닭도 거기에 있는 것이지만, 한무숙이 진경이라는 여자를 주인공으로 택한 까닭172)도 거기에 있다. 앞에서 일부종사하지 못한 여자

---

172) 한무숙은 「유수암 - 그 작품의 실상」이라는 수필에서, 처음 생각했던 주인공은 서글프게 초라한 老妓인 '홍화'였는데, 명기 김 여사를 만나고 나서 주인공을 '진경'으로 바꾸었다고 말한다. "나는 그녀를 소위 노류장화(路柳墻花)의 헛꽃으로 대하지 않고 한 음영 짙은 인격으로 쓰고자 했다. 거짓과 허영과 함정과 추악과 불결의 세계로 막연히 알고 외면해왔던 그 세계에서 철저하게 '기생'이 된다는 것은 기생으로서의 긍지와 의리를 지키는 것이고 그럼으로써 사람으로서 얼마큼 떳떳하고자 하는 것을 김 여사를 통하여 느꼈다."(『열 길 물속은 알아도』, 을유문화사, 1992, p.291)

에게 붙는 상투적 비어로서 '암캐'를 거론한 적이 있지만, 에로티즘이란 바따이유의 통찰대로 인격의 잠정적인 죽음으로써만 얻을 수 있는 것이다. "잠정적인 그녀의 죽음은 암캐에게 자리를 내주고, 암캐는 죽은 여인의 침묵과 부재를 누린다. 그것도 소리치면서 누린다."[173] 인간적 질서의 이러한 전복이 보다 극적인 전복이 되려면, 잠정적으로 죽는 인격이 강한 자존심과 자의식으로 뭉친 진경의 그것 같아야 하는 것이다. 비참한 매음에 함몰되어 이미 인격상실의 처지에 있는 여자는 그러한 극적인 전복의 체험을 줄 수가 없다. 진경과 같은 여자는 고대의 신전에서 사제 노릇을 겸하던 창녀와 비슷하다고 할 수 있다. 기독교권 밖에서의 에로티즘은 근본적으로 신성한 것일 때가 많았다. 한무숙은 「유수암」의 지문을 통해 그 점을 다음과 같이 갈파하고 있다.

　말하자면 영원과 수유(須臾)와의 교환, 그리고 영원한 정신의 존엄과 수유를 불태우는 관능(官能)이 교차하는 것이라고나 할까? 그러므로 종교란 어느 것이고 간에 그 비의(秘義)에 있어 얼마만큼의 음밀(淫密)함을 지니는 것이고, 홍등가의 간드러진 가락 소리에 어쩌다가 처절한, 오히려 종교적인 것이 스미기도 하는 것이 아닐까?[174]

흡사한 이름의 전혀 다른 공간, "즉, 청수암은 구름머리 아낌없이 버려 깎고 번뇌를 끊어, 오직 불제자로서 도를 닦는 이승(尼僧)이 사는 암자이며, 유수암은 청수암에서 끊어버린 그 번뇌에

---

173) 죠르쥬 바따이유, 앞의 책, p.115.
174) 한무숙, 「유수암」, 『정통한국문학대계 16』, 어문각, 1996, p.203.

얽히며, 오히려 그것을 극채색으로 펼쳐 보자는 화류가(花柳家), 고급 요정"을 하나의 골짜기에 위치시키고 유수암 기생들의 노래에서 "관음경보다도 더 절절한 기원"을 가려듣는 것에서 작가의 성 의식은 명징하게 드러난다. 청수암과 유수암이 있는 이 골짜기는 또 『노자』, 「도편」에 나오는 '계곡의 신[谷神]'과 '검은 암컷[玄牝]'을 연상시키는데, 생식 숭배, 여성 숭배와 관련이 있는 이 생명의 이미지는 노자 철학의 기층 구조 안에 깊이 숨어 '道'의 근원과 표리관계를 맺고 있는 것들이다.

> 장식품이란 세간 외에 아무 것도 없다. 다만 대나무를 새긴 화류 탁자 위에 기괴한 얼굴을 한 토우(土偶)가 하나 버려진 듯이 놓여 있을 뿐이다. 두 눈이 서로 맞붙을 정도로 크게 불거지고 부풀고 늘어진 유방과 팽팽한 복부가 여성을 표현한 모양이다.
> "아프리카 토인의 우상이야."
> 하고 정 진수씨가 웃으면서 갖다준 것이다. 성신(性神)이라고 했다. 원시인의 야만은 하나마 소박한 두려움과 놀라움이 단적으로 나타나 있었다.
> ⋯⋯ (중략) ⋯⋯
> "아이 징그러워."
> 하고 경은 그것을 받았을 때 눈썹을 모았었다. 그러나 그것은 그후 그녀의 마스코트가 되었다.[175]

여성의 몸을 과장되게 표현한 원시인의 성신(性神)이 진경의 마스코트가 되었다는 이 인용문에서 작가의 의도는 다시 한번 명확해진다. 규방의 금기를 송곳으로 지키고자 하는 여자들은 다만

---

[175] 위의 책, p.367.

인간일 뿐이지만, 금기의 위반을 직업으로 하는 이 여자에게서는 신성(神性)의 측면을 발견할 수 있다는 것이다.

기독교의 여성관과 여성 통제 방식은 성리학의 그것과 유사한 점이 많다. 자고로 군자는 여자와 소인을 잘 다루어야 한다. 여자와 소인은 멀리 하면 원망하고 가까이 하면 분수를 모르고 설치기 때문이다. 술과 여자는 군자를 타락시킬 수 있으므로 경계하고 다스려야 한다. 쾌락의 성을 탈각시키고 종족보존을 위한 재생산 수단으로서의 성만을 인정하는 것도 비슷하다. 규방의 금기와 기독교의 금기가 연결되는 지점이 이 곳이다.

기독교는 육신과 육신의 욕구에 적대적이다. 하느님의 형상을 따라 만들어진 남자가 영혼의 성격에 가깝다면 남자의 갈비뼈로 나중에 만들어진 여자는 육적(肉的)인 존재로서 열등하다. 창세기 3장의 타락 이야기는 최초의 여자 하와가 사악한 뱀의 유혹에 넘어가 하느님의 창조질서를 파괴하고 죄를 끌어들였다고 증언한다. 그 결과 하와의 후예인 여자들은 출산의 고통과 남성에 의한 지배라는 벌을 받는다. 여자의 육체는 남자를 유혹하여 죄를 짓게 하는 원흉이므로 철저하게 통제되어야 하며 만약 통제되지 않는 육체가 있다면 제거되거나 적당한 징벌을 받아야 한다. 애초에 신성은 불결과 순결 두 가지로 구성되어 있었던 것인데 기독교에 의해 불결이 배척되었다. 그래서 악마, 곧 위반의 천사와 위반의 신은 신의 세계로부터 추방당했다.[176]

사람은 남으로써 죄를 지니게 된다는 것이다. 인생의 궁극의 목적인 영생에 이르려면 속죄를 하여야 한다는 것이다. 그녀의 말을 들

176) 죠르쥬 바따이유, 「기독교」, 위의 책, p.132

으면 신은 지고의 사랑이 아니고 지고의 악의자(惡意者)라는 느낌이 더 커지는 것이었다. 전아는 이 고모 아래에서 항상 죄에 떨며 살아 왔던 것이 아닐까. 어쩌면 어린 그녀는 사랑이란 말보다 '죄'라는 말을 먼저 들었는지도 모르겠다. 무엇보다도 이모의 반감을 산 것은 전아의 큰 고모가 *악에 관용하다는 것은 신에의 배덕*이라는 명분 아래, 그 아우의 비밀을 발겨낸 일인 모양인데 그보다도 더 소름이 끼치는 것은 죄의 끝을 보여야 된다고 열한 살 난 어린 전아를 그 공판정에 끌고 나간 사실이었다.

······ (중략) ······ 푸른 미결수의 수의를 입고 용수 쓰고 수갑에 채여 끌려 나오는 고모를 보자 어린 전아는 그만 연한 나비나처럼 하늘하늘 힘없이 쓰러져 버렸다는 것이다.177)

「감정이 있는 심연」에서 광신적 기독교인인, 전아의 큰고모는 "악에 관용하다는 것은 신에의 배덕"이라는 명분 아래 자신의 아우를 고발한다. 이때의 '악'이란 통제되지 않은 성욕의 분출을 의미한다. 명시적으로 설명되고 있지는 않지만, "행실이 부정해서 욕된 씨를 지으려다가 철창 신세까지 졌다"는 구절에서 추론하건대 작은고모가 범한 실정법상의 죄는 아마도 간통죄일 것이다. 마음으로 간음하는 것도 실제 간음 행위와 진배없이 죄악으로 보는 기독교의 교리를 적용할 때 과부의 몸으로 유부남과 관계한 전아의 작은고모는 물론 죄인이다. 그러나 이런 식으로 따지자면 사는 것 자체가 죄이다. 큰고모의 삶의 방식이 사실상 그러한데, 그녀는 죄를 뉘우치고 고발하기 위해 사는 인간의 모습을 보여준다. 죄와 대적하는 데 사로잡힌 그녀의 모습은 역설적으로 죄에서 벗어나

---

177) 한무숙, 「감정이 있는 심연」, 『한무숙 문학전집』 제6권, 을유문화사, 1992, p.88.

지 못하는 죄의 노예이다. 또한 그녀의 그런 삶의 태도는 전아를 죄악망상증이라는 정신병의 일 증상에 이르게 하는 것이다. 죄악 망상증이란 죄에 대한 병적 공포이다. 전아가 생각하는 죄는 에로티즘에 다름 아니다. 에로티즘은 육신의 죄이자 영혼의 죽음이다. 이 작품의 일인칭 화자인 '나'와 단 한번 "공포같이 강렬한 관능의 환희"를 느꼈다는 그 사실이 그녀를 죄에 대한 병적인 공포의 세계로 몰아넣는다. 전아의 '병'은, "죄를 지었기 때문에 침대 같은 높은 데서 잘 자격이 없다고 찬 마룻바닥에서 웅크리고 자는" 증상으로 나타난다.

　　병이란 환자에의 의혹으로부터 시작된다고 하던 말이 머리를 스쳤던 것이다. 그러나 이 상념은 곧 좀 전의 충격으로 어두워지려던 나의 마음을 얼만큼 누그려 주었다. 사실 이곳에서 간간이 느끼는 일이지만 정신이 평정상태에 있는 환자를 대할 때마다 석연치 않은 점이 없지 않았다. 물론 모두가 그렇다는 것은 아니다. 그러나 때로는 그 건전한 육체와 조용한 태도를 가진 사람들이 창살이 박힌 육중한 자물쇠로 채워져 있는 소라통 같은 병실에 갇혀 생활을 중절당하고 있다는 것이 무슨 잘못같이 여겨지는 것이다. 말하자면 의사들의 망상적인 정신분석의 희생자들이라고도 할까.
　　……（중략）……
　　그리고 보면 죄악 망상(罪惡妄想)이라는 병명으로 이 병동 어느 병실에 들어 있는 전아가 죄를 지었기 때문에 침대 같은 높은 데서 잘 자격이 없다고 찬 마룻바닥에서 웅크리고 잔다 하여 그것이 절망적인 증세라고 할 수는 없는 것이 아닐까.178)

---

178) 위의 책, pp.82-83.

필리스 체슬러는 페미니즘 이론서의 한 고전인 「여성과 광기 Women and Madness」에서, 사회가 규정하는 여자다움의 개념에 따라 행동하는 여자들에게 과도한 희생, 우울증, 히스테리 등의 신경증 혹은 정신병이 나타날 위험성이 높아진다는 사실을 광범한 실증적 자료를 통해 밝히고 있다. "무슨 액체나처럼 윤곽이 없"는 성격, "기이한 환경 속에서 엄청나게 상이된 사람들 틈에 끼어 자라는 동안에 아무하고나 어울릴 수 있는 양순하고 고분고분한 성격"이 된 전아야말로 체슬러가 말한 바 사회가 규정하는 여자다움의 개념에 따라 행동하는 여자일 것이다. 그러나 연약하고 수동적인 여성의 역할을 거부하고, 자립심 강하고 야심적이거나 레즈비언이 되는 등의 여성들은 훨씬 더 쉽게 '일탈'이라든가 '광기'의 표지를 얻는다. 이에 대해 신경정신과 의사들이 행하는 치료와 벌은 동일한데, 그것은 여성에게 허락된 성역할에 모든 여성을 무리하게 끼워 맞추는 것이다. "환자에 대한 꾸준한 관심을 가지고 있지 않고 환자를 존중하지 않는 남성의 손에 있는 정신분석학의 모든 기술은 일종의 재앙이 될 수 있다."179)

현대의 규수작가란 무엇인가. 암클이라고 천시되었던 한글을 스스로의 문학 언어로 채택함으로써 "國文學(正音)의 保姆"180)가 되었던 전통사회 규수작가의 맥이 발전적으로 계승된 경우라고 볼 수 있지 않을까. 그렇다면 규수작가를 규정하는 공간인 규방이란 무엇인가. 미셸 푸코의 어법으로 말하자면, 아비의 혈통을 이어줄 아들을 생산할 수 있도록 여자의 신체를 '감금'하고 오직 가문의 영광을

---

179) R. D. Laing, *The Politics of Experience*, New York: Random House, 1967, p.47.
180) 金一根, 「諺簡의 諸學的 考察」, 『隨筆文學硏究』, 정음사, 1980, p.71.

위하여 복무할 수 있도록 여자의 정신을 '훈육'하는, 가부장제 메커니즘의 한 '권력기관'일 것이다. 또 에로티즘에 관한 보편적 금기의 영역으로서 노동과 이성으로 통제된 질서의 세계라고 한다면 죠르쥬 바따이유 식일 것이다. 한무숙이라는 작가를 존재론적으로 규정하는 키워드로서 규수작가의 특성을 탐구하는 것과 함께 그 규수작가를 공간적으로 규정하는 장소로서 규방의 특성을 구명(究明)하는 것을 목표로 하고 진행된 이상의 논의는, 규방의 금기를 위반하는 공간으로서의 색가(色家), 성욕의 폭력적 분출을 억압하고 '치료'하는 공간으로서의 병원을 동시에 고찰함으로써 한무숙이 규수작가의 한계 내에서 어떻게 성의 금기에 도전하고 있는지를 살펴보았다.

2) 의지 결여증과 죽음 충동

"남성 인물을 다루는 전기작가는 해석의 '객관성' 문제에 치중한 반면 여성을 다루는 전기작가는 해석의 객관성이라는 문제 외에도 그들이 다루는 여성인물의 삶을 사실상 완전히 뜯어고쳐 새로 만들어야 하는 훨씬 어려운 과제에 부딪혔다. 여성인물의 인생 뒤에 숨어 있는 여러 과정과 결정, 선택과 독특한 고통을 발견해야 했던 것이다."[181]

손소희에 대한 기존의 시각은, 손소희가 남편인 김동리의 덕을 보아 평범한 재능을 가지고도 문단의 막후실력자로 잘 살았다는 것이다. 그러나 예술가로서의 손소희 이전에 김동리의 아내로 규정되는 현실을 가장 고통스러워한 작가로 손소희를 다시 볼 수는

---

181) Carolyn G. Heilbrun, *Writing a Woman's Life*, 김희정 역, 『셰익스피어에게 누이가 있다면』, 여성신문사, 2002, p.46.

없을까.[182] 시인 홍윤숙은, 손소희의 능력과 재능이 상당 부분 김동리라는 이름에 묻혀 버렸다고 주장한다. 문학계 원로로서의 당연한 대접도 남편 때문에 항상 뒷말이 따르고 남편의 뒤에서 다소곳이 숨어 지내는 한국적 부인상을 강요당하는 처지에서 손소희가 보이지 않는 상처를 끊임없이 받았다는 것이다.[183]

사실 손소희는 소설 작품에서 자기를 드러내지 않는 것은 물론 수필에서도 자신의 결혼 생활에 대해서는 속내를 드러내지 않는다. 이런 작가의 경우, 남의 이야기를 할 때 더 솔직하게 자기 생각을 드러내는 경향이 있다. 문학적 재능이 보이던 연합신문 문화

---

[182] 상기(上記)한 캐롤린 하일브런의 책에는, 『위대한 개츠비』의 저자 스콧 피츠제럴드와 그의 아내 젤다에 관한 기존의 해석을 뒤집는 낸시 밀퍼드의 전기 『젤다』에 대한 소개가 나온다. "지금까지 피츠제럴드의 전기 등을 통해 젤다는 정신병 걸린 아내로 그려질 뿐 작가로서의 모습은 묘사되지 않았다. 남편의 재능에 대한 질투가 광증으로 바뀌고 남편이 소설을 집필하는 것을 싫어했으며 의도적으로 남편의 창작 능력을 파괴하려 했다는 식으로 묘사되었을 뿐이다. 이런 젤다의 집착은 정신병으로 악화되고 만다. 이때 젤다의 나이 28세였다. 젤다의 정신병은 끝내 회복되지 못한 채 1947년 입원해 있던 요양소에 불이 나면서 생을 마감하게 된다. 낸시 밀퍼드가 쓴 젤다 피츠제럴드의 전기에는 스콧이 젤다가 가진 문학적인 재능에 극단적인 질투심과 위협을 느낀 것으로 나온다. 자신의 소설을 완성하기 전에 젤다가 자전적인 소설을 완성했을 때 스콧은 불같이 화를 냈다. 젤다는 단편과 소설 『왈츠곡은 남겨두세요Save Me The Waltz』를 썼고 그림도 그렸다. 또 무용가로 성공하겠다며 발레 연습에 몰두했다. 젤다는 스콧과 마찬가지로 성공과 꿈에 사로잡혀 있었다. 젤다의 천재성은 그들의 결혼에 상처를 입혔고 젤다는 이런 갈등에 의해 파괴되었다. 여기서 밀퍼드는 결혼생활에서 여성의 자리가 어딘지에 관해 스콧이 매우 편협한 생각을 가지고 있었다는 데 주목한다." 위의 책, pp.10-11, 역주 1번.

[183] 홍윤숙, 「현실엔 실격, 문학엔 완벽주의」, 『한국문학』, 1987. 2, p.59 참조.

부 기자 조영숙이 결혼 후 얼마 되지 않아 이혼하고 자살했다는 이야기를 전해들은 손소희는 모종의 가책을 느낀다. 결혼을 전후해서 따로 만나 상담을 해주고 한 것이 못내 마음에 걸렸던 탓이다. 손소희가 추론하기에 조영숙의 자살은 명백히 가부장제 결혼제도와 관련 있는 것이다. "그녀의 데카당적인 사고와 생활방식으로는 어저께의 술친구이던 남자 친구가 다음날 「남편」이라는 이름으로 바뀌어졌을 때, 그때 그 어저께의 친구는 이미 친구가 아닌 권력자로 탈바꿈을 하고 그녀의 행동거지는 물론이고 그녀의 사고까지를 통솔하려고 들었을 테니까, 그녀로서는 그 엄연한 간격을 메꾸어 볼 도리가 없었는지도 모른다."[184] 그리고 "그녀가 가지고 있는 순수성과 그녀가 가지고 있는 가장 인간다움이 그녀의 반려에게 이해보다는 반감으로 받아들여지는 그 현실을 아내라는 이름의 여자가 어느 만큼 깊고, 아프게 어느 만큼 참아내야 하는지를 그녀는 그 한계를 가늠도 못한 채 이 세상을 떠나 버렸던 것이나 아닌지"[185] 하고 손소희는 안타까워한다. 이런 서술에서 우리는, 손소희 본인은 "아내라는 이름의 여자가 어느 만큼 깊고, 아프게 어느 만큼 참아내야 하는지" 그 한계를 체감했을 거라는 사실을 유추해낼 수 있다. 이러한 유추는 손소희가 그 놀라운 성실성과 북방 체험이라는 남다른 문학적 자산에도 불구하고 작품 속에서 곧잘 방향을 잃어버리고 갈팡질팡하는 이유에 대하여 하나의 실마리를 제공한다.

장편소설 『남풍』은 손소희 스스로도 대표작으로 꼽는 작품이고[186] "孫素熙 文學의 대성과이기도 하지만 60년대 한국문학의

---

184) 손소희, 『한국문단인간사』, 행림출판, 1980, p.214.
185) 같은 곳.

중요한 성과로 평가되지 않으면 안 될 것"[187]이라는 식으로 평단의 호응을 얻은 작품이기도 하다. 구한말(舊韓末) 인습이 지배하는 장연(長淵) 분지 북촌 마을에서 홀어머니의 자결과 그 시신(屍身)에 대한 태형(笞刑)까지 목격하고 깊은 상처를 입은 진세영의 인생 역정, 그리고 그 태형 사건을 주도한 지주 최치만의 가계가 겪는 다사다난(多事多難), 최치만의 딸 남희와 세영의 안타까운 사랑을 기본 골격으로 『남풍』의 소설세계는 남한 문학사에 드문 대륙적 풍모를 선보인다. 또한 시동생에게 강간당하고 아이를 가진 채로 자살한, 세영의 모친이 관속에 든 채로 아홉 대의 태형을 맞는 장면은 우리 현대소설사의 어느 장면 못지않게 강렬한 인상을 남긴다. "未亡人이란 天生의 罪人의 몸으로 不倫을 敢行했으니 그 罪 또한 크다 하겠거늘, 다시 그 不倫을 證據로 胎兒가 孕胎되니 이를 不滿히 여겨 心中에 砒霜을 품고 못다 한 天命을 끊었는지라 그 罪科 三重으로 쌓아짐으로써 天地神明께 得罪하고 北村鄕民에게 恐懼함을 주었다"[188]로 시작하는 최치만의 선고와 뒤이은 태형은, 독자들에게 공포와 혐오의 감정을 동반한 충격을 가함으로써 여자의 육체를 통제하는 가부장제 규범에 대한 비판의식을 환기한다. 북만 대륙의 이국정서와 억센 함경도 사투리, 인간들의 정념(情念), 역사의 격동을 배음(背音)으로 장대하게 펼쳐지던 이 소설의 세계는, 그러나 해방을 맞고 6·25를 겪으면

---

186) "장편에서는 《남풍》을 꼽을 수 있겠고 단편에서는 글쎄 〈갈가마귀 그 소리〉를 내세워야 할 것 같다." 손소희, 「나의 代表作」, 『손소희 문학전집 11: 때를 기다리며』, 나남, 1989, p.284.
187) 홍기삼, 「林玉仁·孫素熙와 그 文學 — 「百合」과 「南風」의 세계」, 『新韓國文學全集』 제20권, 어문각, 1973, p.568.
188) 손소희, 「남풍」, 『동서한국문학전집』 제13권, 동서문화사, 1990, p.245.

서 매우 허무한 방황실조(彷徨失措)로 서둘러 마무리되고 만다.

피난길에서 만난 폭음(爆音) 한 번으로 이 작품을 이끌어오던 모든 긴장을 순식간에 해결해 버린 것부터 지적하자. 이성을 놓고 광기의 세계로 도피하는 것으로 인습적 삶에 대항한 최남희는 이 폭음으로 본정신을 되찾는다. 자기의 귀를 막지 않고 남희의 귀를 막아준 진세영은 그 때문에 청각을 잃는다. 남희의 전 남편으로서 남희를 옭아맨 인습의 한 축을 담당한 이상준은 이 폭격의 현장에서 주검으로 발견된다. 각 인물들이 자신의 운명을 끝까지 살도록 하지 못하고 폭격 장면 하나로 여러 가지 문제들을 한꺼번에 정리해 버림으로써 이 작품의 품격은 통속의 근처로 급격히 추락한다. 이와 함께 "-남쪽으로, 그렇다. 햇빛과 자유가 숨쉬는 고장-모든 불행과 슬픔 속에서도 햇빛과 자유에 대한 희망만은 가슴 속 깊이 간직한 채 끝없이 흘러가는 것이 인생이 아닐까."[189]와 같은 대단원은, 암흑과 압제의 땅/북쪽 대(對) 햇빛과 자유가 숨쉬는 고장/남쪽이라는 식의 단순한 도식에 기대고 있어 손소희 문학의 아쉬운 부분이 어떤 것인지를 대변한다. 사실 이 결미 부분에 대해서는 작가 자신도 아쉬움을 토로하고 있다. "끝머리에 와서 마구 속력을 냈는데 그 부분을 다시 쓰리라 생각하면서도 아직은 엄두도 못내고 있다. 나의 혈관에서 바람이 자게 되면 그 부분을 다시 쓸 수 있을 것도 같다."[190]는 작가의 고백은, 『남풍』으로부터 20년이나 지난 84년에 『그 우기(雨氣)의 해와 달』이라는 후속 장편소설로 실현된다. 그러나 최남희와 진세영이 동명(同名)으로 등장하는 이 작품에서도, 운명적 연인 남희와 새로운 여자 시애 사이에서 이러

---

189) 위의 책, p.400.
190) 손소희, 「나의 代表作」, 앞의 책, p.285.

지도 저러지도 못하던 세영을 자동차 사고로 식물인간이 되게 함으로써 작가는 『남풍』의 결함을 답습하고 만다.

손소희의 이 시기 소설에 등장하는 여성인물들은 대개 고운 얼굴에 소극적인 성격인데, 잔인한 운명의 장난에 휘둘리며 정신적 방황을 거듭하는 특징을 보여준다. 그녀들은 현실 혹은 운명의 희생양이 되거나 죽음 충동에 시달린다. 『남풍(南風)』의 남희나 「창포(菖蒲)필 무렵」의 동수 누나, 「갈가마귀 그 소리」의 고을댁, 「지애(地涯)에서」의 젊은 계모가 전자에 해당한다면, 「그날의 햇빛은」의 진희는 후자의 대표적인 사례이다. 이들 모두는 갈등을 주도적으로 해결하기보다는 자기의 심신을 해치는 방향으로 갈등을 봉합한다. 이를테면, 최남희는 정신이상이 되고, 동수 누나는 돌멩이에 맞아 죽고, 고을댁은 가부장제의 인습에 맹종하다 비참한 처지에 놓이고, 젊은 계모는 의처증이 심한 늙은 남편의 온갖 폭력을 묵묵히 견디는 인물이다.

나를 바라다본다거나 금순을 쳐다본다거나 하지도 않거니와 표정도 전혀 없는 얼굴로 계모는 이렇게 말하고 문을 닫는다. 체념인지 달관인지는 알 수 없으나 아버지의 야박하고 상스러운 욕찌거리에 그 정도로 반응이 없다는 것은 기이하기조차 하였다. 그 때문에 계모가 닫아 주고 가버린 문을 나는 한동안 멍한 얼굴로 바라다보았다. 계모의 업(業)이 너무 무거울 것같이 느껴진 때문이다. 거기에 어긋난 겁(劫)은, 다만 지루 그것이 아닐까. 무엇 때문에, 또 누구를 위하여 그녀는 견딜 수 없는 업겁을 견디고 있는 것일까.

인용문에서 알 수 있듯 계모는 "무엇 때문에, 또 누구를 위하여" 견뎌야 하는지도 알 수 없는 "업겁"을 기이할 정도로 인내성 있게 견디는 여자이다. 그런데 이런 기이할 정도의 인내성이 손소희 소설의 여자주인공들 대부분이 가진 공통된 성격이라는 점은 주목할 만하다. 인내성과 함께 손소희 소설의 주인공들이 보이는 또 하나의 중요한 특징은 강한 타나토스(Thanatos)[191]이다.

타나토스가 작품의 전면에 드러난 작품으로는 단편소설 「그날의 햇빛은」이 있다. 찬모(饌母)의 딸인 진희와 부잣집 장남인 유현, 무기형을 선고받은 살인강도범의 아들인 임 철 등은 하나같이 현세의 삶에 대한 혐오와 죽음에 대한 갈망을 품은 캐릭터라는 점에서 전후 젊은이들의 의식이 니힐리즘에 강하게 침식당해 있었다는 사실을 방증한다. 진희에게 "죽음은 그 어떤 권세보다도 마음 든든한 것"[192]이다. 이 여자의 삶을 지배하는 충동은 에로스가 아니라 타나토스이다.

> 그날이 드디어 왔습니다. 그리고 모든 것은 그의 나름이었습니다. 나는 완전히 의지가 없는 한 개의 기계가 되어 그의 희망대로 움직였던 것입니다. 그리고 비극은 왔던 것입니다.[193]

인용문에서처럼 진희는 자신을 '의지 없는 한 개의 기계'로 비유할 만큼 일방적인 약혼 선언과 결혼식에 이르기까지 유현의 의지에 순종하며, 자신의 생명을 아무 저항 없이 유현의 처분에 맡길

---

191) 타나토스는 원래 그리스 신화에서 죽음을 상징하는 신의 이름인데, 프로이트에 의해 자기를 파괴하고 생명이 없는 무기물로 환원시키려는 죽음의 본능을 의미하는 정신분석학 용어로 정착되었다.
192) 손소희, 「그날의 햇빛은」, 『한국여류문학전집』 제2권, 한국교양문화원, 1978, p.175.
193) 위의 책, p.178.

만치 극단적으로 수동적인 여성으로 등장한다. 끊임없이 스스로를 사물화하고 의지를 탈각시키는 심리의 종국(終局)은 '완전히 의지가 없는 한 개의 기계'일 것이다. 생명이 없는 기계, 곧 무기물이 되고 싶은 이 심리는 그대로 타나토스의 증거인데, 이는 『남풍』의 남희가 보이는 무기물(자물통)에 대한 애착과 아울러 「지애에서」의 젊은 계모가 보여주는 초인적인 인내와도 동일선상에 놓여 있는 것이다. 그들의 인내란 더 나은 삶을 위한 인내가 아니라 죽음이 가져올 영원한 휴식을 기다리는 인내였기 때문이다. 손소희의 여자주인공들이 보이는 이런 성격이야말로, 거꾸로 이 시대 여성들이 얼마나 억압적인 상황에 처해 있었으며 얼마나 일상적으로 참수의 공포에 시달리고 있었는가를 증명한다고도 해석할 수 있겠다.

3) 생 본능의 옹호와 방관자 의식

"실존. 실존주의. 그것은 50년대 작가를 철저한 패배자로 만들었고 50년대 문학은 그것에 모든 것을 바친 여자의 멜로드라마였다."[194]라는 고은의 진술이 크게 과장된 것 같지 않을 만치, 50년대의 사회 분위기는 실존주의적 허무주의에 젖어 있었다. 한무숙의 「신화(神話)의 단애(斷崖)」는 1957년 6월 『현대문학』에 발표된 단편소설로서 작가의 문단 데뷔작이자 출세작이며, 1950년대 말에 일었던 실존주의문학 논쟁의 주요 대상 작품이기도 하다. 김동리와 이어령이 이 작품의 실존주의 여부를 놓고 신문지상에서 격론을 벌였다.

그런데 「신화의 단애」는, 이 작품의 주제가 실존주의적인가 그

---

194) 고은, 『1950년대』, 청하, 1989, p.381.

렇지 않은가 여부보다 차라리 주인공 진영의 캐릭터가 고전과 현대를 통틀어 한국문학사상(韓國女性文學史上) 매우 드물게 파격적인 것이라는 점에서 그 독특한 입지를 발견해야 한다. 한말숙은 이 작품이 발표되었을 때의 상황을 이렇게 회고한다. "선배가 '진영은『이방인』의 뫼쏘 같다'고 전화를 주기도 하고, 몇몇 남성들의 항의가 있었다. 어떤 사람은 작가가 어떻게 사나 집으로 찾아와 보기도 했었다. 제 딸이며 여동생이 읽을까 겁난다며."[195] 그만큼 이 작품은 여자에 관한 재래의 가치관을 깡그리 부정하고 있다.

전후의 추위와 굶주림 속에서 미술대학 여대생 진영은 어떠한 절대적인 선험적 가치도 거부한 채 하루의 잠자리를 마련하기 위해 댄서 아르바이트를 하고, 아는 남자의 하숙방을 찾아가고, 전혀 모르는 남자와 일주일간의 동서생활(同棲生活)을 계약한다. 그녀에게 중요한 것은 오직 "지금 나는 살고 있다"[196]는 감각뿐이다.

어디로 갈까? 오백 환으로 재워줄 여관은 없다. 설혹 재워준다더라도 불을 지펴 줄 리는 없다. 이토록 추운 밤에 내 몸을 꽁꽁 얼려 재우다니. 죽으면 썩는 몸이다. 살아 있는 이 순간 다시는 없을 이 지극히 소중한 순간을 나는 내 몸을 하필이면 얼려 재워야만 한다는 말인가? 그것은 안될 말이다. 진영은 경일한테 가서 자리라고 생각했다. 그 방도 냉돌임에는 틀림없겠지만 그래도 같이 자면 한결 따뜻할 것이 아닌가.[197]

195) 한말숙, 「신화(神話)의 단애(斷崖)」,『한말숙 선집』, 풀빛, 1999, pp.6-7.
196) 위의 책, p.143.
197) 위의 책, p.148.

"살아 있는 이 순간 다시는 없을 이 지극히 소중한 순간을 나는 내 몸을 하필이면 얼려 재워야만 한다는 말인가"라는 낯선 의문의 함의는 무엇인가. 오직 현재의 시간만을 사랑하는 정신, 그리고 몸이 느끼는 감각을 최우선의 것으로 치부하는 이 정신에는 도대체 한국 여성의 신체에 각인(刻印)된 기억으로서의 가부장제의 역사가 없다.

정조를 목숨과 동일한 것으로 여기고 사수하거나, 어쩔 수 없이 유녀(遊女)로 살게 되었을 경우 몸에 대한 사랑과 존중을 잃어버리고 스스로를 혐오하고 학대하는 것이야말로 기존의 서사 장르에서 여자의 몸을 이야기하는 가장 익숙하고 통속적인 형식이었다. 그런데 진영은 그 어느 쪽도 아니다. 생존을 위하여 몸을 팔면서도 자기 학대의 덫에 걸리지 않는다. 가부장제적 성녀(聖女) 이미지의 극단이라 할 성모 마리아의 입상을 보면서도 "처녀가 애기를 낳다니! 사랑의 기쁨도 모르면서 진통만 겪다니! 가엾어라, 가엾어라."198)하고 오히려 연민을 느끼는 것이 진영이다. 진영이 말하는 사랑의 기쁨이란 무엇보다도 몸이 느끼는 쾌감이며, 살아 있음의 감각을 추동하는 에로스다. "경일의 포옹은 언제나 기분이 좋다. 그러나 그 깨끗한 뒤통수의 청년의 홀드 또한 부드럽고, 기분 좋은 것이었다고 진영은 생각한다."199) 추상명사로서의 사랑보다 감각으로서의 '기분 좋음'이 우선하는 형국인데, 그녀에게는 모든 것이 이런 식이다. 말하자면 본질에 대한 존재의 우선권을 선언하고 있는 셈인데, 이는 전쟁이라는 극한상황에 기인한 바 있다. 진영뿐만 아니라 진영과 동서(同棲)를 계약했던 남자가

---

198) 위의 책, p.153.
199) 위의 책, p.152.

병역 '기피자'로 잡혀 들어가면서 하는 말은 그러한 상황을 잘 보여준다.

  "애당초 삼십만 환은 너의 허리 때문이 아니야. 이걸 봐, 이렇게
  죽음이 쫓아다니지 않아? 나는 일 년을 살 돈이 있으면, 그것으로
  우선 하루라도 살고 보아야 해. 살 시간이 없어. 바빠."[200]

재래의 정신적 유산으로서 신화(神話)가 황폐화한 시대, "죽음
이 쫓아" 다니는 시대에 실존의 단애(斷崖)를 방황하는 인간형을
그리고 있는 이 작품에 대하여 사회구조적 인식과 전망의 부재를
지나치게 문제 삼는 리얼리즘 비평은 작품의 가치를 제대로 평가
하지 못한다. 이를테면 진영의 캐릭터가 "여성에 대한 성적 억압
의 문제나 가난으로 인한 매춘이란 사회구조적 문제 속에서 형상
화되지 못하고"[201] 있기 때문에 결국 "이 작가의 문제 추구의 미
흡함과도 연결될 수 있다"[202]는 식의 평가가 그러하다. 그러나 한
국전쟁 직후의 궁핍하고 혼란스러운 사회와 여성이 생존을 위하
여 몸을 팔 수밖에 없는 상황을 배경으로 하고 있다는 사실이 리
얼리즘의 작풍(作風)을 강제한다고 볼 수는 없다. 병역기피자에게
서 계약동거의 보수로 받은 돈을 가지고 비싼 화구를 산 뒤 불현
듯 예술적 충동을 느끼는 진영의 모습은, "삶의 의지와 올바른 방
향을 잡지 못한 채 아무 생각도 없이 표류하는"[203] 부정적인 모

---

200) 위의 책, p.155.
201) 김혜리, 「타락한 현실 속에서의 방황과 타협」, 『페미니즘과 소설
    비평: 현대 편』, 한길사, 1997, p.317.
202) 위의 책, p.318.
203) 위의 책, p.317.

습이라기보다는 차라리 삶의 의지와 방향이 기성세대의 그것과 완연히 다르다는 의미에서 20년대 '모던 걸'의 50년대 판이 아닐까. 그렇다면 이 작품은 전후의 신인류(新人類)를 도회적 감각으로 그려낸 모더니즘 소설로 보아야 그 가치를 제대로 매길 수 있다고 보여진다.

「장마」는 가난한 젊은이들이 에로스를 통해 인간의 본연적 가치를 구현하는 모습을 형상화한 작품이다. 태식은 아내와의 새 삶에 물질적 발판이 되어줄 돼지우리를 건져 올리기 위해 위험을 무릅쓰고 불어난 계곡 물 속으로 뛰어든다. 마침내 돼지우리를 끌어올리기는 했으나 자연의 위력과의 지난(至難)한 싸움은 그의 생명을 위태롭게 한다. 몸이 얼어 서서히 굳어지는 신랑을 보면서도 땔감이 모두 젖어 있어 방에 불을 넣지도 못하는 새댁은, 자신의 체온으로 신랑의 몸을 데워주기 시작한다.

새댁은 온 몸으로 태식의 몸을 포근히 쌌다. 꽁꽁 얼은 어깨와 팔꿈치와 무릎은 겨드랑과 오금으로 싸주었다. 새댁은 태식의 새파란 입술에 입술을 갖다 대었다.

태식의 입술은 얼음같이 차다. 태식은 눈을 감은 채 인사불성이었다. 태식의 입에 입을 대고 있노라니까 그의 인중이 빳빳이 굳어가는 것을 새댁은 느꼈다. 새댁은 깜짝 놀랐다. 사람이 죽을 때에는 인중이 굳어진다는 말을 들은 적이 있기 때문이다. 새댁은 남편의 인중이 굳지 않도록 인중과 콧날을 빨기 시작했다. 그리고 한편, 손으로 남편의 몸을 쓸었다. 그녀는 그녀의 몸 외에는 남편을 위한 아무런 수단이 없다. 약도 없고, 불도 없고, 이불도 없었다. 도움을 청할 이웃도 없었다.[204]

---

204) 한말숙, 「장마」, 위의 책, pp.170-171.

갓 첫날밤을 치러 눈도 못 마주쳐 본 신랑이지만, 부끄러움 같은 것이 개입할 여지가 없게끔 상황은 절박하다. 적빈(赤貧)의 삶에서 그녀가 가진 것은 육체뿐이며 생명 있는 육체의 증거인 온기뿐이다. 단 한 번의 섹스 체험을 통해 새댁에게 생성된 에로스의 힘이 새댁으로 하여금 모든 기존의 관념들을 넘어서게 한 것이다. 그 뜨거운 에로스는 마침내 태식을 살려내고 그 다음날, 서로에 대한 또 한 번의 강렬한 성욕으로 발화한다. 「장마」는 뉴욕 밴텀(Bantam)사 발간 『세계 명작선』에 영역 수록된 작품으로 깔끔한 구성력과 인간의 보편적 감정에 호소하는 주제의식을 잘 결합시킨 수작이다.

염무웅은 「장마」에 대한 작품론에서 이 작품의 잘 짜여진 구성과 흐트러지지 않은 문체가 작가가 현실 바깥에서 그것을 관찰하고 묘사하는 미흡감의 심미적 보상에 불과하다고 보았다.[205] 그것이 작품의 가치를 심각하게 훼손하느냐 그렇지 않으냐 여부는 차치물론(且置勿論)하고, 일단 염무웅의 지적은 한말숙 초기 소설의 핵심적 특징을 짚어낸 것이라 보아야 할 것이다. 중기를 넘어가면서부터는 한말숙도 「신과의 약속」을 비롯한 자기 이야기를 쓰기 시작한다. 그러나 「신화의 단애」, 「노파와 고양이」, 「장마」 등의 초기 작품에서는 철저하게 작품 바깥에서 방관자의 시선을 견지한다.

실제로 1959년 『현대문학』에 발표한 「방관자」라는 제목의 소설에서 한말숙은 살인사건을 방관하는 K의 심리를 쫓아가며 은근히 방관의 윤리를 옹호하고 있다. 정황을 살펴보자면 K의 전기용품 상점 점원인 병삼은 늘 자기를 괴롭혀 오던 형이 마침내는 주인

---

205) 염무웅, 「상황과 문체의 배반」, 『현대한국문학전집』, 신구문화사, 1981, p.502. 김혜리, 위의 글에서 재인용.

인 K의 캐비닛까지 털려고 하자, 정당방위인지 과실치사인지 명확히 드러나지는 않지만, 형을 밀어 실족사시켰다. 이 사건은 현재까지 병삼 형의 단순 실족사로 처리되어 있는 상태이다. 문제는 병삼이 K에게 자꾸만 무언가를 고백하려 한다는 것이고, 가게의 다른 점원 영철이 병삼을 의심하면서 K를 사건 속으로 끌어들이려 한다는 것이다. 그러나 K로서는 도무지 그런 일에 말려들고 싶지 않다. 방관자 K는 "어떤 사람이 또 어떤 사람을 죽였기로 내가 할 일이 무엇인가? 도대체?" 하는 식으로 되묻는다. 이러한 방관자 의식은 K의 발치(拔齒) 행위와 겹치면서, "피부라는 것에는 묘한 조직이 있어서, 만일 그것이 고약해서 말썽을 부릴 것 같으면 피부는 곪아 버린다. 그리하여 수술을 해서 그것을 빼내도록 한다. 피부가 거절하는 것이다. 그러나 그것이 피부에 박혀 있어도 아무런 말썽이 없을 것 같으면 피부는 오히려 그것을 받아들이고 보호한다는 것이다. 몸에 탄환이 박혀도 그것이 아무 일도 없이 박힌 채 있는 수도 있고, 수술을 해야 하는 수도 있는 것이 모두 그런 까닭이다. 때문에 지금 의심해서 절개 수술을 할 필요는 없다."[206]라는 치과의사의 설명을 통해 정당화된다. 큰 말썽이 없을 경우에는 가만히 놓아두는 게 자연의 섭리에 합치하는 것을, 불완전한 인간이 구태여 사리분별을 하고 징벌하고 해결하고 할 필요가 없다는 것이다. 물론 작중인물의 말을 곧바로 작가의 말인 것처럼 해석하는 것은 옳지 않으나, 이 작품의 경우 기왕에 작가가 보인 서술태도상의 중요한 특성을 그 주제로 삼고 있기에 주목할 만하다.

현재적 삶을 특별히 중시하고 관찰자적 · 방관자적 서술태도를

---

206) 한말숙, 「방관자」, 위의 책, p.37.

견지하는 이 작가의 작품들은, 그래서 사회문제에 있어서든 여성 문제에 있어서든 적극적인 체제개혁의지보다는 기존 체제의 긍정 으로 수렴되어 궁극적으로는 보수주의와 연결된다.

4) 부르주아적 생활 감각과 자기탐닉적 미의식

여류문학상 수상작『이 찬란한 슬픔을』, 한국문협상 수상작「절벽(絶壁)」,「젊은 느티나무」가 1968년에 잇달아 영화화되고 1974 년에는 여성작가 최초로 전 8권의 대표작 전집을 출간했을 만큼 대중적인 인기와 문단의 인정을 동시에 얻었던 작가가 강신재이 다. 49년에 등단하여 89년에 이르기까지 40년간 문학 이력을 쌓은 작가이므로 그 문학적 소재나 제재의 범위가 넓고 다양하다는 것 은 어찌 보면 당연한 일일 터이다. 전쟁, 양공주, 빈곤, 연애, 범죄 등의 소재를 두루 다루는 것은 물론, 후기에 들어서서는 명성왕후, 문정왕후, 혜경궁 홍씨 등 궁중 여성의 삶을 소재로 역사소설을 선보이기도 한다. 평론가 정규웅은 강신재가 "유능한 요리사처럼 어떤 제재에서도 작품을 만들어낼 수 있고, 작품마다 그 주제의 방향이 아주 다르게 나타날 수도 있다"[207]고 말한다.

그럼에도 강신재 문학이 이 시대 문학판에서 독보적(獨步的)인 부분은 역시 이 작가의 부르주아적 감각과 취향의 세련된 형상화 에 있다고 할 것이다. 강신재가 즐겨 사용하는, 서구화된 중산층적 삶의 기호들은 작품의 이미지와 분위기를 형성하는 데 크게 기여 한다. 가령 강신재라는 이름을 한국소설사에 각인(刻印)한 대표작, 「젊은 느티나무」를 살펴보자. 1960년 1월『사상계』지에 실린「젊

---

207) 정규웅, 「내밀한 조화의 세계」, 『문학사상』, 1975년 1월호.

은 느티나무」는 다음과 같이 독자의 감각기억을 자극하는 인상적인 문장들로 서두를 뗀다.

> 그에게서는 언제나 비누 냄새가 난다.
> 아니, 그렇지는 않다. 언제나라고 할 수 없다.
> 그가 학교에서 돌아와 욕실로 뛰어가서 물을 뒤집어쓰고 나오는 때면 비누냄새가 난다.[208]

샤워 후의 '비누 냄새'란 보건위생을 중시하는 서구적 생활양식의 기호일 뿐만 아니라 숙희가 법률상의 오빠인 현규에게 느끼는 성애적(性愛的) 끌림의 매개이다. '비누 냄새'로 매개되는 섹슈얼리티는, 전통적인 섹슈얼리티 담론의 맥락에서 상투적으로 등장하는 '동백기름 냄새' 혹은 '지분 냄새'와는 전혀 다른 종류의 성적인 정체성 및 성적 감정과 실천을 의미하는 것이다. 우선 "엷은 비누의 향료와 함께 가슴속으로 저릿한 것이 퍼져" 나가는 것을 느끼는 주체가 E 여고생 숙희라는 점부터가 청신하다. 숙희의 시선은 끊임없이 현규를 관찰하면서 그의 성적 매력을 자신의 관점에서 서술한다. 예를 들자면 "까무레한 피부와 꽤 센 윤곽을 가진 그의 얼굴을 이런 각도에서 볼 때 나는 참 좋아진다.",[209] "그의 머리통은 아폴로의 그것처럼 모양이 좋다. 아주 조금 곱슬거리는 머리카락이 몇올 앞이마에 드리워 있다.",[210] "V네크의 다갈색 스웨터를 입고 그보다 엷은 빛깔의 샤쓰 깃을 내보인 그는, 짙은 눈썹과 미간 언저리에 약간 위압적인 느낌을 갖고 있었으나 큰 두 눈은

---

208) 강신재, 「젊은 느티나무」, 『정통한국문학대계』, 어문각, 1996, p.111.
209) 위의 책, p.112.
210) 위의 책, pp.112-113.

서늘해 보였고, 날카로움과 동시에 자신(自信)에서 오는 너그러움, 침착함 같은 것을 갖고 있는 듯해 보였다. 전체의 윤곽이 단정하면서도 억세고, 강렬한 성격의 사람일 것 같았다. 다만 턱과 목 언저리의 선이 부드럽고 델리킷하여 보였다."211) 그리고 이들은 "뽀오얗게 얼음이 내뿜은 코카콜라와 크랙카, 치즈"를 간식으로 먹고, 공부를 쉴 때는 "흰 쇼트와 곤색 샤쓰"를 입고 테니스를 치며, "서울의 중심에서 떨어진 S촌의 숲속"에서 "담쟁이덩굴로 온통 뒤덮인 낡은 벽돌집"에 살고, "므슈 리"는 "어느 사립대학의 경제학 교수"이며 어머니는 "늘 고운 옷을 입고 엷게 화장을 하고 있었다." 또 현규에 대한 사랑의 감정 때문에 "시무룩해가지고 테라스 앞에 오면 — 그 안 넓은 방에 깔린 자색 양탄자, 여기저기에 놓인 육중한 가구, 그 속에 깃들인 신비한 정적, 이런 것들을 넘겨다보면 — 그리고 주위에 만발한 작약, 라일락의 향기, 짙어진 풀내가 한데 엉켜 뭉큿한 이곳에 와서 서면 — 나는 내 존재의 의미가 별안간 아프도록 뚜렷이 보랏빛 공기속에 떠 있는 것을 보는 것이다."212) 이런 식으로 이 작품에 등장하는 생활소품들과 의식(衣食), 주거 환경 등 삶의 양식은, 50년대 후반에서 60년대 초반의 한국적 현실에서 아주 매력적인 부르주아의 그것이다. 부르주아적 삶에 대하여 어떠한 저항감이나 죄책감도 비치지 않으면서 이만큼 매력적인 서구적 감각의 서정성을 함유한 작품은 그때까지의 한국소설사에서는 찾아보기 어렵다. 이효석이 「장미 병들다」, 『화분(花粉)』 등에서 부르주아적 생활양식과 이국취향을 선보인 적이 있으나 노골적인 애욕 추구와 퇴폐주의에 경도되어 있

---

211) 위의 책, p.117.
212) 위의 책, p.115.

다는 점에서 강신재의 그것과는 다르다. 60년대 이후의 소설사를 살펴보더라도 강신재의 감각은 역시 이질적인 사례에 속한다고 해야 할 것이다.

필자는 1962년 11월 『사상계』지에 발표된 단편소설 「황량한 날의 동화」가 「젊은 느티나무」와 매우 상반된 서사를 가지고 있는 듯하면서도 실은 어떤 연장선상에서 진행되고 있다는 점에서 「젊은 느티나무」의 속편 격이라고 생각한다. 「젊은 느티나무」의 숙희는 현규의 성적 매력을 탐색하고 또 금지된 사랑이 주는 고뇌를 오롯이 즐기며 연애감정에 빠져 있다. 「황량한 날의 동화」의 명순도 "고민에 싸인 사나이의 어두운 매력에 이끌려" 명순 편에서 적극적으로 한수를 사랑했다. 그러나 결혼 뒤의 황량한 일상 안에 있는 명순에게 사랑이란 "섹스가 일으키는 트러블이고, 일종의 하찮은 시정(詩情)이었다. 모든 시(詩)가 그러하듯이 그것은 과장을 일삼고 우상을 만들기에 옆눈도 안 판다."[213]

명순은 작은 약국을 경영하는 약사이고, 약대 동창이었던 남편 한수는 아편 중독자이다. 한수는 "모르핀을 했다가, 죽을 고생을 하며 끊었다가 또 져서 다시 시작했다가"[214] 하는 일을 되풀이한다. 명순이 약장에 자물쇠를 채우고 시장에 다녀온 사이 한동안 약을 끊었었던 한수가 또 다시 유리 진열장을 깨뜨리고 모르핀을 한다. 명순은 화가 나서 장바구니를 내던지고 외딴 바닷가로 수영을 하러 간다. 이윽고 모든 사념이 사라지고 온몸에 힘이 넘쳐흐르자 명순은 다시 옷을 벗어놓은 물가로 돌아오고, 거기서 대학 동창인 세연을 발견한다. 명순에게 연정을 가지고 있는 옛 "클라

---

213) 강신재, 「황량한 날의 동화」, 위의 책, p.219.
214) 위의 책, p.222.

스메이트"는 지금 명순이 행복한지를, 그리고 여전히 한수를 사랑하는지를 묻는다.

> "명순인 지금 행복할까? 정직히 말해서 ……"
> 명순인 머리만 조금 들고 간단히 고개를 저어보였다.
> "그렇지만 아직도 한수를 사랑하고 있군?"
> 갑자기 명순은 소리를 내고 웃었다.
> 세연은 잠자코 그녀를 바라보고 생각에 잠겼다.
> 이윽고 그는 바위에서 일어나며 말하였다.
> "약방에 한 번 놀러가도 괜찮을까?"
> "앉을 데도 없는걸. 한수는 그 모양이고."
> 세연은 어두운 소리로 낮게 뇌었다.
> "그 병은 아주 좋지 못해. 명순에게도."
> "알고 있어."
> 명순은 끄덕였다.
> "그렇지만 난 아무일도 또 새로 시작하지는 않을 테야."
> 그리고 그녀는 약간 확신이 없는 얼굴이었으나 덧붙였다.
> "다 알아버렸으니까."215)

행복하지도 않고 남편을 사랑하지도 않지만, 삶의 지리멸렬함에 대하여 이미 "다 알아버렸기 때문에", "아무 일도 또 새로 시작하지는 않을" 것이라는 명순의 말이야말로 이 작품이 말하는 인생의 '황량함'이다.

귀갓길에 명순은 "정신이 맑은 새에 결행하겠다. 당신을 사랑한 증거라고 알아 준다면 다행이다 ……"216)라는 유서와 함께 한수

---

215) 위의 책, p.224.

가 죽어 있는 장면을 상상하며, "동화를 읽고 난 어른처럼"[217] 미소한다. 대체로 동화는 선(善)과 사랑의 궁극적 승리를 보여주는 장르이다. 선과 사랑이 없는 황량한 인생을 그 자체로 지속해야 하는 어른의 삶은 이미 동화가 될 수 없다. 그런데 집에 돌아와 보니 한수가 정말로 죽어 있는 것이다. 대학에서 늘 최고 득점을 하던 우수한 학생이었고 플루트를 불었고 교양이 있었고 보기 좋은 체격을 가졌던, 그래서 "명순의 마음을 끄는 거의 완전한 형태를 갖고 있었다"[218]는 한수는, 「젊은 느티나무」의 현규와 거의 다를 바 없는 이상적인 연애상대이다. 그러나 그와 결혼한 다음의 일상이란 그토록 황량한 것이었고, 그 황량한 날에도 있을 수 있는 '동화'란 자살뿐이었다. 어른의 세계에서 지리멸렬한 일상의 삶을 이기는 사랑, 다시 말해 '황량한 날의 동화'는 죽음을 통한 초월에서만 찾을 수 있다는 것이다.

『임진강의 민들레』는 1962년에 발간된 전작장편소설이다. 한국전쟁이 발발하던 시점부터 서울을 수복하기까지 서울의 한 부르주아 집안이 겪는 수난사가 기본 줄거리이다. 김윤식은 이 작가의 "지적 남성 기피증의 소설적 달성이 장편 속에선 더욱 찬란한 경지를" 드러내는데, "그 황홀한 경지를 보여준 작품이 6·25를 다룬 『임진강의 민들레』"[219]라고 격찬한다. 세련되고 이지적인 의대생 이화(梨花)와 수려한 정치학도 지운의 사랑을 6·25가 가져온 비극의 다양한 양상들과 엮고 있는 이 작품은, 6·25를 배경으로

---

217) 위의 책, p.225.
218) 위의 책, p.219.
219) 김윤식, 『한국현대문학명작사전』, 일지사, 1979, p.249.

하고 있으면서도 여전히 강신재다운 부르주아 감각을 고집스럽게 견지하고 있어 한국소설사의 수많은 전쟁문학 가운데에서 단연 이질적이다. 이화는 위기를 탈출하면서도 멋 때문에 하이힐을 신고, 기관총 사격을 받고 죽기 직전 잠시 정신을 차린 사이에도 노란 금속 훈장을 '민들레꽃'으로 알고 만져보는 여자이다. 생활과 생존이 다른 무엇보다도 우선적인 것임을 섬뜩하게 증언하거나 실존의 고뇌 속에서 자학을 일삼는 것이 당대 전쟁문학의 주류라면, 강신재는 자기탐닉적인 미적 자의식을 거세한 생활과 생존의 무의미함을, 임진강의 석양 아래에서 처참하게 죽어가면서도 민들레의 아름다움을 탐닉하고야 마는 이화를 통해 역설하고 있는 것이다.

강신재 소설의 감각성은 비단 부르주아적 생활양식의 묘사에서만 발휘되는 자질이 아니다. 일정한 줄거리 없이 북녘 항구에 사는 사람들의 살아가는 모양을, 본능과 감정에 충실한 한 여자아이의 눈을 카메라 렌즈 삼아 그려낸 풍경화 같은 소설인 자선(自選) 대표작 「파도(波濤)」에서도 강신재 소설의 서정적 감각성은 여실히 드러나고 있다. 작가는 무심한 듯하면서 기실 사람들의 삶과 상징적으로 긴밀하게 얽혀 있는 바다의 사계(四季)를 감각화하는 것은 물론 항구 신개지(新開地) 사람들의 삶에 스민 비극성 또한 섬세하게 그려낸다. 카메라 렌즈 격에 해당하는 인물, 영실이 좋아하는 소년을 가슴속에 떠올리며 느끼는 "무언가 새큼한 감각"[220] 은 강신재 소설의 매력을 설명하는 가장 적절한 어휘일지도 모르겠다. 강신재의 소설이 내포한 이 '무언가 새큼한 감각'이야말로 이 시대 문단에서 긍정적인 의미에서건 부정적인 의미에서건 강

---

[220] 강신재, 「파도」, 위의 책, p.58.

신재를 돋보이게 한 중요한 특성이었다.

5) 성격의 결벽성과 생활의 절박성

1969년 《현대문학》에 『토지』 1부를 연재하기 이전의 박경리는 당대의 여성문단에서 매우 특이한 경우에 속했다. 「흑흑백백」, 「계산」, 「반딧불」 등 박경리의 초기 소설들은 대개 사소설 혹은 사소설적 경향의 소설로서 전쟁과부, 홀어머니의 외동딸, 아들의 죽음, 자의식 강한 화자, 가난 등의 공통 모티프를 가지고 반복된다. 이 시대의 주류 여성작가들이 문학을 통해 자신이 노출되는 일을 극도로 꺼려했다는 저간의 형편을 고려할 때, 박경리의 경우는 확실히 다른 점이 있다. 박경리에게는 경제적, 심정적으로 의지할 남편과 아들과 가문과 재산이 없었고, 원고료로 가족의 생계를 해결해야 했다. 박경리가 이 시대 여타 여성작가들에 비해 엄청나게 많은 수의 작품을 발표한 것도 따지고 보면 원고료 한 푼이 절박한 경제적 사정 때문이었을 것이다. 59년에 발표된 장편 『표류도』는 57년의 「영주와 고양이」에 언급된 "끝없는 궁핍에서 오는 공포"로부터 작가를 어느 정도 해방시켜 주었다. 1960년대에 이 작가가 발표한 장편소설의 수는 무려 25편에 이르는데, 이중에서 『김약국의 딸들』과 『시장과 전장』 두 작품은 대중적 인기와 문단의 호평을 동시에 얻으면서 박경리의 작가적 성가를 드높였다.

박경리 문학에 대한 평가는, "초기 작품은 작가의 내면 세계에 갇힌 폐쇄된 담론을 지향하고 있으며 작가의 사적 체험으로 소재가 한정되는 한계를 갖기도 한다"는 것, "작가는 자기 존재를 확인하는 과정을 거치면서 1960년대 발표된 장편 『김약국의 딸들』

에 와서야 완전히 타자와의 대화를 지향하는 객관적인 서사의 언어로 나아가게 된다"는 것으로 수렴된다.[221] 그러나 이 자리에서는 '객관적인 서사의 언어'를 찾았다는 60년대 장편소설보다 이 시대 박경리 문학을 관통하는 핵심적 정서를 찾는 데에 보다 유용한 듯 보이는 사소설적 단편소설들과 그 연장선에서 60년대의 장편소설로 이어지는 거멀못 역할을 하는, 작가의 첫 장편 『표류도』를 논의 대상으로 삼는다.

앞서 "자신의 존엄에 상처를 받았을 때, 심정적(心情的)으론 생명을 내거는 지경까지 가는 나를 나는 제어(制御)하지 못한다"[222]는 수필의 한 구절을 인용한 바 있거니와 박경리의 이런 성격은, "어머니에 대한 연민과 경멸, 아버지에 대한 증오, 그런 극단적인 감정 속에서 고독을 만들었고 책과 더불어 공상의 세계를 쌓았다."[223]는 작가의 성장기에 형성된 것일 터이다. 박경리는 사소설적 성격이 짙은, 이 시기 자신의 소설작품 속에서도 자주 극단적인 성격의 인물들을 등장시킨다. 이들은 그야말로 '자신의 존엄에 상처를 받았을 때, 생명을 내거는 지경까지 가는' 사람들인데, 「전도(剪刀)」의 숙혜라든지 『표류도』의 강현회는 그 전형적인 사례이다.

숙혜는 인습적인 결혼생활에 마음을 붙이지 못하다가 아이의 피아노 가정교사와 낭만적 사랑에 빠진다. "숙혜는 이 절대적인

---

221) 김해옥, 「'여성적 自尊과 소외' 사이에서 글쓰기 – 여성주의적 관점에서 본 1950년대 박경리 소설」, 『토지』와 박경리 문학』, 솔, 1996, p.225.
222) 박경리, 「나의 문학적 자전」, 『꿈꾸는 자가 창조한다』, 나남, 1994, p.137.
223) 박경리, 「반항정신의 소산」, 『창작실기론』, 어문각, 1962, p.369.

목숨이 존재하는 이유와 대치(代置)시켜 볼 어떠한 것도 알지 못했다."[224] 그러나 남자는 단호한 태도를 취해주지 않고, 결과적으로 숙혜만 어머니와 아이와 가정을 잃고 고향을 뜨게 된다. 서울에서 은행에 다니며 독신으로 살던 숙혜는 동료 직원이 자신의 과거를 알고 있다는 사실을 비치자 사표를 낸다. 이에 집주인의 직물도안 일을 거들어주며 겨우 생계를 해결하던 숙혜는, 어느 날 집에 혼자 있다가 "고깃덩어리 같은"[225] 집주인 남편에게 성폭행을 당할 위기에 처한다.

『죽이세요 ……』
숙혜의 목소리가 갑자기 낮아지더니 말꼬리가 힘없이 흐려진다. 아무렇게나 목숨을 내던져 버리려는 심산인 것이다. 자포와 깊은 절망에 잠긴 숨소리가 명주 오래기처럼 들리락 말락한다. 그러나 눈동자만은 오욕(汚辱)을 태워버릴 듯이 타고 있었다.
『저 눈깔 좀 봐라! 저 눈깔!』
사나이는 미친 듯이 중얼거리며 이빨을 달달거린다. [226]

증오로 가득 찬 숙혜의 눈동자에 두려움과 미움을 동시에 느낀 사내가 수술용 가위로 숙혜의 전신을 난자하는 것으로 이 소설은 마무리된다. 지성의 흔적이라곤 없는 "고깃덩어리 같은" 사내에게 성적 대상물로 비춰졌다는 사실을, 숙혜의 자존심이 용납하지 못했다는 부분에 대하여 우리는 주목해야 한다. "아무렇게나 목숨을 내던져 버리려는 심산"이 바로 여기에서 유래한 것이기 때문이다.

---

224) 박경리, 「전도」, 『박경리단편선』, 서문당, 1978, p.203.
225) 위의 책, p.222.
226) 위의 책, p.224.

「전도」의 숙혜는 살해당한 것이고 『표류도』의 현회는 살해를 저지른 것이라 입장이 매우 다른데도 살해의 현장에 있는 두 사람의 의식구조가 거의 동일한 것이라는 점은 주목을 요한다. 의식구조를 논하기 전에 우선 홀어머니에 아이가 하나 있고 남편이 없으며 지성적이고 자존심이 남달리 강한 여주인공의 캐릭터 설정부터가 매우 유사하다. 이 여주인공을 성적 대상으로 농락하는 반동인물의 캐릭터 또한 영혼이 결핍된 육적(肉的) 존재라는 점에서 흡사하다. 이를테면 「전도」의 사내가 "고깃덩어리"에 비유될 때, 『표류도』의 최 강사는 "늙은 소의 육괴(肉塊)"[227]에 비유되고 있는 것이다.

> "미스터 스미스, 그렇게 그 여자가 욕심이 나오?"
> 최 강사의 서툴지 않은 영어가 귀에 흘러 들어왔다. 이방인은 고개를 끄덕이며
> "참 아름답소. 눈이 신비하고 슬픔에 젖어 있소."
> "스미스가 외로워서 그렇게 보이는 거요. 여자란 돈과 폭력이면 정복되는 동물이 아니요?"
> "저 여자도 돈과 폭력이면 그만인가?"
> "물론."
> …… (중략) ……
> "안돼 그건. 일전에 내가 부탁한 일 들어주어야 돼요. 스미스, 사실 저 여자는 말이야. 내 것인데 조건에 따라 양보할 수도 있어. 여자를 갖는 데는 낭비가 심해 골치야. 하하핫!"
> 눈에 불을 켜고 최 강사의 뒤통수를 뚫어져라 쳐다본다. 망치로 그 뒤통수를 바수어 죽이고 싶다. 어떠한 잔인한 방법을 써서라도

---

227) 박경리, 『표류도』, 나남출판, 2000, p.28.

죽이고 싶다. 눈앞에는 사람도 땅도 하늘도 보이지 않았다. 광포한
피가 기름처럼 지글지글 끓고 있었고, 돌아앉은 최 강사의 뒤통수만
이 새까만 점이 되어 눈 속에 밀려들어온다.
　"이런 곳에 있는 여자는 레이디가 아니니까 손쉽고 또 귀찮지 않
거든 ……"
　빈 청동 꽃병을 와락 잡아당겼다. 오직 최 강사의 뒤통수만이 흑
점이 되어 뚜렷하게 나타난다.228)

　현회가 던진 청동 꽃병에 뒤통수를 정통으로 맞은 최 강사는
즉사한다. 최 강사 같이 저질의 사내에게 자신이 매매 가능한 성
적 대상물로 간주되었다는 사실에 대한 참을 수 없는 분노가 현
회를 살인 행위로 내몬 것이다. 이런 식으로 현회의 살인 동기는,
숙혜가 자신의 목숨을 포기하는 심정과 동질적이다. 이것은 또한
"자신의 존엄에 상처를 받았을 때, 심정적(心情的)으론 생명을 내
거는 지경까지 가는 나를 나는 제어(制御)하지 못한다"는 작가의
의식구조와도 상당히 닮아 있다.
　'영주'라는 실명을 내세운 사소설, 「영주와 고양이」는 이 작가의
심적 결벽성이 가장 밀접하게 연결되어 있는 데가 어디인지 알려
준다.

　지금의 이 생활이 감옥보다 나을 것은 없다. 나에게 자유가 있다
지만 생활을 영위해 나갈 능력(직업)이, 즉, 생존의 자유가 없다. 끝
없는 궁핍에서 오는 공포 속에 나는 쫓겨다니며 있는 것이다.
　민혜는 그런 말을 뇌이며 눈을 감았다. 눈 가장자리가 뜨겁게 젖
어온다.

---

228) 위의 책, pp.251-252.

만일 내가 죽어버린다면 영주는 어떻게 될 것인가. 물론 거리에
나갈 것이다. 내가 없어짐으로써 고아가 될 수밖에 없는 영주다.

민혜는 자살자가 자기의 자식을 먼저 죽여버리는 일을 생각한다.
민혜의 가슴은 저절로 뛰었다.

죽음을 생각한다면 무엇인들 못하겠는가. 몸을 파는 일까지도─.[229]

가난하고 외로운 삶의 절박성이야말로 자존(自尊)에 목숨을 거
는 결벽성과 잇닿아 있는 것이다. "빵을 위해서만이 나는 가장(假
裝)과 비밀(秘密)에서 오는 굴종이 필요했던 것"[230]이라는 숙혜
나, 빚을 끼고 다방을 운영하며 "필사적으로 경제적 균형을 잡
아"[231] 온 현회나, 원고료로 가족의 생계를 책임져야 했던 작가
박경리는 그 가난하고 외로운 삶의 절박성이라는 측면에서도 매
우 동질적인 인물들인 것이다. 그래서 살해당하거나 살해하는 극
단의 지경에 이른 사람들이면서도 한편으로는 "살아야 한다는 것
보다 더 절박한 일은 없다. 어떠한 절박한 골목길에서도 부정하지
못할 것은 자신의 생명이다."[232]라고 되풀이 다짐하는 것이다.

이런 맥락에서 보자면, 박경리의 초기 작품이 "현실에 대한 부
정과 악에 대한 증오가 자기 피해의식에서 오는 현실에 대한 부
정적 감정의 표현에 지나지 않는다"[233]는 평가 혹은 그것들이 50
년대의 속악한 전후현실에 대한 고발과 비판에 중심이 가 있다는

---

229) 박경리, 「영주와 고양이」, 『박경리 문학전집 19: 불신시대』, 지식
    산업사, 1987, p.311.
230) 박경리, 「전도」, 앞의 책, p.206.
231) 박경리, 『표류도』, 앞의 책, p.8.
232) 위의 책, p.148.
233) 홍사중, 「한정된 현실의 비극」, 『현대한국문학전집』, 신구문화사,
    1967, p.463.

견해[234]로 박경리의 이 시기 문학을 단정해 버릴 수는 없다. 그러한 평가들 사이에 박경리의 이 시기 문학이 작가의 성격의 결벽성과 생존의 절박성을 문학적으로 해소한 결과물이라고 보는 관점도 필요할 것 같다.

6) 부르주아 노년여성의 가부장제 비판

한국사회에서 근대는 언제나 전근대와 공존했고 서로를 이용하는 측면도 많았다. 근대와 전근대의 그 기묘한 합작물은 종종 "아시아적 가치"니 "유교 자본주의", "가장 한국적인 것이 가장 세계적인 것" 등의 다양한 모습으로 변신을 거듭했다.

박화성의 이 시기 대표 작품들은 한국적 현대성의 이면인 봉건적 가부장제에 대한 강력한 비판의식을 담고 있다. 그중에서도 1955년 『새벽』지에 발표되었고 1964년 자신의 회갑 기념집에도 실린 「부덕(婦德)」과 1968년 『여류문학』 창간호에 게재된 「현대적(現代的)」 두 편이 그러한 비판의식을 가장 전형적으로 보여주고 있다. 이 두 작품은 30년대에 호평을 받은 「하수도공사」, 「홍수 전후」, 「한귀」, 「고향 없는 사람들」 등에 비하여 사회의식의 진보성은 감퇴한 대신 그 진보성의 관념적인 측면이 상당히 탈각되고 당대 부르주아 노년 여성의 삶의 구체성을 생생하게 포착한 독특한 단편소설이다.

「부덕(婦德)」에는 낡은 시대의 부덕에 대한 작가의 통렬한 비판의식과 함께 축첩제도에 대한 박화성의 원초적인 거부감이 군데군

---

234) 하정일, 「세계의 속물성에 맞선 기나긴 저항의 여정」, 『환상의 시기』, 솔 출판사, 1996, pp.312-313.

데에서 날것으로 드러나 있다. 박화성은 수필집 『추억의 파문』에서, 자신이 10세 때 첩을 얻어 가산을 탕진하고 어머니를 학대한 "아버지에게서 모든 것을 철수해 버렸"으며, "그날부터 〈아버지〉라는 명사를 입밖에 내지 않았"[235]다고 밝힌 바 있다. 철저한 민족주의자이자 신간회의 창립 간부로서, 주야간 중학교의 교주(校主)이자 사회사업가로서, 소작인의 이익을 적극적으로 배려하는 선한 대지주로서 송덕비까지 선사 받은 처지인 명망가 조씨에게 유일한 허물이 있다면 아내를 여럿 두었다는 것이다. 조 교주의 본처 장성댁은 첩을 다섯이나 둔 남편을 전통적 부덕으로 용납하고 받들어왔다. 첩을 얻거나 어린 기생을 머리 얹힐 때마다 돌부처처럼 태연히 구는 장성댁의 부덕은, "세상의 축첩하는 사내들의 보감(寶鑑)"[236]이 되어 있다. 그러나 장성댁은 큰딸의 혼사를 치르는 와중에 신식교육을 받은 똑똑한 딸들에 의해 자기 삶의 신조였던 부덕에 대하여 회의를 품게 된다. 딸들의 눈에는 어머니 장성댁이 부덕이라는 형틀에 매여 "자기를 형벌하고 있는 것"[237]으로 보인다. 큰딸을 시집보내고 공허한 가슴을 어쩌지 못하고 있는 차에 조 교주마저 급작스런 뇌일혈로 세상을 하직하자, 장성댁은 "남편이라는 기둥 위에 고요히 화려하게 쌓아 올렸던 〈부덕〉이라는 사층탑"[238]이 흔적도 없이 허물어져 버린 것을 깨닫는다.

부르주아 민족주의자 남성의 봉건성과 부르주아 노년 여성의 처지를 잘 대비시키고 있고, 혼례와 장례라는 행사에 대한 세밀한

---

235) 박화성, 『추억의 파문』, 국민문고사, 1969, p.141.
236) 박화성, 「婦德」, 『現代女流文學33人集』, 신구문화사, 1979, p.51.
237) 위의 책, p.61.
238) 위의 책, p.66.

형상화를 통하여 전라도 문벌들의 생활풍속도를 생생하게 펼쳐 보이고 있음은 이 작품의 미덕이다. 목포에서 사업가 집안의 맏며느리 노릇을 해본 박화성의 체험이 투영된 작품이라 여겨진다. 그러나 아래 인용문에서 보이는 바와 같이 교육받은 딸들의 입을 통해 박화성의 노골적인 계몽의지가 육성으로 노출된 점은, 이 작품의 미학적 완성도를 해친다.

「어머니의 부덕은 소극적인 낡아빠진 부덕이에요. 자멸(自滅)하는 부덕이에요. 언니의 부덕은 그래서는 안될 거에요.」
「어떤 것이 적극적인 부덕이냐?」
장성댁의 어조에는 항의가 만만하다.
「만일 형부가 여인을 하나 상관했다 합시다. 그럼 그건 형부의 잘못이라고 남의 일 보듯이 해선 안되거든요. 그것을 즉 언니 자신의 부도덕이라 생각하고 죽기로써 남편에게 항거해야지요. 기어코 남편으로 하여금 부정한 행동에서 손을 떼도록 온갖 정성과 노력과 때로는 비상수단이라도 써서 그른 일을 못하게 하는 것이 새 시대의 여성의 부덕이라고 나는 생각해요.」
…… (중략) ……
명희는 명옥의 손을 꼭 쥐었다. 명옥은 언니의 손을 마주잡고 장난기 어린 웃음을 띠어
「그럼 우리 다 새로운 부덕의 길로 매진합시다.」
무슨 표어나 외듯이 소리피며 굳은 악수를 하였다.[239]

「현대적」은 「부덕」처럼 노골적으로 작가의 목소리를 드러내지 않으면서도 한국적인 상황에서 "현대적"이라는 수사가 어떤 식으

---

239) 위의 책, pp.58-59.

로 왜곡되어 여성에 대한 가부장제의 봉건적 통제와 결합하는지를, 상류사회의 안살림에 대한 흥미로운 세부묘사와 함께 인상적으로 보여주는 작품이다. 60년대 문학계에서 거의 다루어지지 않은 특이한 소재와 캐릭터를 운용하여 선명하고 시의성 있는 주제의식을 노현(露顯)함으로써 박화성은 자신의 문학적 역량을 증명함과 동시에 『여류문학』 창간호의 지면을 빛내었다.

「현대적」에서 주인공 안순애는 부(富)와 귀(貴)와 수(壽)를 누릴 만큼 누린 칠십 세의 대갓집 안방마님이다. 남편 이동진은 미국유학을 다녀와 대학에서 교수로 5년간 봉직하고 어느 고관의 비서실장을 거쳐 고문관이니 자문위원 10년, 국회의원 10년, 그리고 일약 ××부 장관이 되어 각하로 3년을 산 귀인(貴人)이다. "이 각하 三 년의 세월이 안순애 최고의 생애이었고 부귀의 지극이었다. 각하라는 호칭도 오로지 안여사의 입에서 처음으로 불러졌고 그 전직을 추존하여서 지금까지 집안에서는 대감으로 행세시키는 것이다."[240] 고학으로 전문학교를 졸업하고 교편을 잡던 안순애가 장안의 명문가 자제 이동진과 결혼할 수 있었던 것은, 안순애의 필사적인 노력도 중요한 역할을 하기는 했으되 무엇보다도 이동진이 결혼을 반대하는 부모친척과 선배들에게 "지금이 어느 땝니까? 곧 달나라가 정복될 二十세기란 말입니다. 케케묵은 관습, 그 나라가 망쳐먹은 썩은 파당주의! 서로 사랑하면 그만이죠. 무얼 더 이상 바랄 게 있습니까? 전 안 순애를 벌써 제 인생의 반려로 결정했으니까요. 자식의 장래를 위해서 묵인하시는 게 현대적인 해결입니다."[241]라고 하면서 '현대성'을 강경하게 밀어붙였기 때문

---

240) 박화성, 「부덕」, 『여류문학』, 1968년, p.21.
241) 위의 책, p.20.

이었다. 그러나 이동진은 "입으로는 현대적이니 뭐니 열심히 뇌이고, 또 사실 결혼식만은 그의 현대적인 사고에서 성공하였지만" 그의 "부부관이란 극히 단조롭고 봉건적이어서 여자의 개가를 적극 반대하는 사람이었다.", "여자란 한 번 몸을 망치면 그게 끝이지 두 남자를 갖는다는 것은 엄격한 의미에서 매춘이 되는"242) 것이라는 논리였다.

출세한 남편 덕에 덩달아 사십여 년 부귀를 누려온 안순애는, 이동진과 혼인하기 전에 과거가 있었다는 사실이 들통 나면서 절대절명의 위기에 처한다. 강원도 영월에서 주막을 하던 우씨의 맏딸 초녀는 18세에 어머니의 단골고객이던 조씨의 후취로 초례를 치렀다. 그러나 전실 아들의 포악으로 생명의 위협을 느끼자 조씨와 절연하고, 안순애라는 개명으로 수원 양잠(養蠶)강습소와 정규 고등학교, E 전문학교를 차례로 거쳐 그 계통의 여학교에 근무하다 마침내 최고의 신랑감으로 손꼽히던 이동진을 손에 넣었던 것이다. 초녀 시절의 과거를 이동진에게 일러바친 사람은 첫 남편 조씨와 살지 못하게 원인을 제공했던, 그 전실 아들 조병태였다. 조병태의 방문으로 아내의 과거를 알게 된 이동진은 생활양식을 비롯한 증거물들을 아내가 볼 수 있도록 버젓이 서재 책상 위에 공개해 두는데, 안순애는 남편의 그런 행동에서 자신에 대한 남편의 무언의 지시를 읽는다.

안여사는 사진과 서류 두 장을 갈갈이 찢어서 재털이에 태우고 마루방 캐비닛에서 약병을 내왔다. 안여사가 즐겨 먹던 수면제였다.
안여사는 새빨간 약알을 한줌 듬뿍 집어 서너번에 다 삼키고 반

---

242) 위의 책, p.31.

듯이 누워서 눈을 감았다. 희미해지는 정신 중에서도 안여사는 이것
이 당신의 현대적인 해결이에요를 되뇌이고 있었다.[243]

안순애의 자살로 끝나는 이 결말을 통해, 박화성은 이른바 '현
대적'인 것의 한국적 변형이 어떤 방식으로 여성을 살해하는지 섬
뜩하게 보여준다. 50-60년대의 한국적인 '현대성'이란 부모의 의지
가 아니라 자신의 의지로 배우자를 선택하는 것이면서 동시에 여
자의 정조에 관해서는 여전히 전근대적인 성차별주의를 고수하는
것이었다. 소설의 서두와 결미에 이동진 식 '현대적인 해결'이 한
여자의 인생에 미친 결과를 극명하게 상응시킨 박화성의 작가적
역량은 이 작품의 주제의식을 더욱 효과적으로 부각시킨다.

「부덕」과 「현대적」은, 어떻게 보면 근대 초기 신여성들의 주장
에서 한 치도 발전한 바 없는 진부한 주장을 되풀이하고 있는 셈
이고 또 그 부르주아적 관점이 여성문제 안의 계급문제를 왜곡할
소지가 없지 않지만, 남녀를 막론하고 동시대의 다른 작가들이 건
드리지 않는 자유주의 페미니즘의 의제를 명징하게 형상화했다는
점에서 그 의의를 인정할 수 있겠다. 또한 박화성의 초기 문학세
계와는 달리 이 후기 대표작들은 작가의 생활과 생리의 결합이
낳은 문화적 생산물이라 할 만하다.

7) 계몽의 의지와 증언 욕구

『월남전후』는 1956년 7월부터 12월까지 『문학예술』지에 연재된,
임옥인의 대표작이자 출세작으로 제4회 아세아 자유문학상 수상

---

243) 위의 책, p.32.

작이기도 하다. 임옥인은 이 작품에서 김영인이라는 이름의 1인칭 화자를 내세워 광복의 날부터 1946년 4월 월남할 때까지 8개월간 자신이 겪은 이야기를 거의 그대로 작품화하였다.[244]

꿈에 그리던 해방을 맞자, 영인은 "감자 먹고 귀밀 먹는 삼수갑산(三水甲山)이라던, 옛날에 귀양살이로나 오던 곳" 혜산진에서 "가난과 무지와 암흑속에 사는 이 지대의 발전없이 도시 중심으로 기형적인 발달을 하면 무슨 소용이랴 싶어서"[245] 가정여학교(家政女學校)를 설립하고 문맹퇴치, 교육계몽운동에 투신한다. 우리말글을 마음대로 가르칠 수 있다는 사실이 너무나 기쁘고 "대해와 같이 일감이 있는" 곳이어서 영인은 "조금도 외롭지도 슬프지도 않은 것 같았다. 청춘과 사랑이 있을 때보다도, 가정과 안정이 있을 때보다도 어쩐지 나는 산다는 보람이 느껴지는 자신을 발견한다."[246] 주야간 양쪽 교재까지 손수 만들어가며 삼수갑산의 문맹자들에게 '가갸거겨'를 가르치느라 혼신의 힘을 다 바치는 김영인의 모습은, 심훈 작(作) 『상록수』의 주인공 최영신을 떠올리게 한다. 작가는 이 시절의 자신에 대하여 "아마도 내 평생에 이처럼 혼신의 힘과 정열을 다해 본 일도 별로 없는 것 같다"[247]고 회고한다. 김영인이 이 보람찬 교육사업을 떠나게 된 직접적인 계기는, 열성 공산당원이 된 고종사촌 을민과의 갈등과 신변상의 위험 때문이었다. 그러나 보다 본질적인 원인은, 영인의 기질적 성향

---

244) 이와 관련해서는 임옥인이 『나의 이력서』(정우사, 1985) 중 「解放 그리고 월남」 부분에서 저간의 사정을 밝히고 있음.
245) 임옥인, 「월남전후」, 『한국여류문학전집』 제2권, 한국교양문화원, 1978, p.37.
246) 위의 책, p.64.
247) 『나의 이력서』, p.89.

이 북한식 공산주의와 끊임없이 충돌했다는 데에서 찾을 수 있다.

『동무는 공부를 많이 했다지요. 우리 노동자 농민을 위해서 일 많이 해 주시오. 노동자 농민은 검소하지요. 동무는 너무 하이칼라한데요.』
내가 무에 하이칼라하단 말인가? 그렇다. 해방된 덕분으로 그놈의 몬뻬를 벗어 버리고 소복일망정, 긴 치마를 입고 있는 때문인가?
『내가 무에 하이칼라해요?』
나는 그의 얼룩진 검정 광목 짧은 치마에 눈을 보내며 못마땅한 듯이 쏘아 붙였다. 그렇게 보아 그런지 참말 너무도 형편 없는 시골뜨기요, 가난한 꼴이 덕지덕지 내솟은 모습이기도 하다. 말로 뿐 아니라 그 여자나 또 이 동무의 부인이라는 채동무라는 여자도 웬일인지 내게 처음부터 적의를 품고 있는 듯했다. 그럴 수밖에 ……
자기네는 초근목피로 연명해 가며 조국광복을 위하여 투쟁한 프롤레타리아 여성들이요, 나는 일본 유학까지 한 부르조아 여성이 아닌가 말이다. 그들은 그러한 인식으로 나를 저울질하는 것임에 틀림없었다.[248]

인용문에서 알 수 있듯, 해방된 북한 땅에서 새로이 권력을 쥔 사람들과 "일본 유학까지 한 부르조아 여성" 영인은 서로가 서로에게 적의와 반감을 느끼고 있다. 그래서 영인으로서는 "해방이 됐다고는 하지마는 그와 정반대로 내 환경이나 개성이 마치 거미줄에 얽혀든 벌레처럼 앞도 뒤도 꽉 막혀진 듯한 답답함을 느끼지 않을 수 없었다.", "생리에 맞지 않는 사람들과 일상 접촉하고 그들의 비위까지 맞춰야"[249] 하는 상황을 참을 수 없었던 영인은

---

248) 「월남전후」, p.36.

마침내 단신으로 월남을 단행한다.

　　『후유 ……』
　　이것이 이남 하늘이라니 …… 관념이 아니라 참말 조롱 안에 갇혔던 새가 푸른 창공을 후르르 날아 가는 시원함을 나는 내 생리로써 체험했던 것이다. 나는 몇 번이고 심호흡을 했다. 대기(大氣) 그 자체가 나를 온통 삼켜 주었으면 하고 내 전신을 떠맡기는 심정이었다.250)

　　"생리에 맞지 않는 사람들과 일상 접촉하고 그들의 비위까지 맞춰야" 하는 것이 싫어서 월남한 사람이니 만치 이남 하늘 아래에서 "조롱 안에 갇혔던 새가 푸른 창공을 후르르 날아가는 시원함"을 "내 생리로써 체험"했다는 영인의 말은 그 나름의 진정성을 획득한다.

　　혜산진 가정여학교 일에 전념할 때 임옥인은 창작 욕구를 잊고 있었다. "모국어를 찾는 끓어오를 듯한 기쁨이 나로 하여금 작품 집필로 인도하기보다는 그 모국어를 하나에게라도 더 많이 가르쳐 주기 위한 열의로 교육쪽에만 몰아세웠던 까닭이다."251) 불편한 생활과 열악한 노동조건에 아랑곳하지 않고 교육 사업에 혼신의 열정을 다하게 한, 임옥인의 강렬한 계몽 의지는 생리에 맞지 않는 이념과 체제로 인하여 그 실현을 좌절당하자 문학을 통한 증언 욕구로 전이된다. 말하자면 『월남전후』는 월남전후 8개월간의 자기 경험에 대한 증언이자 자술(自述)인 것이다.

---

249) 위의 책, p.51.
250) 위의 책, p.110.
251) 『나의 이력서』, p.90.

임옥인 문학의 여성상이 모종의 실감을 획득하는 것은 자전소설 『월남전후』까지이다. 『월남전후』에는, 그것이 보수적이건 진보적이건 전체를 보는 안목이 있건 종교적 편견에 사로잡혀 있건 간에 작가 자신의 생활과 생리가 결합하여 낳은, 살아 있는 여성이 발견된다. 그러나 『월남전후』 이후 임옥인의 문학은 작가가 설정한 절대이념으로서의 기독교 계몽주의에 함몰되어 지나치게 이상화되고 화석화된 여성인물만을 생산한다. 문학, 교육, 신앙을 인생의 세 기둥으로 삼고 살아왔다는 임옥인의 문학은 말년에 이르러 "「펜을 그리스도를 위하여 ……」"[252]라는 절대적 신념에 의해 일종의 전도(傳道) 수단으로 변화한다.

8) 일부일처제의 위반과 원죄의식

가부장제 이데올로기를 내면화한 여자들에게 일부일처제(mono-gamy)는 신성한 계율의 일종이다. 여자 쪽에만 엄격하게 적용되는 편파적인 계율임에도 여자들은 이 계율을 절대적으로 수호함으로써 남자들에 대하여 도덕적 우위를 점하고 가부장제 가족제도 안에서 가모(家母)로서의 현실적 지위 획득이라는 실익을 챙기려고 한다. 그리하여 일부일처제의 계율 위반이라는 문제는 종종 그 능동적 행위자인 남자를 제외하고 여자와 여자 사이의 문제인 것으로 호도(糊塗)되곤 한다. 이 두 여자 중 일부일처제의 보호를 받는 법적 본처는 명백하게 도덕적 우월성을 가진 쪽으로 치부되고, 일부일처제 바깥의 여자는 가부장제 가족의 신성성을 모독하고 동족의 천부적 권리를 절취했다는 원죄의식을 가지게 된다.

---

252) 위의 책, 제6장 「나의 문학 · 교육 · 신앙」 부분 참조.

최정희와 정연희는 그 후자 쪽의 원죄의식을 중요한 문학적 화두로 삼은 여성작가이다. 해방 전의 최정희는 그러한 원죄의식을 고백체 소설 '삼맥(三脈)'(「지맥(地脈)」, 「인맥(人脈)」, 「천맥(天脈)」)으로 문학화했다. 그 고백의 포즈와 내용은, 당당한 자기 긍정과 양성평등에 관한 선구적 논리를 담고 있는 나혜석의 「이혼고백장」과는 사뭇 달라서 "〈地脈〉이 「文章」誌에 발표되자 靑年을 넘어선 어떤 男子가 찾아와서 자기의 戶籍에 私生兒인 아이들까지 入籍시켜서 평안하게 살게 해 주마고 말했다"[253]는 일화가 있을 만치 독자의 동정심을 자아내기에 충분하도록 다분히 감성적인, 죄의식의 표백(表白)이었다. 일부일처제의 승인을 받지 못한 젊고 아름답고 지적인 여자주인공들이 여자로서의 애욕(愛慾)을 버리고 어머니로서의 모성과 전통적 부덕으로 회귀하는 모습을 그린다는 점에서 공통적인 이 삼부작은 독자와 평단으로부터 호의적인 평가[254]를 얻음으로써 이후 최정희의 삶과 문학에 돌파구가 되어주었다. 젊은 과부가 인격적인 남성의 애틋한 구애와 "무슨 쇠덩어리와 쇠덩어리가 부디치는때 생기는 그먼-아주 내 신경전부를 일으켜세우는 소리"로서 "애욕에서 발을 빼는날이래야 완전한 구원을 받을 수 있다-든 검은복장을 입은 신부의음성"[255] 사이에서 갈등하는 것으로 소설적 긴장을 유지하다 결국 금욕적 가부장제 모성이데올로기를 좇는 것으로 마무리지어지는 삼맥의 원죄의식은, 해

---

253) 최정희, 「작가 노우트」, 『한국여류문학전집』 제1권, 한국교양문화원, 1978, p.173.
254) 가령, 김동리는 "頭腦로나 손끝으로 이루어진 것들이 아니고 心臟으로써 피로써 쓰여진 작품"이라고 하면서 '삼맥'을 호평했다. 김동리, 「女流作家의 回顧와 展望」, 『文化』, 1947.7.
255) 최정희, 「지맥」, 『문장』, 1939.9., p.80.

방 후 「우물치는 풍경」, 「풍류 잡히는 마을」, 「찬란한 대낮」 등의 중·단편소설과 제1회 여류문학상 수상작인 장편소설 『인간사』에서 역사와 민중에 대한 지식인의 원죄의식으로 상당 부분 치환됨으로써 최정희 후기 문학의 활로를 연다.

이재선은 30년대에 대거 등장한 여류작가들의 작품이, '사랑이 여자의 전존재임을 밝히는 반면 性의 묘사는 가능한 한 배제하며 남성 파괴적인 여성을 별로 그리지 않는다'고 하였다. 그리고 이러한 현상이 '여성의 예민한 정감성 및 수동성을 반영하는 동시에 사회적인 수치심과도 연관된다'256)고 지적했다. 해방 전 최정희의 고백체 소설 역시 그런 맥락에서의 사회적인 수치심을 내장하고 있었다. 그러나 1960년 4월 혁명의 직접적인 영향하에 집필하여 그해 8월부터 12월까지 『사상계』지에 연재된 장편소설 『인간사』는 많은 부분에서 새로운 면모를 보여준다. 우선 사랑에 전존재를 거는 자는 마채희가 아니라 강문오라는 남자이며, 꽤 진한 농도로 성(性) 묘사를 하고 있고, 마력(魔力)과도 같은 육체적 매력으로 남자를 유혹하는 위험하고도 파괴적인 여성을 그리고 있다. 남성 주인공을 내세움으로써 작가는 초기 고백체 소설을 지배한, '가부장제의 검열하는 시선'에서 어느 정도는 벗어난 듯하다. 메리 엘만의 말대로 "여성작가의 저술은 그것이 마치 여성 자체인 것처럼 대접받는다."257) 작가와 동일시되기 쉬운 지식인 여성 주인공이 마채희처럼 남자를 갈아치우면서 아비가 다른 "아이들을 낳아 싸던지구 다니는"258) 행태를 상당히 우호적인 시선으로 그렸다면,

---

256) 이재선, 앞의 책, p.480.
257) Mary Elman, *Thinking about Women*, New York: Harcourt, 1968, p.29.

그 사회적 반향이 어땠을지는 충분히 짐작할 수 있다.

　　"그래 그래. 시원히 잘 날아갔어 새처럼 포로로 …… 잘 날아간
셈이지? …… 고건 말이야 …… 언제 어느 가지에구 날아갈 새거든
…… 새야 …… 어느 한 가지에 진득이 멈출 수 없는 …… 없는
…… 새 같은 여자야. 포로로 날아갔어 ……"
　　…… (중략) …… "자네두 채희 때문에 …… 채희가 자넬 시인을
만든 게지? 시인을 …… 만들어놓구 갔단 말이야 잘됐어."
　　"자네두 채희 때문에 …… 채희 때문에 시인이 된 건가? 좋지. 채
흰 …… 우릴 …… 시인을 만들어, 시인을 만든 …… 여자란 말이지.
…… 아이들을 낳아 싸던지구 다니는 여자지만 남잘 …… 시인을 만
드는 여자거든 …… 헛허헛허."
　　…… (중략) …… "그렇지. 그 어려운 생활을 이겨낸 건 채희의
힘일지 몰라 …… 핫하하핫."[259]

　　남편과 아이를 버리고 간 행위를 '새처럼 포로로 날아갔다'고
표현하고 그런 여자가 남자를 시인이 되게 하며 생활의 어려움을
극복하게 만드는 힘을 지녔다는 관점은 그것의 사실성 여부를 떠
나 전복적인 시각이다. 물론 마채희 또한 종국에는 최정희 소설의
다른 인물들과 마찬가지로 남편과 아이들을 위해 희생하는 한국
적 여인상으로 돌아온다. 알코올 중독으로 폐인이 된 남편과 성치
않은 세 아이들을 돌보는 그녀의 모습에는 그러나 삼부작의 여주
인공들이 자기희생의 궤도로 진입하면서 보이는 마조히즘적 성향
이 없다. 그런 점에서 채희의 변화는 한 인간의 인격적 성숙으로

258) 최정희, 「人間史」, 『정통한국문학대계』, 어문각, 1996, p.104.
259) 위의 책, pp.103-104.

해석할 여지가 있다. 또한 허윤의 아이인 금아, 강문오의 아이인 민, 그리고 서상춘의 아이들이 허, 강, 서라는 각기 다른 성씨(姓氏) 때문에 갈라지는 것이 아니라 채희라는 모계혈통의 테두리 안에서 새 시대의 희망으로 묶인다는 것은 간과할 수 없는 함의를 지니고 있다. 금아와 민을 채희의 방종(放縱)한 성생활과 불륜의 증거물로 취급하지 않고 오히려 질곡의 역사를 교체할 새 역사의 물결, 4·19의거의 주역으로 내세운 대단원은 채희의 섹슈얼리티를 보다 근원적인 차원에서 은밀하게 긍정하고 있는 대목이 아닌가 한다.

일부일처제의 근간을 훼손했다는 죄의식을 작품세계의 기저에 깔고 있다는 점에서 최정희의 계보에 이어지는 작가가 정연희이다. 앞서 이 작가의 수필에서 확인했던바, "존재는 그것 자체가 죄요, 죄란 외로운 것이다."라는 명제야말로 정연희의 문학을 관통하는 일관된 주제의식이다. 이런 주제의식을 분명하게 보여주는 작품으로 『한국여류문학전집』에 실린 단편소설 「창구(窓口) 있는 묘지(墓地)」가 있다. 불행했던 첫 번째 결혼생활을 청산한 직후인 1966년 8월, 『신동아』에 발표한 이 작품은 우선 제목부터가 작가의 염세적 인생관을 그대로 노출하고 있어 흥미롭다.

의부증 심한 아내에게 시달리는 대학교수 석우의 삶은 무덤과 다를 것이 없다. 석우에게는 사상범으로 십 년 동안 옥살이하다 나온, 다리 하나 없는 친구 철이 있다. 석우의 도움으로 네거리 한 모퉁이에 달랑 세워진 전차표 매표소를 운영하게 된 철은 새벽 다섯 시부터 자정이 가깝도록 오로지 표를 파는 단순노동에만 몰두하며 삶을 견딘다. 석우는 그런 철을 한편으로는 가여워하면서도 한편으로는 부러워한다. 존재 자체가 죄일진대 "그에게는 연루자(連累者)가 없는 것이다. 철저한 단독범이다."260)

철을 만나고 돌아서는 네거리에서 석우는 아무런 지향점도 목적 의식도 없이 신호등의 명령에 따라 "그 지점까지 밀려 밀려온"261) 자신의 모습을 발견한다. 철이 "철저한 단독범"인데 반하여 석우는 "아내를 포함한 일곱 번째의 연루자"262)를 가진 공범자다. 존재 자체가 죄임에도 사랑하지 않는 아내와 무의미한 결혼생활을 유지하며 여섯 번째의 아이를 가진 것이다. 묘지 같은 석우의 삶에 창구를 내주겠다던 제자 영이 결혼해 버리고 아내 대신 아이들을 키우며 살림을 맡아주던 장모가 자살한 후, 다시 네거리의 인파 속에 선 석우.

> 알루미늄의 전차표 매표소가 눈부시게 번쩍이고 있다. 석우는 상을 찡그리며 창구에다 돈을 밀어넣는다.
> 『한 장만.』
> (누가 자네의 이 눈부신 무덤을 이장(移葬)시켜 주겠다던가?)
> (누군가는 그것을 신(神)이라고 하였지만.)263)

이장(移葬)이란 무덤과 다를 바 없는 현세적 삶의 어떤 긍정적인 변용(變容)을 의미하는 것일 터이다. 그러한 변용을 가능하게 하는 존재가 신이라는 풍문을 전하는 이 작품의 결말은, 작가가 자신의 삶과 문학의 활로를 어디에서 찾을 것인가 예고한다. "존재와 죄와 외로움"264) 그리고 삶의 무목적성(無目的性)과 무의미

---

260) 정연희, 「창구 있는 묘지」, 『한국여류문학전집』, 한국교양문화원, 1978, p.258.
261) 위의 책, p.260.
262) 같은 곳.
263) 위의 책, p.278.
264) 정연희, 「젊은 날의 일기」, 『예술가의 삶: 그대 강물에 꽃잎으로

성(無意味性)을 참을 수 없었던 이 작가는 가부장제 종교의 틀 속으로 뛰어 들어감으로써 대속자(代贖者)와 삶의 목적을 동시에 구했다. 이것이 정연희에게, 또 정연희의 문학에 참다운 활로였는가 여부에 대해서는 연구자가 어떤 관점에 서느냐에 따라 다양한 논의가 있을 수 있을 것이다.

4. '가면 쓰기'로서의 '글쓰기'와 그 층위

1) 기독교 천사의 가면

1957년 《새가정》지에 연재된 임옥인의 장편소설 『들에 핀 백합화를 보아라』는, '선험적 가치에 절대적으로 의탁하는 작가의식'[265]이 어떤 식으로 서사의 파탄을 초래하는지 보여주는 한 실례(實例)라 할 만하다.

제목뿐만 아니라 작품의 서두에 신약성서 누가복음 12장 27절, "백합화를 생각하여 보아라. 실로 만들지 않고 짜지도 아니 하나니라. 그러나 내가 너희에게 말하노니, 솔로몬의 모든 영광으로도 입은 것이 이 꽃 하나만 같지 못하였나니라"라는 대목이 인용되어 있거니와 이 작품의 분위기와 테마를 지배하는 근본적인 정신은 기독교이다. 그중에서도 "정결, 무구, 순결의 상징"[266]인 백합

흘러』, 혜화당, 1994, p.111.
[265] 이런 관점에서 임옥인의 후기 문학을 본격적으로 분석한 논문으로 김복순의 「분단 초기 여성작가의 진정성 추구양상」(한국문학연구회 편, 『페미니즘과 소설비평』, 한길사, 1997)이 있다.

화는 임옥인이 생각하는 가장 이상적인 여성상인 기독교적 여성
상을 함축한 것이다. 말로 표현되는 모든 것은 남자/여자, 우월/열
등, 주인/노예, 백인/유색인 등등의 위계적 대립항으로 조직된다는
엘렌 식수의 주장을 가져오지 않더라도 이상적인 여성상을 내세
우기 위해서는 으레 그에 대립되는 이미지를 한 쌍으로 제시하기
마련이다. 가령 김만중의 『사씨남정기』에서 사씨의 숙덕(淑德)이
빛나기 위해서는 교랑의 악덕(惡德)이 반드시 부각되어야 하는
것이다. "이것은 항상 이런 식으로 작동하며, 이러한 대립은 한 쌍
이라는 개념에 기반하고 있다. 서로 대립하고, 긴장관계에 있으며,
서로 갈등하고 있는 한 쌍 …… 언제든지 죽음으로 치달을 수 있
는 가운데 일종의 전쟁을 벌이고 있는 한 쌍."[267]

임옥인 역시 이렇게 "언제든지 죽음으로 치달을 수 있는 가운데
일종의 전쟁을 벌이고 있는 한 쌍"으로서 희생과 박애의 기독교 정
신을 대표하는 천사형 여자 대(對) 자유분방한 성격에 현세에서 쾌
락을 즐기자는 인생관을 가진 마녀형 여자를 함께 등장시킨다.

영희와 영란은 기독교 집안의 자매이다. 언니 영란이 동생 영희
와 비교하여 시종 마녀형으로 매도당하는 까닭은, 영란이 "시간과
정력과 물질을 오직 자기의 향락을 위해서만 소비"[268]하는 이기적
쾌락주의자이고 남자관계가 문란하다는 것 때문이다. 결국 혼전
임신을 한 영란에 대하여 어머니는 "악의 씨를 뿌리고 악의 씨만
을 거두어야 하는 저 자식을 땅위에서 거두어"[269] 달라는, 즉 딸

---

266) 임옥인·손소희, 『신한국문학전집 v. 20』, 어문각, 1973, p.168.
267) 식수, 앞의 책, p.218.
268) 임옥인, 앞의 책, p.7.
269) 위의 책, p.40.

을 죽여 달라는 기도를 하고, 아이 아버지는 "누구의 아이새끼인지 내가 알게 뭡니까?"270)라는 말로 책임을 회피한다. 작가 임옥인은 겁 없이 욕망을 자유로이 실현하려 한 이 마녀에게 "음독자살"이라는 징벌을 내린다.

천사형의 동생 영희는 언니와 같은 여자들의 허영심을 맹렬하게 비난하며 박애와 헌신과 금욕의 기독교 정신을 실천하려 한다. 그런 실천의 와중에 만난 동네 병원 의사 한정식이 독신녀 유봉애와 육체관계를 맺고 있는 사이라는 사실을 알면서도 그가 진정으로 사랑하는 사람은 자신이며 그를 구원의 길로 인도할 수 있는 사람도 자신이라는 생각에 그와의 결혼을 감행한다. 결혼 후에는 물론 슈퍼우먼이 되어 열심히 산다. 영희가 사숙하는 작가 설여사의 다음과 같은 언급은, 그대로 영희의 것이 된다.

"그렇지만 식모는 안 쓸 작정이에요. 원고를 쓴다구 하루 종일 쓰는 것두 아니구요. 쓰다가 읽다가 바느질도 하고 부엌일도 하구 해야 오히려 능률이 오르지요. 이 몇해 동안 집에 식모도 두고 조수(助手)도 둬봤지만 괜히 신경이 씌어요. 불경제구요. 정신적으로 침해(侵害)를 받는 것보다 좀 수고스럽더라두 손수 살림하는게 나아요. 긴장하니까 못할 것두 아니구 …… 또 정아가 저렇게 차두 끓이고 청소두 하니까 퍽 도움이 돼요. 식모 있을 땐 아이가 버릇이 굳기 쉽더니 내가 고생하는 걸 보구는 제편에서 돕는걸요."
"선생님두 살림에 대해서 그렇게 생각하시는군요! 저두 마찬가지예요."271)

---

270) 같은 곳.
271) 위의 책, p.155.

설여사의 말은 슈퍼우먼의 허위의식과 방어심리를 전형적으로 드러낸다. 가사와 직업을 모두 완벽하게 담당해냄으로써 가족과 사회의 인정을 동시에 얻고자 하는 여성의 심리를 가리키는 말인 슈퍼우먼 콤플렉스는, 실상 자본주의 가부장제의 생리와 인간의 인정 욕망의 산물이다. 모든 것을 동원하여 이윤을 창출하고자 하는 속성을 가진 자본주의가 여성 자원을 이용하지 않을 수는 없다. 그렇다고 아이를 낳아 남자의 가계를 잇고 남자를 뒷바라지하는 일이 여자의 천직이라는 가부장제의 전제를 폐기할 수도 없다. 아니 폐기하지 않는 쪽이 훨씬 이득이다. 가사와 양육을 비롯한 재생산노동은 여자의 천직이기 때문에 여전히 지불하지 않아도 되는 노동으로 남게 되고, 여자의 사회적 노동은 그것이 여자에게 있어서는 부차적인 노동이라는 빌미를 붙여 싼값으로 착취할 수 있기 때문이다. 이에 가부장제와 결합한 자본주의는 여자에게 가정과 사회에서 다 성공하라고 몰아붙이기 시작한다. "쓰다가 읽다가 바느질도 하고 부엌일도 하구 해야 오히려 능률이" 오른다는 설여사의 말은 실제가 그렇다기보다는 여자에게 이중 노동을 요구하는 자본주의 가부장제의 시스템 자체에 감히 문제 제기할 수 없는 여자가 시스템의 모순을 자기에게로 떠넘겨서는 그것의 힘겨움을 이기기 위해 스스로에게 거는 최면 같은 것이다. 기독교는 이 여자의 자기 최면을 말씀의 권위로써 지속적으로 정당화시켜 준다.

스스로도 작가의 꿈을 가지고 있던 한정식은 막상 아내의 소설이 K신문사 신춘문예모집에 당선되자 좋지 않은 눈치를 보인다.

그날밤 자정이나 돼서야 술이 곤드레가 돼가지고 집에 돌아온 정식은 구두도 채 벗지 않고 소리소리 지르며 현관에 쓰러졌다.

"너무 똑똑한 여편네는 맞을거 아니야 …… 에에 …… 퉤퉤 …… 소설가라 …… 소설?"

그러기도 하고,

"에이 내가 떠나야지. 다 소용없어. 잊구 말아야지 ……"

영희는 자기의 귀를 의심했다. 그러나 남편은 분명 그렇게 중얼거리고 있는 것이다. 취중진담(醉中眞談)이라고 하지 않는가?

간호원과 맞들어 겨우 자리에 눕히고 옷을 갈아 입히고 양말을 뽑아주고 하는 사이에 독한 술냄새가 코를 찌르는 듯싶었다. 자리에 네활개를 뻗고 드러누운 남편의 얼굴은 예전의 그것이 아니다. 심술과 고민으로 일그러진 주름잡힌 얼굴이다.

골치가 아파왔다. 어젯밤까지의 향그럽던 이 방은 자꾸 토해내는 남편의 구토물 때문에 변소처럼 역하기만 하다.[272]

"어 시원하다. 어 맛있어 ……."

동물적인 만족감을 표시한다.

남편은 한 대접을 다 들이켜고 나서 도로 자리에 드러누우며 아내의 어깨를 싸안았다.

"난 유명한 아내보단 귀여운 아내를 요구하거든 ……."

하며 뺨을 비빈다. 또 물씬 악취가 풍긴다. 영희는 말할 수 없는 생리적 혐오를 느꼈다. 어쩐지 고이 간직했던 꿈이 산산이 부서지는 느낌이다.[273]

"변소처럼 역하기만 하다", "악취", "말할 수 없는 생리적 혐

272) 위의 책, p.149.
273) 위의 책, p.150.

오"는 영희가 쓴 천사의 가면을 살짝 벗긴다. 아무리 천사라도 악취 앞에서는 인상을 찌푸릴 수밖에 없는 것이 생리이기 때문이다.

수필집『나의 이력서』에 나오는 다음 대목은,『들에 핀 백합화를 보아라』가 발표된 시기와 관련하여 재미있는 추리를 가능하게 한다.

「할배」 방기환씨의 「밤노래」는 이 무렵서부터 시작되었다. 밤노래란, 술을 마시고 나서 「주정 겸 설교하는 것」을 말한다. 물론 내게 대고 하는 말이다.

노래라고는 하지만 대단히 차분하고 잔잔한 톤으로 시작되는데, 매우 논리적으로 내 약점을 지적함으로써 자존심을 건드리는 창법이다. 지능적이며 악질적인 독설이라고 할까. 그리고 이 노래는 일단 시작되면 끝간데 없이 지속되는 것이 또 하나의 특징이었다.

이럴 경우 자학적인 면을 다분히 지닌 나는 그 노래공연을 끝까지 자세 좋고 인내심 좋게 듣곤 하는 것이다. 친정집 아버지나 두 오빠들이 모두 술을 못하는 분이었으므로, 처음 얼마간 나는 「술 마시고 주정하는 가장」이 너무나 어이없고 못마땅하여 겁도 났으나, 이 사람에게서 뺏을 수 없는 것이 술임을 깨닫고 긍정하기에 이르렀다.

그러나 술로 인한 밤노래는 정녕 견디기 어려운 것이었다. 하루는 견디다 못해 부엌으로 달려나가 그릇을 닥치는 대로 던지고 깨뜨려 부순 후, 미친 듯 집을 뛰쳐나오기도 했다.

노래가 폭행으로 변할 때도 이따금 있었고 나를 찾아온 손님에게까지 번지는 기막힌 일도 있었다. 어느 날인가는 목사님의 심방을 받고 몇몇 교인들과 함께 기도와 성경독강에 몰두하고 있었는데, 방문이 덜컹 열어젖혀지더니 만취된 할배가 버럭 악을 썼다.274)

---

274) 임옥인,『나의 이력서』, 정우사, 1985, p.118.

위 인용문에서의 "이 무렵"은 임옥인이 1954년에서 1956년까지 《문학예술》에 연재한 장편소설『월남전후』로 작가적 성가를 높일 즈음을 이른다. 그에 비해 임옥인의 남편 방기환은 대단한 노력파였으나 문운이 따라주지 않아 "가난과 자학과 타락"의 "참으로 길고 어두운 터널시대"[275]를 통과하고 있던 중이었다. 한편『들에 핀 백합화를 보아라』가 《새가정》지에 연재된 시기는 1957년이다. 아마도 임옥인 자신이 술 마시고 주정하는 남편에게 시달린 체험이 상당히 투영되었다고도 볼 수 있을 것 같다.

그렇다면 영희는 그 생리적 혐오에 어떻게 대처했을까. 기독교 정신에 지나치게 결박된 임옥인이 서사를 파탄시키는 지점이 바로 여기다. 적어도 여기에 이르기까지는 독실한 기독여성이 이상과 현실의 괴리 속에서 겪는 갈등을 그려내는 데 있어서 어느 정도는 섬세한 리얼리티를 보여주기도 했었다. 그런데 임옥인의 굳건한 신앙은, 이 천사형 주인공이 마녀형 언니와 똑같이 현실에서 파국을 맞게끔 내버려 둘 수 없게 한다. 영희에게는 죽거나 미치거나 이혼하는 일이 있어서는 안 되고, 오직 정식을 참회시키는 숭고한 결말만이 있어야 하는 것이다. 가히 임옥인의 자아이상(自我理想, ego-ideal)이라 할 만한 설여사는, 영희가 남편의 정신적 폭력 때문에 창작활동과 결혼생활을 겸하는 게 쉽지 않음을 내비치자, 가정과 문학 중에 "양자택일(兩者擇一)해야 하는 경우엔 역시 자기가 몸을 담고 있는 그 가정본위로 개척해 나가야 하는 것이 원칙이라구"[276] 조언한다. 백합화가 만발한 들판에서 영희와 설여사 일행이 다 함께 백합의 노래를 부르고 그 노래는 "정식의

---

275) 위의 책, p.126.
276) 위의 책, p.156.

마음에 영원히 잊지 못할 여운을 남겨주었다"[277]는 이 소설의 결말은 영희의 인내와 정식의 참회를 예고함으로써 종교 소설의 상투성을 답습한다.

2) 부르주아 주부의 가면

반항적이고 전복적인 전후세대의 모럴을 소설화했던 초기 작품의 경향과는 달리, 60년대 중반 이후 한말숙의 작품은 작가 자신의 경험과 신변잡사를 적극적으로 활용하는 쪽으로 확연히 변모하였다. 이런 변모는 임신·출산·양육이라는, 여성 인생주기에서 보편적으로 가장 다망한 이 시기의 특성과 관련이 없지 않을 것이다. 이 시기 여성의 생활은 복잡하고 피곤하고 분열적이다. 50년대에는 다양한 제재와 화려한 문체 실험으로 주목받았던 작가이지만 60년대 중반에 이르러 작가는 그 복잡하고 피곤하고 분열적인 자기 삶의 체험을 소설 속으로 끌어들인다.

1966년 『현대문학』 3월호에 발표된 「어느 여인의 하루」는 작가, 대학강사, 어머니, 아내의 역할을 모두 감당하는 한 여성의 팍팍한 일상을 그린 작품이다. 그 팍팍함은 "온 세상이, 사람도, 해도, 달도, 바람도, 공기도, 온갖 눈에 보이는 것, 안 보이는 것, 귀에 들리는 것, 안 들리는 것, 모두가 다 현숙을 잠시도 쉬지 못하게 들들 볶는 것만 같"고, "뇟속이 바싹 말라 가루가 되어, 바람에 날려서 산산이 흩어지는 것 같"[278]을 정도이다. 네 살, 세 살 연년생 남자아이와 산후 두 달 된 딸을 둔 어머니인 이 작품의 화자는

---

277) 위의 책, p.171.
278) 한말숙, 「어느 여인의 하루」, 『신과의 약속』, 일신서적, 1994, p.69.

잡지에 연재중인 소설의 원고 독촉에 시달리는 와중에 대학에서 강의를 하고, 점심 먹을 시간도 없이 시고모 문병을 다녀오며, 라디오 방송에 출연하여 대학 시절 은사와 대담을 한다. 지친 몸으로 집에 돌아와서는 감기 기운 있는 큰애를 보살피고, 내일 아침 시숙 생일모임에 오라는 큰동서의 전화를 받는다. 돈 잘 버는 남편이 있는데 무엇 하러 학교까지 나가느냐는 큰동서의 핀잔에 현숙은 "내가 남에게 해를 주지 않는 이상 나를 버려두라. 아, 나를 버려두라!"고 "노래하듯 속으로 말하며 한숨을 쉬었다."[279] 아이들의 장난을 받아주다 우유병을 삶고 아이들 자는 방에서 원고 몇 장을 쓰고 있자니 남편이 귀가한다. 남편은 자는 아이를 공연히 깨워 씨름을 하는 등, 한시가 급한 현숙의 사정에 아랑곳하지 않다가는 갑자기 내일 저녁에 외국 손님을 초대한다고 통고한다. "간단히 하더라도 시장 보느라 요리하느라, 몇 시간은 버려야 한다. 내일 낮에 글쓰기는 아예 글렀다."[280] 남편은 시숙 생일에 못 간다는 전화까지 당연한 듯 아내에게 미룬다.

현숙은 전등을 껐다. 잠시 후에 성준이 잠든 것 같아 전기 스탠드를 켰다. 그리고 보자기로 스탠드를 덮고 원고지에만 전등이 비치게 했다. 성준이
"불 꺼, 못 자겠어."
한다. 현숙은 틀렸구나 여기며 스위치를 눌렀다. 그녀는 어두운 속에서 원고지를 들고 방문을 가만히 열었다.
"글을 써서 무얼 하느라고 그래. 잠이나 자!"
현숙은 잠자코 서재로 갔다.

---

279) 위의 책, p.68.
280) 위의 책, p.71.

책상 앞에 앉으니 허리며 어깨, 팔다리가 쑤신다. 몸살이 나려나 보다. 오전 한시다. 그녀는 잠시 눈을 감았다. 조용하다. 딱다기 소리도 안 들린다.

그녀는 펜을 들었다. 그러나 한 자도 써지지 않는다. 머리 속이 뒤죽박죽이다. 가슴에서 뜨거운 것이 치밀며 폭발할 것 같다.

'어째서 써야 하나?'

'너 때문이다'

'어째서 쓸 수 없는가!'

'네 탓이다'

그녀는 자문 자답한다.

'속세와 영의 세계를 함께 살려고 하는 네가 원인이다. 히히.'

누가 웃는 것 같다. 현숙은 거기에 대해서 그래서 나는 만족한다느니, 그러기에 불만이라느니 하는 대답을 할 자신은 아직 없다. 어떻든 지금 쓰고 싶으니 써야 했다.[281]

글을 써서 무얼 하느냐는 남편의 말에 현숙은 대답하지 못한다. 교환가치로 모든 것이 평가되는 자본주의 사회에서 별다른 교환가치를 가지지 못하거나 교환가치에 비해 기회비용이 너무 큰 것으로 평가되곤 하는, 이 시대 부르주아 여성작가들의 문필활동은 종종 이런 식으로 폄하된다. 그런데 현숙은 써야 하는 원인도 쓰지 못하는 원인도 자신에게 있다고 본다. "속세와 영의 세계를 함께 살려고 하는" 자기의 욕심이 원인이라는 것이다. "거기에 대해서 그래서 나는 만족한다느니, 그러기에 불만이라느니 하는" 생각도 없다. 이 작품이 어느 슈퍼우먼의 하루를 그린 사생문(寫生文) 이상으로 읽히지 않는 결정적 원인이 여기에 있다. 잠시도 쉬지

---

281) 위의 책, pp.71-72.

못하게 들들 볶이는 상황을 그리고는 있으되 '왜' 그런 상황이 연출되었는지에 대한 치열한 자각이 없는 것이다. 문제의 원인을 오로지 자기에게로 돌리는 이런 식의 사고는, 앞서 한말숙 소설의 문제점으로 지적된바, 관찰자적·방관자적 서술태도의 견지로 인한 궁극적 보수주의와 상통함으로써 자본주의 성별 분업 시스템에 대한 지지로 귀결된다.

한말숙이 자기 경험을 거의 그대로 썼다고 고백한 단편소설 「신과의 약속」 역시 작가로서의 창작 욕망과 제도적 모성 사이의 갈등을 구체적인 실감(實感)으로 그리고는 있지만, 남녀의 성 역할에 대하여 작가 스스로 내면화하고 있는 보수주의적 가치관 때문에 구조적인 문제해결의 전망은 보여주고 있지 못하다. 「신과의 약속」의 영희는 『들에 핀 백합화를 보아라』의 주인공과 이름만 같은 것이 아니라 슈퍼우먼 콤플렉스에 깊숙이 침윤된 여성이라는 점에 있어서도 동일하다. 문제의 슈퍼우먼들은 모든 것을 완벽하게 해내지 못했을 때 - 설사 그것이 불가항력적인 상황이었다 하더라도 - 불안감, 초조감, 죄책감 등으로 고통 받는다. 영희 역시 딸아이가 식중독으로 입원한 것에 대하여 심각한 죄책감에 시달린다. "어저께 낮에 문학 세미나아에 참석했다가 동료들이 함께 식사를 하자고 해서 그만 거기 어울린 것이 후회스럽기 한없다. 집에 와서 아이들 먹는 것을 감독했다면 중독되지 않았을지도 모른다고 아까부터 되풀이 가책을 느끼고 있었다.", "세미나아 따위는 거절해야 했었다. 기진해 있는 경옥의 조그만 얼굴을 보며 후회가 가슴을 에이는 것을 영희는 잠자코 견뎠다."[282] 앞서 왕수영의 「시련」을 논하며 인용한 바 있는 니체의 견해를 따르자면, 영희의 이러한 죄책감 혹은 회한은

---

282) 한말숙, 「신과의 약속」, 『잃어버린 머플러』, 서음출판사, 1977, p.250.

자신의 고통의 원인을 식중독균이나, 무더운 날씨나, 음식관리를 제대로 하지 않은 식모나, 엄마에게만 양육의 책임을 지우는 가부장제에 돌리지 않고 자기 자신에게로 방향을 전환한 원한 감정이다.

아이가 혼수상태이고 덩달아 영희가 초주검 상태인데도 남편은 회사 일에 열심이다.

> 영희는 윤규가 병원에 전화 한 번 하지 않고, 회사에서 자리를 뜨는데도 연락처도 알려 두지 않을 만큼 태평으로 있는 것이 한편 서운하나 다행이라 여겨지기도 한다. 자주 병원에 가니까 오늘도 다른 때와 같으려니 하고 그는 무심할 것이다. 그렇게 생각은 하나 역시 서운한 기분은 얼른 가시지 않는다. 언젠가 아이들이 앓아서 밤을 거의 새다시피 하던 날, 곤히 자고 난 남편에게 당신은 참 좋겠어요. 아이가 아프니 아나, 아이를 낳으니 그 고통을 아나 …… 하니까 당신이 없으면 내가 다 해, 하고 서슴지 않고 윤규는 대답했다. 여자는 육아며 살림살이를 해야 하고 그러니까 남편은 밖의 일에 열중할 수 있게 마련이고 그렇게 해서 한 가정은 이루어지는 것이리라.[283]

위의 인용문에서 보이듯 한말숙의 문제의식은 자본주의 가부장제의 성별분업제도 자체에 대한 것으로 심화되지 못한다. 한말숙이 느끼는 문제는, 문학 세미나에 참석하고 소설을 쓰며 가정부와 심부름하는 여자아이에게 가사(家事)를 상당 부분 위임하는 특별한 개인의 특별한 죄스러움일 뿐 자본주의 가부장제의 현실 속에서 전체 여성이 부닥치는 문제로 보편화되지 못하는 것이다. "여성 문학에서 중요한 것은 여성 억압의 현실이 '문제 상황'으로 비치며 해결의 전망이 작품 속에 구현되어 있는가 하는 점"[284]이라고 볼 때

---

283) 위의 책, pp.247-248.

한말숙의 작품은 심각한 결격 요소를 가지고 있는 셈이다.

한말숙은 가족에 대한 죄의식 때문에 문제의 본질을 향하여 더이상 육박해 들어가지 못한다. 이 죄의식은 부르주아 가정주부의 가면이 만들어내는 것이다. 현모양처 노릇을 못하고 있다는 부르주아 주부의 죄책감이란, 가부장제 시스템을 향해야 마땅한 것이 자기 자신에게로 방향 전환한 일련의 원한 감정이다.

한편 임옥인처럼 절대적인 선험적 가치에 매달리지 않아서인지 한말숙이 서술한 여성작가의 창작 환경과 창작행위에 관한 자의식은 그 나름으로 핍진(逼眞)한 현실감을 획득하고 있다.

> 급한 원고를 쓰느라고 초조할 때 아이들이 와서 원고지에 낙서하고 어깨에 기어오르고 그녀의 곁에서 노래하고 뒹굴면 견디다 못해,
> 「엄마도 사람이야!」
> 하고 소리친다.
> 「엄마 글 쓰니까 나가 있어」
> 하면,
> 「글 써서 무엇해?」
> 한다. 그 물음에 과연 왜 쓰나 대답할 용의조차도 돼 있지 않는 영희다.
> 아이들은 무심코 하는 말이나 그것이 적지 아니 시니컬하게 그녀의 가슴을 찌른다. 푸진 원고료 가지고 너희 무엇 사줄께 따위 사탕발린 말도 아예 나오지 않으나 그래도 그녀는,
> 「너희들 과자 사주께」
> 할 수밖에 없다.
> 「과자 안 먹어」

---

284) 송지현, 『페미니즘과 한국 문학』, 국학자료원, 1996, p.18.

한다.

「장난감 사주께.」

「아빠가 더 좋은 것 사줘」

하며,

「그림책 읽어 주어」

하고 떼를 쓴다. 아이들이 원하는 것은 영희가 작품을 쓰는 것이 아니다. 그들이 성장할 때까지 창작은 단념할까 생각하면 그녀의 가슴에서 무언가 강력히 부인하는 소리가 있다. 그렇다고 아이들의 건강 관리며 정서 교육 같은 것을 등한히 할 수는 없다.

사랑하는 사람을 사랑해 주는 것보다 더 의의 있는 일을 그녀는 아직까지 발견 못했기 때문이다. 그러나 쓰고 싶을 때 자자부레한 일상사 때문에 신경이 깎이면 소리 내어 울고 싶을 때가 있다. 뭉크의 「절규」라는 그림에서 소리나지 않는 절규를 외치듯 그녀도 소리가 나지 않아 더욱 더 목메인 절규를 한다.[285]

글 써서 무엇하느냐는 아이의 물음에 "과연 왜 쓰나 대답할 용의조차도 돼 있지 않는 영희"지만, "그들이 성장할 때까지 창작은 단념할까 생각하면 그녀의 가슴에서 무언가 강력히 부인하는 소리가 있"고, "쓰고 싶을 때 자자부레한 일상사 때문에 신경이 깎이면 소리 내어 울고 싶을 때가 있다." 영희의 "소리가 나지 않아 더욱 더 목메인 절규"에 우리는 주목해야 할 것이다. 이 절규야말로 부르주아 주부의 가면 뒤에서 저항하는 또 다른 작가적 자아의 언어이므로.

---

[285] 한말숙, 앞의 책, pp.255-256.

3) 가면과 맨 얼굴 사이의 미오(迷悟)

영희의 "소리가 나지 않아 더욱 더 목메인 절규"가 50년대 강
신재의 단편소설 「안개」에서 보다 절박하고 보다 구체화된 형태
로 등장하고 있다는 것은 놀라운 일이다. 게다가 「안개」는 여성의
직업을 둘러싼 갈등을 다룬 50년대의 유일한 작품이기도 하다.[286]
성혜의 남편 형식은 "끊임없이 시(詩)를 지었고 가끔은 그림도
그리고 다방의 음악도 남못지않게 사랑"하는 "대단한 자유주의자"
에다 "문화에 애착을 느끼기는 누구보다 심"한 사람이지만, 집안
에서는 더 할 수 없이 "봉건적"인 남자이다. "평범하고 무의미한
직업에 종사할 마음은 처음부터 없"어서 몇 년째 안정된 직장을
가져본 일이 없다. 성혜는 여학교 교원 자격을 가지고 있지만, "예
펜네가 밤낮 바깥으루 나돌아 댕기다니 생각만 해두 불쾌하다"는
남편 형식의 반대로 "매일같이 어두운 한간방에 앉아서 엉킨 실
뭉치를 끌러야 하는", "구물푸리의 내직"을 생활수단으로 삼아 답
답하고 힘겨운 생활을 영위하고 있다. 직업을 둘러싼 "수없이 거
듭된 이런 절망적인 언쟁 끝에 성혜는 형식이 원하는 그러한 아
내의 타입 속에도 어쩌면 무엇과도 바꿀 수 없이 귀중한 아름다
움이 숨어 있을런지도 알 수 없다고 그렇게 생각하고 그런 체념
에 가까운 반성에 늘 사로잡히면서 남편을 따르고 있는 것이었
다."[287] 성혜가 보이는 이 "체념에 가까운 자기 반성" 역시 약자

---

286) 이정희, 「1950년대 여성작가 연구－전후현실의 수용양상과 여성적
　　　체험의 의미화양상을 중심으로」, 1994년도 경희대학교 대학원 석
　　　사학위논문, p.96.
287) 강신재, 「안개」, 『희화(戱畵)』, 계몽사, 1958, p.238.

(弱者)가 자신의 고통스런 감정의 원인을 강자(强者)에게서 찾지 않고 자신에게로 방향 전환한 것으로서 니체가 말한 죄의식(bad conscience)과 유사한 심리일 터이다.

그러던 성혜가 혼신의 노력을 다한 소설작품으로 등단의 영예를 누리게 된다. 그러나 "자기의 소설이 남편의 입에 늘 오르내리는 바로 그 잡지에 발표되었다는 것은, 그리고 또 뒤이어 원고 청탁을 받고 있다는 사실은 남편을 불쾌히 할 것만은 정한 일이었다.",288) "소설을 썼다는 사실에 대하여 굳이 설명을 하고 변명을 느러놓고 결국 용서를 빌어야 한다는 생각이 그를 어쩔수 없이 우울하게 만든다."289) 소설을 썼다는 사실에 굳이 설명을 하고 변명을 늘어놓고 결국 용서를 빌어야 한다는 생각은, 그야말로 '여자가 자신의 타자이기를 바라는 남자의 욕망을 여자가 의식하는 것에서 발생하는 여성성의 소외된, 혹은 왜곡된 발현형태'일 것이다. 그러나 그 가면은 성혜를 우울하게 하고 이름 붙일 수 없는 "무겁고 지겨운 감정"에 휩싸이게 한다.

한편 평론가 윤씨에게 자신의 시를 보여주게 됐다며 자랑하던 형식은 그 일이 잘 안 되자 성혜에게 화풀이를 한다.

"나도 인전 들어 누어서 얻어먹을 신세가 되었구나. 허 참"
"예펜네 덕택에 시인 박형식도 일약 유명해지겠군. 어디 덕 좀 톡톡이 봅시다"
성혜를 힐끔힐끔 바라다 보며 입을 삐뚜리고 말을 한다. 그러다가 그의 눈은 차츰 더 붉게 되어 가면서,

---

288) 위의 책, p.239.
289) 위의 책, pp.236-237.

"집이라구 옛 참 방구석에 발을 부칠수 없게시리 느러놓구서 웅? 문학이다? 것보담두 우선 양복바지에 푸레쓰나 한번 똑똑이 해놔 봐"

"……"

"낸들 이게 글세 할 짓이냐 말야, 예편네라구 제 - 길 이쪽이 되레 시중을 들어야 할 판국이니"

"……"

"엣다 여류작가 입네 하구 쏘다니기 불편한데 이 기회에 이혼이 나 하면 어때?"

이렇게 빈정거림이 끝일줄을 모르고 계속된다. 성혜는 고개를 푹 수그리고 참고 있다가 끝내 얼굴을 들고서 형식을 똑바루 마주보았다.

남편의 이그러진 자존심, 그 저열한 심정은 도저히 그대로는 참을 수 없었다. 그는 남편의 이러한 모습을 바라보기를 본능적으로 저어 하였다. 그러나 눈을 아주 가리워 버리기라도 하고 싶은 충동이 그 것과는 반대로 그의 머리를 번쩍 치켜들게 한 것이었다.[290]

인용문에서 "남편의 모습을 바라보기를 본능적으로 저어 하였 다"는 말은 성혜가 자기만 가면을 쓰고 있는 것이 아니라 남편도 가면을 씌워놓고 바라보아 왔다는 의미이다. 성혜로서는 남편의 맨 얼굴을 대면하는 일이 자기의 맨 얼굴을 대면하는 일만큼이나 무서운 것이다. 맨 얼굴의 공포에 질린 성혜는 심지어 "다시는 절 대루 안쓰겠습니다"라고 남편에게 당장 맹세해야 한다는 생각까 지 한다.

얼마 후 태도가 돌변한 형식은 놀랄 만한 열성으로 아내가 쓰 는 원고를 일일이 읽어보고 붉은 잉크로 고쳐주며 새로 긴 구절 을 삽입하기도 한다. 또 성혜로 하여금 소설의 테마나 구상을 말

---

290) 위의 책, p.242.

하게 하고는 가혹한 악평을 하여 손도 대지 못하게 하는가 하면 자기가 테마를 주면서 쓰라고도 한다. 이런 식으로 매사에 간섭을 당하자 성혜는 급격히 자신감을 잃고 한 줄의 글도 제 마음에 차게끔 쓰지 못하는 지경에 이른다.

두 번째 작품을 쓰면서 형식이 빼어버리라고 맹렬히 주장한 어떤 장면을 아무래도 뺄 수는 없었던 성혜는, 오래 망설인 끝에 "그 장면은 생략하는 것이 좋다고 생각하시면 빼도록 해달라"는 편지를 동봉하여 잡지 편집자 최씨에게 원고를 보낸다. 그런 사정을 모르고 다방에서 우연히 최씨와 만난 형식은 자기가 코치를 잘해준 덕에 성혜의 작품 수준이 향상되었다면서 큰소리를 친다. 그러나 귀갓길에 최씨의 태도에서 이상한 점을 떠올린 그는 가로등 밑으로 달려가 부산히 책장을 뒤적거리며 성혜의 순종 여부를 확인하려 든다.

성혜의 가슴으로 날카로운 고통이 스치고 지나갔다. 그 아픔은 처참한 비명이 되어서 일순 잔잔한 거리를 진동케 하였다. 아니 진동케 하였다고 생각한 것은 성혜의 착각에 지나지 않았으나 실로 그 순간 성혜의 영혼은 아픔을 못이기어 몸부림을 치면서 비명을 올렸던 것이다.

성혜의 눈에 비친 형식의 모습은 한개의 기괴한 피에로였다. 언제나 하듯 그대로 생각밖에 흘려 버리기에는 너무나 우열(愚劣)한 피에로였다.

성혜의 까실한 두뺨에 가느다란 실바람이 어름 같이 차게 느끼어졌다.

(싫어! 소설도, 공부도, 남편도, 사는것도 다 싫어! 싫어!)

그는 이렇게 울음 섞인 목소리로 마음속에 웨쳤다.291)

"싫어! 소설도, 공부도, 남편도, 사는 것도 다 싫어!" 등단 이듬해, 27세의 강신재가 소리 내어 발화하지 못하고 글로 쓴 이 비명은 가면과 맨 얼굴의 미혹(迷惑) 속에서 맨 얼굴을 본 자의 돈오(頓悟), 그 찰나를 절실하게 구현하고 있다. 소설까지를 포함하여 자신을 규정하는 모든 것에 대한 도저한 환멸이야말로 이 시대의 여성문학이 어떠한 전망을 내어 오기 위해서는 반드시 거쳐야 할 과정이었다.

4) 맨 얼굴의 나르시시즘

박경리는 한국전쟁이 남긴 59만에 가까웠던[292] 전쟁과부의 한 사람이다. 남편을 잃고 설상가상으로 아들까지 잃는 슬픔을 겪어야 했다. 노모와 어린 딸을 부양해야 하는 과제 앞에서 마냥 그 상실의 슬픔 속에 침거하고 있을 수도 없는 생활인이기도 했다.

「암흑시대」와 「불신시대」는 아들을 잃은 어머니의 단장(斷腸) 심회(心懷)를 공통 모티프로 하여 전후 한국사회의 비인간화와 배금주의를 고발한 작품이다. 발표 연대는 현대문학 신인상을 받은 「불신시대」가 앞서지만, 박경리의 회고에 따르면 「불신시대」가 「암흑시대」의 후신(後身)이다. "아이를 홍제동 화장터에 갖다버리고 돌아온 날부터 책상에 달라붙어 쓴" 작품인 「암흑시대」 초고는 작가의 걷잡을 수 없는 분노와 흥분과 슬픔을 고스란히 털어놓는 일종의 제의로서 씌어진, 소설을 초월했거나 소설에 미치지 못하는 글이었다. 그래서 박경리는 일단 현대문학사에 넘겼던 그

291) 위의 책, p.263.
292) 이효재, 『분단시대의 사회학』, 한길사, 1985, p.315.

원고를 도로 찾아다가 훨씬 훗날, 「불신시대」가 발표되고 난 후에도 일 년이 지나서, 여러 번의 퇴고를 거쳐 발표했다고 한다.[293]

「암흑시대」에서 주인공 순영의 아들 명수는 머리를 다쳐 병원으로 옮겨지지만 시종 무관심 속에 방치된다. 혼수상태에 빠진 명수를 "의사는 물론이거니와 간호원 한 사람 지켜주지 않"는다. 인부들은 "다리가 하나 부서진 책상이나 고장난 무슨 물건을 다루듯이 소홀한 취급"을 하며 명수를 수술실로 옮겼고, 병원에서는 "아이가 병원에 온 후 무려 여섯 시간이나 경과한 뒤" 피가 없어 수술을 할 수 없다며 피를 사오게 했다. 혈액병원에서는 웃돈을 받으려고 피를 팔지 않았고 피를 사러 간 사이 병원에서는 엑스레이 한 번 찍어보지 않고 피도 없는 상태에서 수술을 시작하여 명수를 죽게 만든다.

여러 번의 퇴고를 거쳤다고는 하지만, 「암흑시대」에는 50년대의 현실에 대한 작가적 비판이라기보다는 아들을 잃은 어머니의 울분과 증오가 미학적 거리를 확보하지 못하고 날것으로 드러나 있다. 이 어머니에게 세상은 "무한히 뻗어가는 암흑"일 뿐이다. 슬픔이 극에 달하여 암흑밖에는 아무 것도 보지 못하는 눈 먼 모성은 "가면을 필요로 하지 않는다. 픽션 따위는 우습지도 않은 것이다."[294]

순영이 진영으로, 명수가 문수로 바뀌기는 했으나 「암흑시대」와 동일한 모티프로써 작가 박경리의 체험을 소설화한 「불신시대」는 「암흑시대」에서의 눈 먼 비애에서 어느 정도 미학적 거리를 확보하고 있다. 작가는 "거미줄처럼 보이지 않게 인간들을 휘감아 오는 사회악과 형식화되면서 위선의 탈을 쓴 종교인과 인간정신이 물체화되어 가는 현실"[295]을 정시(正視)하는 시선을 고수한다.

---

293) 박경리, 「사소설 이의」, 『Q씨에게』, 현암사, 1968, p.217. 참조.
294) 이토 세이 외, 유은경 역, 『일본 私小說의 이해』, 소화, 1997, p.22.

『토지』를 비롯한 후기 작품 경향과 관련하여 주목할 만한 부분은, 역시 '생명'에 대한 이 작가의 대자적(對自的) 의식이다.

> 한여름 내내 진영은 앓았다. 애당초 극히 경미하게 발생한 폐결핵이 전연 방치되었기 때문에 점점 악화되어갔던 것이다. 뿐만 아니라 다른 병까지 연속적으로 병발하는 것이었다. 찬물만 마셔도 배탈이 났다. 눈병이 나고 입이 부르트고 하는 것은 일쑤였다. 앓다못해 귀까지 앓았다. 그리고 수년내로 건드리지 않고 둔 충치가 일시에 쑤시어 밤낮을 가리지 않고 욱신거렸다.
> 진영은 진실로 하나의 육신이 해체되어가는 과정 속에서 몸서리치는 무서움을 느꼈다. 그것은 마치 쨍쨍하게 내리쬐는 햇볕 아래 늘어진 한 마리의 지렁이 같은 생명이었다.
> 이러한 육신과 더불어 정신도 해체되어가는 과정 속에 진영은 있었다.[296]

문수의 위패를 절에 맡기고 온 뒤 여름내 앓으며 진영이 감각하는 '생명'은 "햇볕 아래 늘어진 한 마리의 지렁이 같은", 무력하기 이를 데 없는 것이다. "육신과 더불어 정신도 해체되어가는 과정 속에" 있었던 진영은, 이 작품의 마지막 장면에 이르러 "고슴도치처럼 바싹 털이 솟은 자신"[297]을 느끼며 문수의 사진과 위패를 절에서 찾아내어 불태우고 스스로에게 남아 있는 최후의 보루로서 "생명"을, 그 모든 부조리에 대하여 "항거할 수 있는 생명"으로 재인식한다.

---

295) 박경리, 앞의 책, p.218.
296) 박경리, 「불신시대」, 『정통한국문학대계 22』, 어문각, 1996, pp.452-453.
297) 위의 책, p.458.

-그렇지. 내게는 아직 생명이 남아 있었지. 항거할 수 있는 생명이.

　진영은 중얼거리며 참나무를 휘어잡고 눈 쌓인 언덕을 내려오는 것이었다.[298]

　'생명의 힘'에 대하여 작가가 보이는 이 가냘프나마 끈질긴 신뢰야말로 이후 박경리로 하여금 대하소설 『토지』를 생산하게 하는 원동력으로 작용하지 않았나 한다. 그리고 이 지점이 바로 박경리가 손창섭 류의 '인간부정과 인간모멸의 문학' 혹은 '병자와 병신의 문학'과 변별되는 곳일 터이다.

---

298) 위의 책, p.459.

Ⅳ. 50-60년대 여성문학의
여성문학사적 위치

문단 최초의 동성(同性) 선배, 김명순·나혜석·김원주가 후배 여성문인들에게 미친 학습 효과는 대단한 것이었다. 마치 '페티코트를 입은 하이에나', '여자 미치광이'로 불리며 「여성 권리의 옹호」라는 팸플릿과 두 편의 소설, 「메리」, 「마리아, 여성이 겪는 부당함」을 썼던 메리 울스톤크래프트(Mary Wollstonecraft)가 "그 탕녀를 닮고 싶으냐"는 위협으로 화하여 젊은 여성들의 페미니스트적 자각의 싹을 자르는 도깨비로 이용되었던 것처럼,[299] 김명순과 나혜석, 김원주도 순리를 따르지 않고 살다 비참해지는 삶의 전형으로서 생생한 교육 효과를 가졌던 것이다.

30년대 여성문인들은 그러한 교육 효과의 자장 안에서 당대의 여성문학을 생산했다. 그리고 2장에서 논의했듯이 전후 여성문인들이 사숙한 선배는 박화성, 모윤숙, 최정희를 비롯한 30년대 여성문인들이었다. 30년대의 문단 상황을 김병익의 『한국문단사』는 이렇게 서술하고 있다.

30년대 문단 구성의 가장 두드러진 모습 중 하나는 10여 명의 여류문인들이 등장, 활발한 문필활동으로 우리 문학사에 기록되기 시

---

299) 울스톤크래프트에 관해서는, 한국영미문학페미니즘학회, 『페미니즘, 어제와 오늘』(민음사, 2000)의 「영미 페미니즘의 대모들 - 메리 울스톤크래프트와 버지니아 울프」 중에서 pp.14-32 참조.

작한다는 점이다. 소설에서는 이미 20년대에 데뷔한 박화성을 비롯,
강경애, 최정희, 김말봉, 이선희, 백신애, 장덕조, 임옥인, 시에는 김
오남, 노천명, 모윤숙, 백국희, 주수원, 장정심이, 수필에는 이명온,
김자혜, 전숙희가 각각 활약하고 있었다.

　프로 문학이 퇴조하고 활기를 띠기 시작한 20년대 후반의 문단에
쏟아져 나온 이들 제2기 여류들은 김명순, 김원주, 나혜석의 제1기
여류들보다 수적으로 크게 팽창했을 뿐 아니라 장르별로 나뉘어 본
격적인 작품활동을 했다. 제1기 여류들이 동경유학생이었던 것과는
달리, 이화 전문 등 국내에서 교육받은 사람이 많은 이들은 이미 선
각자의 영웅심을 버리고 차분한 여류지식인으로 몸을 세운다.[300]

　"선각자의 영웅심을 버리고 차분한 여류지식인으로 몸을 세운
다"라는 다분히 긍정적인 평가의 이면적 진실은 '순치(馴致)'일 것
이다. 30년대에 데뷔한 여성작가 군단은, 선배 여성문인들의 성 추
문과 세간의 비난을 십대의 여학생 시절에 보고들은 세대였다. 그
런 상황에서 여성이 글을 쓸 때 독자와 남성 비평가들을 염두에
둔, 의식적·무의식적 검열이 이루어지지 않을 도리는 없었다. 그
것이 자신과 같은 지식인 여성을 주인공으로 한 사소설(私小說)
혹은 그와 유사한 형태일 때 민족주의적 현모양처상을 내면화한
초자아에 의해 주재되는 자기 검열 작업은 더욱 강도 높고 치밀
한 과정을 밟았을 것이다. 실제로 최정희의 소설은, 작가의 목소리
가 묻어나는 1인칭 고백체일 때와 기층 여성을 소재로 한 리얼리
즘 소설일 때 서로 상반되는 종결 구조를 보이고 있다. 1인칭 고
백체일 때에는 격렬한 심적 고통 속에서도 가부장제 이데올로기
로 회귀하는 여성을 그리는 반면, 기층 여성을 소재로 한 리얼리

300) 김병익, 『한국문단사』, 문학과지성사, 2001, pp.196-197.

즘 소설일 때에는 훨씬 더 여성 자신의 욕망에 충실한 결말을 보이는 것이다.

"자기 검열을 통해 현모양처의 외관을 갖추면서 내면적인 반란을 꿈꾸기는 했어도 드러내어 주장하고 행동에 옮기지는 못한"[301] 것이 30년대 여성작가들의 실상이라면, 이재선이 30년대에 여성작가가 대거 등장하여 여러 장르에서 소기의 문학적 성과를 거둔 사실만을 두고 "확실히 1930년대는 문학적 페미니즘의 시기다."[302]라고 한 것은 피상적(皮相的)인 평가이다. 그는 1930년대 여성작가의 대거 등장을 문학사적 사건으로 평가하면서 "〈여성작가〉가 상당수 등장, 참여하게 됐다는 것은 매우 특이하고 고무적인 사실이 아닐 수 없다. 이른바 〈여성적 글쓰기Écriture féminine〉로서의 페미니즘 문학의 시작을 뜻하기 때문이다."[303]라고 주장한다. 그러나 '페미니즘'이 단순히 어떤 분야에서 활동하는 여자의 수적 증가를 의미하는 용어가 아닌 이상 30년대는 20년대의 순진한 페미니스트적 자각이 현실적으로 패퇴함으로써 물밑으로 잠수한 시대였다고 할 수 있다.

김병익은 30년대 여성문인들의 역할을 다음과 같이 정리한다.

　　동반자작가였던 박화성은 식민지 시대의 구조를 해부하는 문제작들을 발표하고, 여자로서는 최초로 장편 「白花」를 동아일보에 연재했으며, 「찔레꽃」의 김말봉은 심훈, 박계주와 함께 대중문학을 일으킨 통속소설의 대가였고, 장덕조는 역사 소설로 일가를 이루었으며, 모윤숙은 애국적인 정서를 시로 표현할 수 있는 희귀한 존재였다. 최정희는 「天脈」 등 3부작 단편으로, 노천명은 김기림 등 모더니스

---

301) 이상경, 『나혜석 전집』, 태학사, 2000, pp.49-50.
302) 위의 책, p.476.
303) 이재선, 앞의 책, p.475.

트들도 칭찬한 시집 「珊瑚林」으로, 모윤숙은 베스트셀러 「렌의 哀歌」로 각각 주목을 받았는데, 이들은 '여류문학'을 '여성문학'으로 승화, 발전시켰다. 2기 여류문학인들이 지금껏 작품활동을 하며 우리 여류 문단의 주축을 이루어, 손소희, 한무숙, 박경리, 김남조 등 3기 문인 들에게 연결시킬 수 있었던 것은 이같은 견실한 인생 태도와 저력 있는 문학 수업 때문이었다.304)

그러나 30년대 여성문인들이 "'여류문학'을 '여성문학'으로 승화, 발전시켰다"는 평가는 재고(再考)를 요한다. 우선 이들이야말로 1세대와는 달리 '여류'의 정체성을 한편으로는 반발하면서도 궁극적으로는 승인함으로써 적극적으로 '여류문학'의 계보를 형성하여 1965년에 "한국여류문학인회"를 창립한 주체들이기 때문이다. 또한 "'여류문학'을 '여성문학'으로 승화, 발전시켰다"는 위계적 가치판단에 대하여, 본고는 "'여류문학'은 가치 개념이라기보다는 역사적 개념으로서 여성문학의 여성다운(feminine) 단계에 해당하는 문학이다"라고 재정의하고자 한다.

남성 텍스트를 부정적으로 비판하는 '페미니즘 비평'에 반대하여 '여성비평(gynocriticism)'이라는 긍정적인 비판기획을 확립하려 한 일레인 쇼월터는, "한 세대와 그 다음 세대를 이어주는 연결고리 역할을 했던 이류 소설가들에 주목하지 않았기 때문에 우리는 지금까지 여성의 글쓰기가 갖는 연속성이나 여성작가의 실제 삶과 여성의 법적, 경제적, 사회적 위치의 변화과정 사이에서 생성되는 관계에 대해서 정확하게 이해할 수 없었다."305)라고 하면서 여성문학의

---

304) 김병익, 앞의 책, p.198.
305) Elaine Showalter, *A Literature of their Own*, p.7. 팸 모리스, 강희원 역, 『문학과 페미니즘』, 문예출판사, 1997, p.117에서 재인용.

발달과정과 그들이 예술가로 인정받기 위해 벌였던 투쟁과정을 밝혀낸다. 쇼월터에 따르면 "(모든 하위 문학에는) 전통적인 지배 양식을 모방하고 지배 전통의 예술 평가 기준과 사회적 역할 개념을 내면화하는 첫 번째 단계, 지배 전통의 기준과 가치에 저항하면서 소수 집단의 권리와 가치를 옹호하고 자율권을 요구하는 두 번째 단계, 그리고 마지막으로 지배 문화와의 대립에서 벗어나 자신의 안으로 방향을 돌려 정체성을 추구하는 자기 발견의 단계가 있다. 여성작가에게 맞는 용어로 이 단계들을 이름 붙이자면 각각 여성다운(feminine) 단계, 여성해방적(feminist) 단계, 여성적(female) 단계라 부를 수 있겠다."[306]

50-60년대 여성문학을 쇼월터의 삼단계론에 맞추어 생각할 때, 봉건적 가부장제에 대한 박화성 식의 문제제기까지를 고려하더라도 여전히 여성다운(feminine) 단계라고밖에 말할 수 없을 것이다.

---

[306] Showalter, ibid, p.13. 한국영미문학페미니즘학회, 「황무지에서 온 여성중심 비평 - 일레인 쇼월터」, 앞의 책, pp.112-113에서 재인용. 조금 다른 맥락이기는 하지만, 한 사회의 지배 구조에 대하여 문제를 제기하는 모든 하위문화는 쇼월터의 주장과 유사한 맥락에서 그 나름의 생장선을 가지고 있는 듯하다. 심훈의 『상록수』를 읽다 보면, 동혁이 아픈 영신의 침상머리에서 "흑인종으로 무지한 동족을 위해서 갖은 고생과 백인의 학대를 받으면서 큰 사업을 성취한 부커티 워싱턴 같은 사람의 분투한 역사를 이야기해서 들려주었다"(심훈, 「상록수」, 『정통한국문학대계 7』, 어문각, 1996, p.167)는 대목이 나온다. 부커티 워싱턴 같은, 환경의 절대적 불리(不利)를 극복하고 성공한 입지전적 명사(名士)가 암울한 식민지의 청년 지식인들에게는 하나의 역할 모델이었음을 알 수 있는 사례이다. 워싱턴의 뒤를 이어 보다 비폭력 무저항주의 흑인민권운동을 이끌었던 마르틴 루터 킹, 흑인의 급진적 무장혁명투쟁을 주장했던 말콤 엑스는 시대와 여건의 변화가 낳은 문제적 인간으로서 흑인 대중운동의 발전 도상에서 각각의 단계를 대표한다고 할 만하다.

한국적 현대성에 내재된 봉건 잔재를 소리 높여 성토하고 있기는 하지만 그것 역시 가부장제적 일부일처제 가족제도에 대한 강한 옹호, 좀 더 과격하게 말하자면 조강지처의 절대권 옹호라는 근본적인 보수성의 다른 버전으로 읽힐 수 있는 여지가 충분하기 때문이다. 진보성의 잣대로 평가할 때 이 시기 여성작가들이 보여주고 있는 여성의식의 수준은 사실 80-90년대 여성문학의 페미니스트적 면모에는 말할 것도 없고 20-30년대 카프의 여성담론 수준에도 미치지 못하고 있다. 부르주아 페미니즘의 관점에서 파악하더라도 이 시대보다는 오히려 10-20년대의 제1세대 여성문학에서 여성주의자적인 요소를 찾기 쉽다. 그러나 1세대 여성문학은 시대와 여건의 성숙도에 비하여 지나치게 조숙한 것이었던 바, 제대로 된 형상을 갖추기도 전에 역사의 뒤편으로 사라져야 했다.

30년대에 십 여 명에 불과했던 여성문인의 숫자가 50년대 후반에서 60년대 중반에 백 여 명으로 열 배 이상 불어났고, 그러한 객관적 역량의 성숙이 1965년, 문단 데뷔 3년 이상의 여성문인 62명을 창립회원으로 하여 『한국여류문학인회』를 결성할 수 있게 했다. 이 단체는 여성으로서 글을 쓴다는 것에 대한 자의식을 가진 여성문인들의 최초의 결속이었다. 이는 초대 회장에 선출된 박화성이 "'여자가 문학을 하려면 돈과 자기 방(房)이 있어야 한다'는 영국의 여류작가 버지니아 울프의 말을 인용하면서 '여류문학인회를 대표하여 여류문학인들의 권익을 옹호하고 문학수준을 향상시키기 위해 가로놓인 난관과 꿋꿋하게 싸워 나가겠다'고 다짐하여 갈채를 받았다"[307]는 증언에서 선명하게 드러난다. 물론 그 결속은 초보적인

---

307) 정규웅, 『글동네에서 생긴 일-60년대 문단 이야기』, 문학세계사, 1999, pp.165-167.

수준이었고, 여성으로서 글을 쓴다는 것에 대한 그들의 자의식은 다분히 착란적(錯亂的)이었다. 그러나 그들이 50-60년대라는 압도적 남성 원리의 시대에 그들 각자의 개성에 따라 다양한 양상으로 페미닌 문학의 몸통을 형성하고 성장시켰기에 그러한 여성문학의 연속성 위에서 페미니스트 문학도 싹을 틔울 수 있었다.

한국 여성작가들이 스스로 '여류'라는 꼬리표를 집어던진 것은 1992년에 이르러서였다. 1980년 제8대 '한국여류문학인회' 회장을 역임한 바 있는 한무숙은, 1992년 14대 회장으로 취임한 후배 송원희가 찾아와 개명을 의논하자, 적극적으로 찬성하여 송원희에게 힘을 보탠다.

> 내가 한국 여류 문학인회 14대 회장으로 취임해서 우리 모임의 개명에 관한 의견을 문의드렸을 때 한 선생님은 단연 대찬성이셨다. 그러면서 하시는 말씀이,
> "송회장 말이 옳아요. 남녀의 성은 어디까지나 구별이지 차별이 아니예요. 어떤 분야에서건 남성이면 여성이어야지, 여류라는 건 자신을 비하시키는 차별적인 것이지요. 꼭 개명을 해요. 우리가 못 한 것, 송회장이 꼭 해요."라고 강경하게 밀어 주셨다.
> 총회에서 개명이 만장 일치로 통과되고 나자 선생님은 애썼다고 축하 전화를 주시면서 같이 식사라도 하자고 청하셨다[308].

위 인용문에서 보이듯 "어떤 분야에서건 남성이면 여성이어야지, 여류라는 건 자신을 비하시키는 차별적인 것"이라는 사실을 알면서도 전후 여성작가들은 '여류'의 정체성을 거부하지 않았고

---

308) 송원희, 「한 송이 백합」, 『풍요한 부재』, 을유문화사, p.158

이원적 착란 속에서 작은 기득권을 챙겨왔다. 80년대가 일으킨 전 사회적 변화의 물결은 이들 전후 여성작가들의 체질적 보수성 안에 자리 잡고 있던 '여류'의 구각(舊殼)에 균열을 지었고, 92년에 이르러 마침내 스스로 그것을 벗어 던지게 한 것이다.

『문학사상』 2002년 4월호의 기획특집 「문단의 '여성시대' 오고 있다」에 거론된 각종 수치 자료는, 여성이 문학의 생산자와 수요자의 절반을 이미 넘어섰거나 넘어서고 있는 중이라는 사실을 보여준다. 1969년 조연현의 「韓國作家와 讀者의 實態」에 나타난, 문학판의 너무나 확연한 남성 중심성에 비교해 볼 때 격세지감을 느끼지 않을 수 없다. 2000년대의 문단은 사회의 제반 분야에서 다 그러하듯 집단주의나 위계질서가 상당히 약화된 것은 물론, 문인들 자체가 문단이니 문단적 지위니 하는 것 자체에 큰 의미를 두지 않는 형국이다. 문학사의 주변적 위치에서 대세로 올라선 오늘날의 여성작가들 역시 '여류문학인회'는커녕 '여성문학인회'의 존재와 활동에 대해서조차 별다른 관심을 보이지 않는다. '여류'에서 '여성'으로의 변화가 지난 시대의 특징이었다면, 21세기의 여성문학은 배타적인 '여성' 범주를 벗어나 성에 구애받지 않는 미적 기준 확립의 필요성을 강조하는 쪽으로의 변화를 추구하고 있는 것일 터이다. 그러나 "단지 성염색체가 XY가 아니라 XX라는 이유로 뱃속에서 살해되는 아이들이 여전히 많고, 가족을 부양하는 가장 대(對) 그 가장의 부양을 받는 가솔(家率)이라는 등식이 여전히 통용됨으로써 여성에 대한 차등임금과 우선적 해고의 명분을 뒷받침해주고, 다행히 사회적 노동의 현장에서 축출되지는 않더라도 사회생활에 더하여 가사와 양육, 노인 수발과 가족 구성원에 대한 사랑과 위안의 노동까지를 요구받기 때문에 차라리 전통적인 여성의 영역에 안주하는 것이 상팔자라는 생각이 여전히 설득력을 가진 곳이 21세기 벽두의 한국사회이다."[309] 성에 구애받지 않는 미적 기준의 확립이란 30년대에 이미 임순득이 요구했던 것인 바, 현재에도 당연하면서 절실한 의제이다. 그러나 여성의 사회적 조건이 여전히 성의 구애를 받고 있는데 성에 구애받지 않는 미적 기준만을 강조할 수는 없다. 전근대, 근대, 탈근대의 양상들이 뒤섞인 복잡다단한 혼종(混種) 사회와 한편으로 소통하면서 한편으로 맞서는 오늘날의 여성문학은 여성해방의(feminist) 단계와 여성의(female) 단계를 동시에 추구하면서 그 안에서의 차이를 더욱 고무하는 방향으로 성장하기를 기대해야 할 것이다. 그런 식으로 만발한 여성문학의 다양성은 마침내 문학의 생명력을 고양시킬 수 있을 것이다.

---

309) 박정애, 「'무한한 다양성과 단조로운 유사성'의 한가운데」, 『여성문학 연구』 제5집, 예림기획, 2001, pp.360-361.

V. 결 론

　본 연구는 문화적 산물 혹은 문화 현상으로서의 '여류작가'와 '여류문학'을 키워드로 50-60년대 여성 소설가들의 문학세계를 탐구함으로써 궁극적으로는 한국문학사, 가까이는 한국 여성문학사의 이해에 작은 도움이 되기 위하여 이제까지 그 총체적 면모에 대한 본격적인 천착이 이루어지지 않았던 50-60년대 여성문학의 문학적 지도를 그리고자 했다.

　군사독재와 경제 개발 총력전(總力戰)의 시대에 여성을 억압하고 도구화하는 가부장제의 유산은 자본주의 산업사회구조와 맞물려 더욱 교묘해지고 치밀해졌다. 남성적·공적 폭력에 대한 여성적·사적 공포는 이 시대 한국사회의 가장 기본적인 특징이었다. 사회적 생산에 참여한 저임금 여성노동자들은 과도한 노동 강도와 노동 시간에 시달림으로써 문학적 훈련의 기회와 여유를 가지지 못했다. 사회적 생산과 유리된 채 가정이라는 사적 공간에 갇혀 사랑과 봉사의 미명 아래 부불노동(不拂勞動)만을 끝없이 반복해야 했던 여성들은 베티 프리던이 『여성의 신비』에서 언급한 "이름이 없는 문제"의 상황에 처해 있었다. 이 시대의 한국 여성문학은 기본적으로 후자 쪽의 중산층 여성 중심이었다. 그들은 정치적 보수주의를 체화(體化)하고 있었고, 가부장제의 검열하는 시선을 내면에 간직하고 있었다. 그들이 자기 삶과 문학을 분리시키는 정도는 앞선 시대와 뒤따르는 시대, 어느 쪽에 대해서나 현저히 두드러진다. 제1세대 여성문인들이 개인의 자유로운 삶을 억압하는 모든 도덕관념과 인습으로부터의 해방을 부르짖으면서 자신의 그러한 사상을 실제 삶에서 실천하고자 노력하는 쪽이었다면, 이들 3세대 여성문인들은 일단 삶과 문학을 매우 상이(相異)한 범주로 분리하면서 문학보다 삶에서 더욱 보수적인 윤리의식을 수호하는 쪽이었다. 한편 군사주의 정권은 사적 영역의 여성들을 후방의 '자원'으로 조직화하고자 노력했거니와 이 시대의 여성작가들은 소위 '여류명사'로서 각종 후방활동에 앞장서는 모습을 보이기도 했다.

이 시대의 여성작가들이 문학적 멘토(mentor)로 인정하는 세대는, 제1세대 여성문인들과의 동일시를 거부하며 이른바 '여류'로서 살아남은 제2세대 여성문인들이다. 박화성, 최정희, 모윤숙 등으로 대표되는 이들 2세대는 기억의 정치를 통해 제1세대를 여성문학사에서 배제하며 여성문단의 원로로서 후배들과 '여류'의 아비투스(habitus)를 공유한다. 이 아비투스를 기반으로 50-60년대 여성작가들은 마침내 1965년 '한국여류문학인회'라는 그들만의 독특한 장(場)을 결성하여 『한국여류문학전집』을 상재하고 기관지 『여류문학』을 발간했다. 30년대에 십여 명에 불과했던 여성문인의 숫자가 50년대 후반에서 60년대 중반에 백여 명으로 열 배 이상 불어났고, 그러한 객관적 역량의 성숙이 1965년, 문단 데뷔 3년 이상의 여성문인 62명을 창립회원으로 하여 『한국여류문학인회』를 결성할 수 있게 했다. 이 단체는 여성으로서 글을 쓴다는 것에 대한 자의식을 가진 여성문인들의 최초의 결속이었다. 물론 그 결속은 초보적인 수준이었고, 여성으로서 글을 쓴다는 것에 대한 그들의 자의식은 다분히 착란적(錯亂的)이었다. 그러나 그들이 전후 50-60년대라는 압도적 남성 원리의 시대에 그들 각자의 개성에 따라 다양한 양상으로, 일레인 쇼월터가 말한 여성 글쓰기의 삼단계 중 첫 번째인 여성다운(feminine) 문학의 몸통을 형성하고 성장시켰기에 그러한 여성문학의 연속성 위에서 페미니스트 문학도 싹을 틔울 수 있었다.

이 시대 여성작가들은 대개 '가정주부 겸임 작가'였는데, 가정주부 겸임 작가란 우선 원고료로 생계를 잇는다는 것이 거의 불가능하고 교육받은 중산층 출신의 성인 여성에게 흡족한 일자리가 없을뿐더러 사회 분위기도 전적으로 가정에 충실하기를 강권하던 시대의 여성작가가 가정주부로서 생존의 입지를 세운 다음, 그 토대 위에서 후차적(後次的)으로 글을 쓴다는 의미이다. 그들은 이렇게 가정과 직업을 양립함으로써 문단에서 살아남을 수 있었지만, 가정과 직업을 양립한다는 바로 그 사실 때문에 늘 진정한 예술가로는 대접받지 못하고 '여류'로 주변화되었다. 그러한 그들의 글쓰기는 자기 소외와 위장의 서사이거나 소외된 자신에 대한 연민과 나르시시즘의 서사일 경우가 많았다. 그러한 서사 전략은 소설 작품 속에서 거대한 민족적 불행의 기억·광범위한 영역에서의 실존주의적 허무주의·정치적 실천성의 부재와 일상에의 집착·낭만적 사랑의 추구와 숙명론 등 공통적인 특질로 수렴되는 경향을 보인다.

진보성의 잣대로 평가할 때 이 시기의 여성작가들이 보여주고 있는 여성의식의 수준은 사실 80년대 페미니즘의 그것에는 말할 것도 없고 1920-30년대 카프의 여성담론 수준에도 미치지 못하고 있다. 이러한 사실은 거꾸로 군사주의·개발주의라는 압도적인 남성 원리의 세계에서 여성들이 얼마나 타자화된 삶을 살았는가를 증언한다고도 말할 수 있다. 이 타자화된 삶과 '여류명사'로서의 주변적 권력의 착종(錯綜)은 종종 '이원적 착란(錯亂)'의 심리로 발현한다. 이 복잡다단한 착란의 심리야말로 이 시대 여성작가들로 하여금 문학적 진정성에 더 가까이 육박하지 못하도록 가로막은 장애였다.

이들이 쓴, 글 쓰는 여자를 주인공으로 한 소설에서도 그러한 심리적 장애는 다양한 층위에서 뤼스 이리가라이가 말한 바 "여자가 자신의 타자이기를 바라는 남자의 욕망을 여자가 의식하는 것에서 발생하는 여성성의 소외된, 혹은 왜곡된 발현형태"로서의 '가면'으로 작용한다. 글쓰기가 곧 가면 쓰기가 되는 상황에서 이들은 가면을 쓰는(글을 쓰는) 그 행위를 통해 찰나적으로 자신의 '맨얼굴'과 대면하기도 한다. '여류명사'로서의 문학자였던 한무숙, 손소희, 임옥인, 한말숙, 강신재 또한 다양한 층위에서의 가면 '쓰기'를 실행한다. 그러나 가면을 쓰는 행위란 자신의 맨 얼굴과 부닥뜨리는 순간을 항용 내포한 행위라 가면 숙녀 역시 언뜻언뜻 자기 자신의 위선과 속물성, 분노, 욕망과 대면하고 그것에 저항하기도 하는 것이다. 자기 위장을 위한 가면 쓰기를 문학 행위의 기본 전략으로 삼았던 이 시대 소위 '여류명사'로서의 여성작가들과 달리 박경리는 대표적인 전후 작가 손창섭의 문학만큼이나 강한 자기 연민과 나르시시즘을 노출한다. 그러나 전쟁을 겪은 남성작가들이 인간성에 대하여 입은 그들의 정신적 상처를 제대로 극복하지 못하고 인간부정의 미로에서 헤매는 반면, 박경리는 생명을 품고 낳아 기르는 여성 육체의 특성을 재발견함으로써 초기소설들의 미로에서 마침내 『토지』의 문학적 생명력에 이르는 길을 찾아낸다.

한없이 왜곡되었고 너무나 조그마하지만 처절하기 그지없는 실

존의 재현으로 그들의 문학을 다시 읽어야 할 까닭은 여기에 있
다. 그리고 그들의 문학을 밟고 일어선 자리에서 비로소 70년대의
박완서와 오정희가 자기 자신의 허위의식과 대면할 수 있게 되었
다는, 그들 혹은 그들을 타자화한 시대와 권력이 의도하지 않은
결과를 우리는 직시해야 할 것이다.

참고문헌

기본자료

1) 잡지

『여류문학』, 1968, 창간호.『여류문학』, 1969, 제2호.『신가정』, 1935, 12.
『삼천리』, 1936, 2.『동광』, 1932, 1.『문장』, 1939, 9.『문장』, 1940, 4.

2) 단행본

강신재,『강신재 대표작전집 1-8』, 삼익출판사, 1974.

_____,『예술가의 삶: 시간 속에 쌓는 꿈』, 혜화당, 1994.

_____,『희화(戲畵)』, 계몽사, 1958.

강신재·박경리,『정통한국문학대계 22』, 어문각, 1996.

박경리,『꿈꾸는 자가 창조한다』, 나남, 1994.

_____,『문학을 지망하는 젊은이들에게』, 현대문학북스, 2000.

_____,『박경리 단편선』, 서문당, 1978.

_____,『박경리 문학전집 1-16』, 지식산업사, 1987.

_____,『Q씨에게』, 현암사, 1968.

_____,『창작실기론』, 어문각, 1962.

_____,『표류도』, 나남출판, 2000.

박화성,『추억의 파문』, 국민문고사, 1969.

_____, 『고향 없는 사람들』, 일신서적, 1994.

손소희, 『손소희 문학전집 1-11』, 나남, 1989.

_____, 『韓國文壇人間史』, 행림출판, 1980.

임옥인, 『나의 이력서』, 正宇社, 1985.

임옥인·손소희, 『신한국문학전집 v.20』, 어문각, 1973.

전숙희, 『예술가의 삶: 문학, 그 영원한 기쁨』, 혜화당, 1993.

정연희, 『예술가의 삶: 그대 강물에 꽃잎으로 흘러』, 혜화당, 1994.

최정희, 「綠色의 門」, 『韓國文學全集 14』, 민중서관, 1967.

_____, 「人間史」, 『정통한국문학대계 13』, 어문각, 1996.

한국여류문학인회, 『한국여류문학전집 1-6』, 한국교양문화원, 1978.

한말숙, 『별빛 속의 계절』, 서문, 1965.

_____, 『신과의 약속』, 일신서적, 1994

_____, 『잃어버린 머플러』, 서음, 1977.

_____, 『한말숙선집 1: 행복』, 풀빛, 1999.

한무숙, 『한무숙 문학전집 1-10』, 을유문화사, 1992.

국내논저

강경애 외, 『현대 조선 여류문학선집 전경』, 조선일보사, 1937.

이호철·김진홍 편, 『풍요한 부재』, 한무숙재단, 1993.

고 은, 『1950년대』, 청하, 1989.

_____, 「실내작가론」, 『월간문학』, 1969. 11.

구중서, 「1973년 상반기 창작평」, 『경향신문』, 1973. 7. 18.

구혜영, 「신묘한 명륜장 여주인」, 『한무숙문학전집 2』, 을유문화사, 1992.

권성우, 『모더니티와 타자의 현상학』, 솔출판사, 1999.

김경수, 「여성주의는 다시 시작되어야 한다」, 웹진 『대산문화』 6호.

김대환, 「박정희 정권의 경제개발: 신화와 현실」, 『역사비평』, 1993, 겨울호.

_____, 「박정희 경제개발정책의 현재적 조명」, 『역사비평』, 1995, 가을호.

김문집, 「여류작가의 성적 귀환론 - 박화성씨를 논평하면서」, 『사해 공론』, 1937, 3.

김미현, 「이브, 잔치는 끝났다 - 젠더 혹은 음모」, 문학동네, 1999, 봄 호.

김상환 외, 『니체가 뒤흔든 철학 100년』, 민음사, 2000.

김병익, 『한국문단사』, 문학과지성사, 2001.

김영혜·이명호·이혜경, 「여성문학론 정립을 위한 시론」, 『여성운 동과 문학』, 실천문학사, 1988.

김윤식, 『한국현대문학명작사전』, 일지사, 1979.

_____, 『韓國文學史論考』, 법문사, 1974.

金一根, 「諺簡의 諸學的 考察」, 『隨筆文學研究』, 정음사, 1980.

_____, 「한국의 세비네 부인」, 『한무숙 문학전집 6』, 을유문화사, 1992.

김해옥, 「'여성적 自尊과 소외' 사이에서 글쓰기 - 여성주의적 관점에 서 본 1950년대 박경리 소설」, 『「토지」와 박경리 문학』, 솔, 1996.

나영균 外, 『영미 여성소설의 이해 - 제인 오스틴에서 앨리스 워커까지』, 민음사, 1994.

박동규 외 편저,『한국전후문학의 분석적 연구』, 월인, 1999.

박미선,「강신재 소설 연구: 여성인물의 현실 대응 양상을 중심으로
　 」, 1996년도 경희대학교 대학원 석사논문.

서덕순,「戰後文學의 人物類型研究」, 1987년도 경희대학교 대학원
　 석사논문.

申貞淑,「韓國 傳統社會의 內簡에 대하여 - 士大夫家의 一內簡集을
　 中心으로」,『隨筆文學研究』, 정음사, 1980.

송지현,『페미니즘과 한국 문학』, 국학자료원, 1996.

서영은,『최정희 전기소설: 강물의 끝』, 문학사상사, 1984.

심정순·유지나 편,『섹슈얼리티와 대중문화』, 동인, 1999.

심　훈,「상록수」,『정통한국문학대계 7』, 어문각, 1996.

양주동,「여류문인 편감촌평」,『신가정』, 1935. 1.

염상섭,「제야」,『염상섭전집 9』, 민음사, 1987.

유광우,「韓國戰後 小說研究」, 1984년도 성균관대학교 대학원 석사
　 논문.

이다영,「1950년대 강신재 소설 연구」, 1995년도 연세대학교 대학원
　 석사논문.

李明溫,『흘러간 女人像』, 인간사, 1956.

이무영,「여류작가개평」,『신가정』, 1935. 1.

이문구,「민족의 숨결로 승화된 언어」,『한무숙문학전집 1』, 을유문
　 화사, 1993.

이상경,「나혜석 - 인간으로 살고 싶었던 여성」,『나혜석 전집』, 태학
　 사, 2000.

＿＿＿＿,『한국근대여성문학사론』, 소명출판, 2002.

이상우, 『박정희 시대 1·2』, 중원문화사, 1984.

이영욱, 『문화·일상·대중』, 박명진 외 역, 한나래, 1996.

이재선, 「여성작가와 여성적 글쓰기」, 『한국소설사』, 민음사, 2000.

이정희, 「1950년대 여성작가 연구-전후현실의 수용양상과 여성적 체험의 의미화 양상을 중심으로」, 1994년도 경희대학교 대학원 석사학위논문.

_____, 『스무 살에 읽는 페미니즘 소설』, 청동거울, 2002.

이 청, 「여류작품총관」, 『신가정』, 1935. 12.

이효재, 『분단시대의 사회학』, 한길사, 1985.

임신영, 「1950년대 신세대 작가의 소설 연구: 내면화 경향을 중심으로」, 1992년도 연세대학교 대학원 석사논문.

장덕조 외, 『여류단편걸작집』, 조광사, 1937.

장미영, 「박경리 소설 연구: 갈등 양상을 중심으로」, 2002년도 숙명여대 대학원 박사논문.

정규웅, 『글동네에서 생긴 일-60년대 문단 이야기』, 문학세계사, 1999.

_____, 「내밀한 조화의 세계」, 『문학사상』, 1975. 1.

조남현, 『한국현대소설의 해부』, 문예출판사, 1993.

조문경, 『시(詩)를 짓듯 죄를 짓다』, 동녘, 1993.

조병무, 「학대받는 자와 운명-최정희론」, 『범우소설문고 15』, 범우출판사, 1982.

조연현, 「韓國作家와 讀者의 實態」, 『女流文學 2호』, 1969.

조주현, 『여성 정체성의 정치학』, 또 하나의 문화, 2000.

조현연, 『한국 현대정치의 악몽-국가폭력』, 책세상, 2001.

최동현·임명진 편, 『페미니즘 문학론』, 한국문화사, 1996.

최명숙, 「강신재 전후 단편소설 연구」, 2000년도 경원대 대학원 석사 논문.

최원식, 『한국 근대문학을 찾아서』, 인하대학교출판부, 1999.

_____, 『생산적 대화를 위하여』, 창작과비평사, 1997.

최원식·임규찬 편, 『4월혁명과 한국문학』, 창작과비평사, 2002.

최정무 외, 『위험한 여성: 젠더와 한국의 민족주의』, 삼인, 2001.

최혜실, 『신여성들은 무엇을 꿈꾸었는가』, 생각의나무, 2000.

태혜숙, 『탈식민주의 페미니즘』, 여이연, 2001.

하정일, 「세계의 속물성에 맞선 기나긴 저항의 여정」, 『환상의 시기』, 솔 출판사, 1996.

한국문학연구회, 『페미니즘과 소설비평: 현대 편』, 한길사, 1997.

한국영미문학페미니즘학회, 『페미니즘, 어제와 오늘』, 민음사, 2000.

한국현대문학연구회, 『한국의 전후문학』, 태학사, 1991.

현택수·정선기·이상호·홍성민 공저, 『문화와 권력: 부르디외 사회학의 이해』, 나남출판, 1998.

홍사중, 「한정된 현실의 비극」, 『현대한국문학전집』, 신구문화사, 1967.

홍윤숙, 「현실엔 실격, 문학엔 완벽주의」, 『한국문학』, 1987, 2.

홍 구, 「1933년 여류작가군상」, 『삼천리』, 1933, 1.

홍기삼, 「林玉仁·孫素熙와 그 文學 -「百合」과 「南風」의 세계」, 『新韓國文學全集 20』, 어문각, 1973.

국외논저

1) 번역서

가스통 바슐라르, 곽광수 역, 『空間의 詩學』, 민음사, 1990.

가야트리 스피박 외, 『탈식민 페미니즘과 탈식민 페미니스트들』, 유 제분역, 현대미학사, 2001.

벨 훅스, 박정애 역, 『행복한 페미니즘』, 백년글사랑, 2002.

로즈마리 통 외, 『자연, 여성, 환경』, 이소영 외 편역, 한신문화사, 2000.

로빈 레이콥 외, 「이중 언어 사용자인 여성 – 언어와 여성의 위치」, 『여자는 왜 여자답게 말해야 하는가』, 강주헌 역, 고려원, 1991.

리타 펠스키, 『근대성과 페미니즘』, 김영찬・심진경 역, 거름, 1999.

마리아 미스・반다나 시바, 『에코페미니즘』, 창작과비평사, 2000.

미셸 푸코, 『감시와 처벌』, 오생근 역, 나남출판, 2000.

바트 무어 – 길버트, 『탈식민주의! 저항에서 유희로』, 이경원 역, 한 길사, 2001.

베티 프리단, 『여성의 신비』, 평민사, 1996.

사비나 로비본드 외, 『페미니즘과 포스트모더니즘의 만남』, 이창 순・정진성 편역, 한울아카데미, 1997.

안마리 울프・아네트 쿤 외, 『여성과 생산양식』, 강선미 역, 흔겨레, 1986.

엘렌 식수, 「거세냐 참수냐」, 이봉지 역, 『세계의 문학』, 1999, 겨울호.

우에노 치즈꼬, 『내셔널리즘과 젠더』, 이성이 역, 박종철출판사,

2000.

이토 세이 외, 유은경 역, 『일본 私小説의 이해』, 소화, 1997.

일레인 쇼월터 외, 『페미니즘과 문학』, 박경혜 외 역, 문예출판사,
1993.

조세핀 도노번, 『페미니즘과 문학』, 김열규 외 편역, 문예출판사, 1993.

_____ , 『페미니즘 이론』, 김익두·이월영 역, 문예출판사,
1994.

죠르쥬 바따이유, 『에로티즘』, 조한경 역, 민음사, 1996.

츠베탕 토도로프, 『바흐찐: 문학사회학과 대화이론』, 최현무 역, 까
치글방, 1987.

카렌 호니, 『여성심리학』, 이근후·이동원 역, 이대출판부, 1993.

캐롤린 하일브런, 『셰익스피어에게 누이가 있다면』, 김희정 역, 여성
신문사, 2002.

클라리사 에스테스, 『늑대와 함께 달리는 여인들』, 손영미 역, 고려
원, 1994.

팸 모리스, 『문학과 페미니즘』, 강희원 역, 문예출판사, 1997.

프란츠 파농, 『검은 피부, 하얀 가면』, 인간사랑, 1998.

프리드리히 니체, 『도덕의 계보/이 사람을 보라』, 김태현 역, 청하,
2001.

_____ , 『비극의 탄생』, 김대경 역, 청하, 1996.

_____ , 『선악을 넘어서』, 김훈 역, 청하, 2000.

하루오 시라네·스즈키 토미 편, 『창조된 고전 - 일본문학의 정전 형
성과 근대 그리고 젠더』, 왕숙영 역, 소명출판, 2002.

2) 원 서

Butler, Judith, *Gender Trouble*, Routledge, Chapman & Hall, Inc., 1990.

Caws, Mary Ann, "The Conception of Engendering, The Erotics of Editing", ed. by Nancy K. Miller, *The Poetics of Gender*, Colombia University Press, 1986.

Cixous, Hélène, "Castration or Decapitation?", *Sign*, Autumn, 1981.

_____, "The Laugh of the Medusa", *New French feminism*, University of Massachusette, Amherst, 1980.

_____, and Catherine Clément, *The Newly Born Woman*, trans. by Besty Wing and Sandra M. Gilbert, Manchester University Press, 1986.

Edelman, Lee, "At Risk in the Sublime", ed. by Linda Kaufman, *Gender and Theory*, Basil Blackwell, 1989.

Elman, Mary, *Thinking about Women*, New York: Harcourt, 1968

Felski, Rita, *Beyond Feminist Aesthetics*, Hutchinson Radius, 1989.

Gallop, Jane, "Moving backwards or forwards", ed. by Teressa Brennan, *Between Feminism and Psychoanalysis*, Routledge, 1990.

Gardiner, J. K., "On female Identity and Writing by Women", *Critical Inquiry*, 1981, winter.

Gilbert & Gubar, *The Madwoman in the Attic: The Women Writer and the Nineteenth-Century Literary Imagination*, New Haven, Conn., 1979.

Grosz, Elizabeth, *Jacques Lacan: A Feminist Introduction*, Routledge, 1990.

Illich. I., *Gender*, Phantom Books, 1982.

Irigaray, Luce, "And the One Doesn't Stir Without the Other", *Sign*, Autumn, 1981.

_____, *Philosophy in the Feminine*, Routledge, 1991.

_____, The Speculum Of the Other Women, trans. by Gillian C. Gill, Cornell University Press, 1985.

_____, *This Sex Is Not One*, trans. by Catherine Porter, Cornell University Press, 1993.

_____, "Sexual Difference", *French Feminist Thought*, ed. by Toril Moi, Blackwell, Oxford, 1987.

Laing, R. D., *The Politics of Experience*, New York: Random House, 1967.

Nancy S. Love, *Marx, Nietzsche, and Modernity*, New York: Columbia University Press, 1986.

Lukács, Georg, *The Theory of the Novel*, Anna Bostock trans. MIT Press, 1971.

Moi, Toril, *Sexual/Textual Politics: Feminist Literary Theory*, London & New York: Routledge, 1985.

Nietzsche, F., *The Will to Power*, trs. and eds. by Walter Kaufmann and R. J. Hollingdale, New York: Random House, 1968. Radford Ruether, Rosemary, *New Woman/New Earth: Sexist Ideologies and Human Liberation*, Seabury Press(N. Y.), 1975.

Regney, Barbara Hill, *Madness and Sexual Politics*, The University of Wisconsin Press, 1978.

Spivak, Gayatri Chakravorty, "Entering the Third World", *In Other Worlds*, Routledge, 1988.

Stanton, Donna C. "Difference On Trial", *Poetics of Gender*, ed. by Nancy K. Miller, Colombia University Press, 1986.

Woolf, Virginia, *A Room of One's Own*, New York & Burlingame: Harcourt, Brace & World, Inc., 1957.

• 저자 •

박정애
朴正愛
　　　• 약 력 •

　　　서울대학교 신문학과 졸업.
　　　서울대학교 국어국문학과에서 석사학위 취득.
　　　인하대학교 국어국문학과에서 박사학위 취득.
　　　현 강원대학교 교수

　　　• 주요 저서 •

　　　장편소설 『에덴의 서쪽』, 『물의 말』, 『환절기』
　　　소설집 『춤에 부치는 노래』, 『죽죽선녀를 만나다』
　　　수필집 『내 멋대로 살다 내 멋대로 죽고 싶다』
　　　번역서 『행복한 페미니즘』 등

본 도서는 한국학술정보㈜와 저작자 간에 전송권 및 출판권 계약이 체결된 도서로서, 당사
와의 계약에 의해 이 도서를 구매한 도서관은 대학(동일 캠퍼스) 내에서 정당한 이용권자(재
적학생 및 교직원)에게 전송할 수 있는 권리를 보유하게 됩니다. 그러나 다른 지역으로의 전
송과 정당한 이용권자 이외의 이용은 금지되어 있습니다.

여류의 기원과 정체성
-50~60년대 여성문학 연구

• 초판 인쇄	2006년 4월 15일
• 초판 발행	2006년 4월 15일
• 지 은 이	박정애
• 펴 낸 이	채종준
• 펴 낸 곳	한국학술정보㈜
	경기도 파주시 교하읍 문발리 526-2
	파주출판문화정보산업단지
	전화 031) 908-3181(대표) · 팩스 031) 908-3189
	홈페이지 http://www.kstudy.com
	e-mail(e-Book사업부) ebook@kstudy.com
• 등 록	제일산-115호(2000. 6. 19)
• 가 격	14,000원

ISBN　89-534-4706-2 93810 (Paper Book)
　　　　89-534-4707-0 98810 (e-Book)